PANINI BOOKS

STAR WARS™

JEDI-PADAWAN

DIE SCHICKSALHAFTE TÄUSCHUNG
DIE DUNKLE GEFOLGSCHAFT

Jude Watson

Zwei Romane in einem Band

PANINI BOOKS

Die Deutsche Bibliothek – CIP-Einheitsaufnahme
Ein Titeldatensatz für diese Publikation ist bei der
Deutschen Bibliothek erhältlich.

*Dieses Buch wurde auf chlorfreiem,
umweltfreundlich hergestelltem Papier gedruckt.
In neuer Rechtschreibung.*

Titel der amerikanischen Originalausgaben:
„*Star Wars* Jedi Apprentice Special Edition #1 – Deceptions“,
„*Star Wars* Jedi Apprentice Special Edition #2 – The Followers“.

Übersetzung: Dominik Kuhn
Redaktion: Mathias Ulinski, Holger Wiest
Chefredaktion: Jo Löffler
Umschlaggestaltung: tab indivisuell, Stuttgart
Satz: Greiner & Reichel, Köln
Druck: GGP Media GmbH, Pößneck
Printed in Germany

2. Auflage, Dezember 2010
ISBN 978-3-8332-1790-6

www.paninicomics.de
www.starwars.com

STAR WARS™

JEDI-PADAWAN

DIE SCHICKSALHAFTE TÄUSCHUNG

Band 19

Jude Watson

PANINI BOOKS

Kapitel 1

Das Wasser war kühl und grün. Das Licht drang durch die Oberfläche und warf verschwommene Muster auf den Grund. Die Kraft des Wasserfalls verursachte leichte Wellen an der weit entfernten Oberfläche.

Obi-Wan Kenobi folgte der schimmernden Tunika seiner Freundin Bant, die vor ihm her schwamm. Er trug ein Atemgerät, was sie nicht nötig hatte. Als eine Mon Calamari konnte Bant lange unter Wasser bleiben. Bant schwamm voller Anmut und mit Leichtigkeit durch den tiefen Teich.

Es hatte eine Zeit gegeben, da hatte Obi-Wan das Schwimmen mit Bant nicht gemocht. Er hatte sich im Wasser neben ihr unwohl gefühlt. Er hatte es nicht gemocht, dass sie es besser konnte als er. Aber sein Meister, Qui-Gon Jinn, hatte ihn gelehrt, dass man nur dann ein richtiger Freund war, wenn man die Talente des anderen zu schätzen wusste. Erst seitdem Obi-Wan das klar geworden war, freute er sich auf die Schwimmpartien so sehr wie Bant.

Bant wandte sich um und lächelte ihn sanft an. Sie winkte ihm zu. Es erschien Obi-Wan noch immer unglaublich, dass

Bant sich in diesem Teich so wohl fühlen konnte. Hier wäre sie beinahe ums Leben gekommen, vom feindlichen Xanatos an den Grund gefesselt. Trotzdem wollte sie immer wieder hier schwimmen. Sie *wollte* sich erinnern, wie sie Obi-Wan sagte. Der Tag, an dem sie ihr Leben schwinden sah, war auch der Tag, an dem sie sich der Macht am nächsten gefühlt hatte.

Bant zeigte zur Oberfläche und Obi-Wan nickte. Sie brachen ins helle Sonnenlicht hinaus. Sie wussten, dass es künstlich war, erzeugt von riesigen Illuminationsbänken, freuten sich aber über die Wärme auf ihrer kühlen Haut.

Obi-Wan zog sich auf das grasbewachsene Ufer am Fuße des Wasserfalls. Bant fand an diesem Ort ihren Frieden – er nicht. Hier hatte er gegen den ehemaligen Jedi-Schüler Bruck Chun gekämpft, um Bants Leben zu retten. Hier hatte er gesehen, wie Bruck in den Tod gestürzt war. Es war nicht seine Schuld gewesen, dass Bruck gestorben war – und doch fühlte er sich dafür verantwortlich.

„Danke, dass du mit mir hergekommen bist“, sagte Bant. „Ich weiß, dass es schwer für dich ist“. Sie schaute schelmisch drein. „Vielleicht bitte ich dich gerade deshalb mitzukommen.“

Er stieß sie mit der Schulter an. „Oh, bin ich jetzt dein Padawan?“

Bants Blick verschleierte sich und Obi-Wan merkte, dass er einen Fehler gemacht hatte. Er hatte Bant an das erinnert, was sie hier für eine Weile vergessen wollte.

„Es tut mir Leid“, sagte er leise. „Ich wollte dich nicht …“

„Lass den Quatsch." Bant legte die Arme um ihre Knie. „Ich muss mit meiner Enttäuschung fertig werden. Bist du nicht hierher gekommen, um mit mir darüber zu reden?"

Bant hatte gehofft, dass die Jedi-Meisterin Tahl sie als Padawan annehmen würde. Es hatte so geschienen, als hätte Tahl ein besonderes Interesse an Bant gehabt, denn sie hatte ihr immer Aufgaben gegeben und ihre Fortschritte verfolgt. Doch erst gestern war Tahl von einer Mission zurückgekehrt und hatte Yoda und dem Rat erklärt, dass sie keinen Padawan annehmen wollte. Obi-Wan wusste, dass diese Entscheidung Bant aufwühlte.

„Ja", gab Obi-Wan zu. „Ich weiß, wie es ist, abgelehnt zu werden. Qui-Gon hat mich zwar schließlich als Padawan angenommen, doch zunächst hatte er es abgelehnt. Und das tat weh."

„Ich glaube, es ist sinnlos zu hoffen, dass Tahl ihre Entscheidung noch einmal ändert", sagte Bant traurig.

„Es gibt noch andere Meister", sagte Obi-Wan sanft. „Du warst immer eine gute Schülerin. Du wirst den Meister bekommen, der dir zusteht."

Bant starrte gedankenverloren auf das grüne Wasser. „Ja, ich weiß. Das ist eine Jedi-Weisheit. Aber was machst du, wenn du das Gefühl hast, dass es nicht stimmt? Ich hatte ein solch starkes Gefühl, dass Tahl die richtige Meisterin für mich wäre. Weißt du, was ich meine, Obi-Wan? Hattest du bei Qui-Gon nicht dasselbe Gefühl?"

„Ja, das hatte ich", erklärte Obi-Wan. Er wusste nicht, was er Bant sagen sollte. Jedi-Schülern wurde beigebracht, ihren Gefühlen zu vertrauen. Man brachte ihnen bei, dass diese Gefühle rein waren. Das bedeutete aber auch, dass ein Gefühl viel mehr damit zu tun haben konnte, was man sich *wünschte,* als damit, was sein *sollte.* Das Gefühl musste in einem aufsteigen wie etwas, das sich von einem Ort tief unten löst und schließlich an die Oberfläche steigt, wo es die Sonne berührt.

War Bants Gefühl ein solches? Er konnte es nicht sagen. Er konnte nur auf das Urteil seiner Freundin vertrauen.

„Dann soll es vielleicht so sein", sagte er.

„Und doch darf ich nicht darauf warten", sagte Bant. „Das weiß ich."

Obi-Wan erspähte die hoch gewachsene Gestalt seines Meisters Qui-Gon Jinn, der auf dem verschlungenen Pfad zum Teich kam. Er stand erwartungsvoll auf.

Auch Bant erhob sich. „Ich habe Euch Obi-Wans Zeit gestohlen", sagte sie zu Qui-Gon, als sie auf ihn zuging. „Es tut mir Leid. Aber ich brauchte seinen Rat."

Qui-Gon lächelte Bant auf die besonders warme Art an, die er nur für sie reserviert hatte. „Ich bin froh, dass Obi-Wan dich zur Freundin hat, Bant. Du kannst so viel Zeit mit ihm verbringen, wie du möchtest. Aber jetzt bittet der Rat um Obi-Wans Anwesenheit."

„Der Rat?", fragte Obi-Wan ungläubig. Vom gesamten Rat gerufen zu werden, war überaus selten. Obi-Wans Erfahrung nach bedeutete das nie etwas Gutes. Bant warf ihm einen besorgten Blick zu.

Qui-Gon nickte. „Trockne dich ab, Padawan. Sie erwarten uns sofort."

Obi-Wan trocknete sich schnell die Haare und legte seinen Gürtel an. Er wünschte, er hätte Zeit gehabt, eine frische Tunika anzuziehen. Er hatte nichts falsch gemacht … in letzter Zeit. Weshalb also fühlte er sich plötzlich so, als hätte er etwas falsch gemacht?

Kapitel 2

Obi-Wan und Qui-Gon standen in der Mitte des runden Ratssaals. Ein stetiger Regen prasselte gegen die Fenster, durch die man einen überwältigenden Panoramablick auf die geschäftigen Luftstraßen von Coruscant hatte.

Qui-Gon war Obi-Wans Nervosität aufgefallen und er war stolz, wie sein Padawan jetzt dastand: gerade, mit erhobenem Haupt und scheinbar unberührt von den Blicken so vieler Jedi-Meister. Nur Qui-Gon wusste, wie nervös Obi-Wan tatsächlich war. Der Junge hatte schon einmal vor dem Rat gestanden. Es gab einen Grund für seine Nervosität. Er wusste, wie streng die Jedi-Meister sein konnten.

Wie immer wurde die Sitzung von Mace Windu eröffnet. Der Jedi blickte immer ernst drein, doch an diesem Tag konnte Qui-Gon eine ungewöhnliche Unruhe spüren. Qui-Gon hatte gehofft, dass diese plötzliche Einladung bedeutete, dass der Rat sie auf eine besondere Mission entsenden wollte. Doch jetzt befürchtete er, dass etwas nicht in Ordnung war.

„Sei nicht nervös, Obi-Wan", sagte Mace Windu und sah

den Padawan mit seinem eindringlichen Blick an. „Du bist nicht hier, um zurechtgewiesen zu werden."

Es war ungewöhnlich, dass Mace Windu irgendjemanden beruhigte. Qui-Gons Unbehagen wuchs. Er warf einen kurzen Blick zu Yoda hinüber, konnte aber wie immer nicht erkennen, was der dachte. Dann ließ er seinen Blick zu Adi Gallia schweifen. Ihr Äußeres strahlte die gewohnte Würde aus, doch ihr Blick war voller Mitgefühl für Obi-Wan.

Mace Windu legte die Arme auf die Lehne. „Wir haben eine Kommunikation von Vox Chun erhalten, Bruck Chuns Vater."

Obi-Wan zuckte zusammen. Qui-Gon war ebenso überrascht.

„Er wurde erst vor kurzem von seiner Strafe für seine Verbrechen gegen den Planeten Telos begnadigt", fuhr Mace Windu fort. „Jetzt möchte er zum Tempel kommen und einen Bericht über den Tod seines Sohnes hören. Dies ist sein gutes Recht und der Tempel hat zugestimmt."

Obi-Wan nickte. Er war jedoch blass geworden. „Muss ich mit ihm reden?", fragte er.

„Ja, du musst die Details vom Tod seines Sohnes darlegen", gab Mace Windu in einem Tonfall zurück, der eine für ihn ungewohnte Sanftheit in sich barg.

„Wir wissen, dass nicht leicht dies für dich ist, Obi-Wan", sagte Yoda.

„Er wird in zwei Tagen hier sein", sagte Mace Windu. „Qui-Gon wird bei dir sein. Möge die Macht mit dir sein."

Sie wurden entlassen. Qui-Gon und Obi-Wan verneigten sich, wandten sich um und verließen den Saal. Kaum hatte sich die Tür hinter ihnen geschlossen, blieb Obi-Wan stehen.

„Muss ich das wirklich tun?“, fragte er Qui-Gon.

„Du kennst die Antwort auf diese Frage“, gab der Jedi-Meister zurück. „Ich weiß, dass es schwer für dich sein wird. Aber ich habe das Gefühl, dass es dir auch nützen kann, Padawan. Du wirst über etwas reden müssen, von dem du denkst, dass du es nicht kannst. Etwas, das tief in deinem Herzen verborgen liegt. Vielleicht wird es endlich aufhören, dass die Ereignisse dich in deinen Träumen quälen, wenn du sie klar und deutlich vor dir siehst.“

Obi-Wan schaute ihn überrascht an.

„Ja, ich weiß, wie sehr es dich noch immer quält“, sagte Qui-Gon sanft. „Findest du nicht, dass es an der Zeit ist, dem ein Ende zu machen?“

Obi-Wans Gesicht zeigte noch immer Betroffenheit. Qui-Gon legte eine Hand auf seine Schulter. „Geh zu Bant und iss etwas. Die Zeit für das Mittagsmahl ist schon vorüber.“ Essen konnte Obi-Wan immer etwas aufmuntern. Qui-Gon wollte nicht, dass sich der Junge allzu viele Sorgen über das ihm bevorstehende Gespräch machte. Es würde zweifellos schwer werden, aber Obi-Wan war im Recht und er würde es überstehen.

Nachdem Obi-Wan zum Turbolift verschwunden war, blieb Qui-Gon noch ein wenig vor der Tür des Ratssaals stehen. Er hoffte, mit Yoda sprechen zu können. Tahls Entscheidung, keinen Padawan anzunehmen und ihr plötzliches Verschwinden bereiteten ihm Sorgen. Es war immer sehr hilfreich, Yodas Sicht der Dinge zu erfahren.

Die Tür glitt geräuschlos auf und die Ratsmitglieder kamen heraus. Yoda sah ihn und nickte ihm zu. Qui-Gon war klar, dass Yoda wusste, weshalb er wartete.

„Besorgt du bist, Qui-Gon", sagte Yoda, als er zu ihm kam. Seine Robe wiegte sich im Rhythmus seiner eigenartigen Schritte. „Aber nicht nur über deinen Padawan, ich glaube."

„Tahl", sagte Qui-Gon knapp. „Weshalb hat sie keinen Padawan angenommen? Und weshalb ist sie so plötzlich aufgebrochen?"

Yoda stützte sich auf seinen Gehstock. „Sollte ich derjenige sein, den fragst du dies?"

Qui-Gon seufzte. „Ihr findet, ich sollte Tahl fragen. Ich wollte lediglich erst Eure Meinung hören."

Yoda nickte. „Tahl, ich denke, nicht wollte Bant mit einer blinden Meisterin belasten. Angst sie hatte, dass es Bants Möglichkeiten einschränkt."

„Belasten! Einschränken!", stieß Qui-Gon ungläubig hervor. Er konnte diese Worte einfach nicht mit Tahl in Verbindung bringen. „Das ist geradezu lächerlich!"

„Und doch Tahl nicht so denkt. Zeit sie braucht, Qui-Gon. Helfen dabei du ihr nicht kannst. Ihre eigene Entscheidung es ist." Yoda nahm seinen Blick nicht von Qui-Gon. „Und Zeit es war, dass den Tempel sie verlässt für größere Pflichten. Wir haben sie gesandt zum Pilotenprogramm auf Centax 2."

Qui-Gon war überrascht. Centax 2 war ein Satellit von Coruscant. Dort legten oft Frachter und Passagiertransporter an, um Güter oder Passagiere mit kleineren Fähren nach Coruscant zu bringen. Die Jedi hatten beschlossen, ihr Ausbildungsprogramm für Piloten auf Centax 2 einzurichten. Es wurde von der Jedi-Ritterin Clee Rhara geleitet.

„Gibt es ein Problem?", fragte Qui-Gon.

„Das wir nicht wissen", gab Yoda zurück. Er blinzelte mit seinen großen Augen. „Wir haben nur einen Verdacht. Dir bewusst ist, dass dieses Projekt nicht die volle Zustimmung des Rates hat. Clee Rhara hingegen findet, dass die Jedi einen Stab von Raumjäger-Piloten sollten haben. Manche einer Meinung mit ihr sind. Manche nicht."

Qui-Gon wusste in der Tat, dass das Projekt kontrovers war. Der Rat hatte dem Unternehmen schließlich zugestimmt, aber nur als Versuch. Einige der talentierteren älteren Schüler – wie zum Beispiel Obi-Wans Freund Garen Muln – waren dafür ausgewählt worden. Aber im Rat gab es ein paar Mitglieder, die der Meinung waren, dass die Jedi für ihre Missionen weiterhin auf Konsularschiffen oder Frachtern reisen oder sich für kürzere Strecken ein kleineres Schiff leihen sollten. Sie waren der Meinung, dass Jedi-Piloten irgendwann eine Jedi-Flotte bilden würden – eine komplexe Unternehmung, die ihr Augenmerk von der Bewahrung des Friedens in der Galaxis ablenken würde.

„Clee Rhara du kennst", sagte Yoda. „Charismatisch sie ist. Viele Anhänger unter den jungen Piloten sie hat. Viele zögern gar ihren Padawan-Status hinaus in der Hoffnung, vielleicht Piloten zu werden. Der Rat dem zugestimmt hat, doch viele sind beunruhigt deshalb."

Qui-Gon nickte. Er hatte seine Ausbildung im Tempel zusammen mit Clee Rhara durchlaufen. Sie war immer ebenso scharfsinnig wie willensstark gewesen, was ihr auch schon damals viele Anhänger verschafft hatte.

„Was hat Tahl dort für eine Mission?", fragte Qui-Gon interessiert.

„Ein gravierendes Problem wir haben", sagte Yoda. „Bis jetzt der Senat die Raumjäger für Jedi-Piloten zur Verfügung gestellt hat. Alt und schadhaft die Maschinen sind. Clee Rhara ihre eigene Werft für die Wartung hat. Das System gut funktioniert hat. Aber in letzter Zeit technische Ausfälle es gegeben hat. Einer davon sehr ernst. Ein Lufttaxi von Coruscant beinahe getroffen wurde. An Bord ein wichtiger Senator war."

„Vermutet Clee Rhara Sabotage?", fragte Qui-Gon.

Yoda nickte. „Tahl hingegangen ist, um Nachforschungen anzustellen. Im Senat es einige gibt, die den Jedi gegenüber zurückhaltend sind eingestellt. Gerüchte es gibt, wir ausnutzen die Situation. Diesen Gerüchten auf den Grund wir kommen nicht. Besorgt der Rat ist. Clee Rhara das Programm in Gang halten oder wir es einstellen müssen."

„Ich verstehe", sagte Qui-Gon. „Wenn also Tahl aufdecken

kann, dass die Schiffe sabotiert wurden, kann Clee Rhara auch das Programm fortsetzen."

„Vielleicht." Yoda richtete sich etwas auf und begann, in Richtung des Turbolifts zu gehen. „Einige im Senat uns beobachten. Sie vielleicht hoffen, dass wir versagen. Und im Auge behalten sie werden die Untersuchungen über Brucks Tod. Und nicht vergessen wir sollten, dass Vox Chun einst in den Diensten stand von jemandem, der Pläne für unserer Vernichtung geschmiedet hatte."

„Xanatos", sagte Qui-Gon. Sein ehemaliger Padawan war tot. Und doch lebte die böse Saat, die er gesät hatte, weiter.

Kapitel 3

Qui-Gon beschloss, dass es am höflichsten sein würde, wenn sie Vox Chun bei seiner Ankunft an der Landeplattform empfingen. Obi-Wan wusste, dass sein Meister Recht hatte, hätte sich jedoch gewünscht, dass er die Begegnung mit Bruck Chuns Vater noch ein wenig hätte hinauszögern können.

„Da kommt er." Qui-Gon zeigte auf ein silberfarbenes Schiff, das sich ihnen näherte. Er ließ seinen Blick über die eleganten Formen des Transporters gleiten. „Wie kann sich jemand, der gerade aus dem Gefängnis kommt, ein solches Schiff leisten? Möglicherweise hat Vox Chun noch immer mächtige Freunde."

Obi-Wan war zu nervös, um eine Antwort zu geben. Ein paar Sekunden später glitt das Schiff in Parkposition. Die Rampe schob sich nach unten und die Tür ging auf. Dort oben stand eine Gestalt. Obi-Wan hielt den Atem an. Es war Bruck.

Er wich einen Schritt zurück, doch Qui-Gon legte eine Hand auf seinen Arm. „Nein", sagte Qui-Gon mit einem strengen Unterton. „Er ist es nicht, Obi-Wan. Der Junge sieht nur aus wie Bruck."

Der Junge hatte einen Zopf aus weißem Haar, genau wie Bruck. Er trug eine Tunika aus einfachem Stoff, die der eines Jedi glich. Doch als er die Rampe herunter schritt, bekam Obi-Wan wieder Luft. Er sah, dass der Junge weichere Gesichtszüge hatte und ein paar Jahre jünger als er selbst war.

„Ein Bruder", murmelte Qui-Gon. „Sie wollen uns erschrecken. Deshalb kommt er zuerst heraus."

Hinter dem Jungen ging Vox Chun in langsamen Schritten die Rampe herab. Sein lilafarbener, dunkler Mantel wehte um die Schäfte seiner Stiefel. Der letzte Passagier folgte ihm mit vielleicht ein oder zwei Schritten Abstand und Obi-Wan bedachte ihn mit einem neugierigen Blick. Vox Chun hatte nicht angekündigt, dass er in Begleitung kommen würde; die Jedi hatten angenommen, dass er allein käme. Dieser Mann war etwas kleiner als Obi-Wan. Er hätte so alt sein können wie Qui-Gon oder etwas älter. Sein Alter war schwer einzuschätzen. Er hatte ein glattes, faltenloses Gesicht und kurze, dunkle Haare. Er trug eine streng geschnittene schwarze Jacke und Hose.

Qui-Gon nickte, als die Drei näher kamen. „Willkommen im Tempel der Jedi. Ich bin Qui-Gon Jinn und dies ist mein Padawan Obi-Wan Kenobi."

Vox Chuns Augen hatten dieselbe frostblaue Farbe wie die von Bruck. Sein Blick bedeckte Obi-Wan wie Eis einen See. Brucks Vater gab Qui-Gons Nicken zurück. „Ich bin Vox Chun und das ist mein Sohn Kad Chun. Dies ist ein Freund unserer

Familie, Sano Sauro. Er ist gekommen, um uns emotionalen Beistand zu leisten."

Obi-Wan sah sich diesen Sano Sauro an. Seine tiefschwarzen Augen und sein ernster Gesichtsausdruck ließen keinerlei Einblick in seine Gefühle zu. Obi-Wan konnte sich nicht vorstellen, dass man sich an diesen Mann in Gefühlsangelegenheiten wenden würde.

„Hier entlang", sagte Qui-Gon und deutete auf den Laufsteg zum Tempel. „Wir haben eine kleine Erfrischung für Euch vorbe…"

„Ich bin gekommen, um Antworten zu erhalten, nicht Tee", unterbrach Vox Chun Qui-Gons Einladung schroff.

„In Ordnung. Wir haben einen Konferenzraum vorbe…"

„Bringt mich an den Ort, an dem mein Sohn umgebracht wurde."

Qui-Gon musste sich beherrschen, antwortete aber voller Zurückhaltung. „Ihr könnt sehen, wo Euer Sohn starb."

Obi-Wan trottete hinter Kad her. Von hinten betrachtet, brachte Kads gedrungener Körperbau und seine Haltung Bruck Chun wieder lebhaft vor Obi-Wans geistiges Auge. Bruck hatte Obi-Wan während seiner Jahre im Tempel auf üble Weise gequält. Er hatte irgendeinen Groll gegen Obi-Wan gehegt. Er hatte einfach keine guten Erinnerungen an diesen Jungen.

Und doch hatte Bruck einen Kreis enger Freunde im Tempel gehabt. Er hatte die Loyalität der anderen genossen. Er hatte eine Seite gehabt, die Obi-Wan nicht gesehen hatte. Und das war es, was Obi-Wan jetzt quälte. In Bruck musste auch Gutes gesteckt haben.

Im Turbolift schwiegen sie, ebenso in den Korridoren auf dem Weg zum Saal der Tausend Quellen. Normalerweise überkam Besucher sofort ein Gefühl der Ruhe, wenn sie den riesigen Raum voller duftender Grünpflanzen und verborgener, plätschernder Quellen betraten. Die Luft roch frisch und kühl. Kad blieb einen Moment stehen, doch Vox schob ihn weiter. Sano Sauros emotionslose Miene veränderte sich nicht.

„Lasst uns anfangen", sagte Vox Chun plötzlich. „Wie genau kam mein Sohn um?"

„Der Tempel wurde von einem unbekannten Feind bedroht", begann Qui-Gon zu erzählen. „Wir wussten, dass Euer Sohn etwas damit zu tun ..."

„Eure Jedi-Geschichte interessiert mich nicht", unterbrach Vox Chun Qui-Gons Ausführungen grob. „Mich interessieren nur Fakten." Er wandte sich an Obi-Wan. „Wo hast du mit ihm gekämpft? Wer hat zuerst das Lichtschwert gezogen?"

„Ich bin ihm vom Ratssaal hierher gefolgt", sagte Obi-Wan. „Wir hatten bereits beide unsere Lichtschwerter gezogen."

„Du meinst, dein Lichtschwert erschien wie durch Magie in deiner Hand?", fragte Vox Chun sarkastisch. „Du hast es nicht zum Angriff oder zur Verteidigung gezogen?"

„Ich zog es, als Xanatos und Bruck durch einen Lüftungsschacht vor dem Ratssaal sprangen", sagte Obi-Wan.

„Hatte Bruck das Lichtschwert gezogen?"

„Nein", gab Obi-Wan zurück. „Er hatte sich in einem Luftschacht versteckt und wollte etwas stehlen, was ..."

„Jedi-Geschichten", unterbrach Vox seine Ausführungen und winkte ab. „Das ist für meine Fragen nicht relevant. Er zog also sein Lichtschwert, als er deines sah?"

„Ja", antwortete Obi-Wan. „Wir kämpften, bis Xanatos Bruck anwies, sicherzugehen, dass Bant tot war. Bruck lief zu ihr und ich folgte ihm."

„Hast du ihn von hinten angegriffen?"

„Nein, er drehte sich um und kam auf mich zu. Wir kämpften. Wir kamen schließlich in der Nähe einer Quelle heraus."

„Zeig mir diese Quelle."

Obi-Wan führte die Gruppe über verschlungene Pfade zu dem ihm vertrauten, tosenden Wasserfall und dem tiefen, grünen Teich.

„Der Wasserfall funktionierte zu diesem Zeitpunkt nicht, da sämtliche Systeme des Tempels außer Betrieb waren", erklärte er. „Der Teich war jedoch voll Wasser. Ich sah, dass Bant an den Grund gekettet war. Sie hatte die Augen geschlossen und gab nur noch schwache Lebenszeichen von sich. Wir kämpften und gerieten dabei ganz nach oben auf diesen Berg." Obi-Wan zeigte auf den felsigen Hang hoch oben. „Als wir oben ankamen, wurde mir klar, dass innerhalb von ein paar Sekunden sämtliche Wasserversorgungssysteme im Tempel wieder reaktiviert würden. Sie waren wegen eines Systemfehlers, den Xanatos verursacht hatte, außer Betrieb gewesen. Ich trieb

Bruck bis in das ausgetrocknete Bett des Wasserfalls. Mein Plan war, dass Brucks Lichtschwert kurzschließen würde, wenn das Wasser wieder floss. Dann hätte ich ihn entwaffnen und Bant befreien können."

„Und deinen Gegner leben lassen können?", fragte Vox Chun. „Das klingt mir gar nicht nach einem Jedi-Krieger."

„Im Gegenteil", ging Qui-Gon dazwischen. „Wir vermeiden den Tod um jeden Preis. Unseren Gegner zu entwaffnen, ist unser oberstes Ziel."

Vox Chun zuckte mit den Schultern, so als hätte Qui-Gon nichts als leere Worte gesagt. „Der Plan hat offensichtlich nicht funktioniert", sagte er geradeheraus zu Obi-Wan.

„Sein Lichtschwert ging tatsächlich aus", gab der junge Padawan zurück. „Er stand bis zu den Knien im Wasser. Er mühte sich ab, in die Nähe des Ufers zu kommen, wo Steine lagen. Er hob einige auf und warf sie auf mich. Als er versuchte, näher an die Steine zu gelangen, kam er zu nah an die Kante des Wasserfalls heran. Die Felsen sind dort sehr rutschig." Obi-Wan hielt einen Augenblick inne. Seine Kehle war plötzlich wie ausgetrocknet. „Die Strömung zerrte an ihm. Er verlor das Gleichgewicht. Ich streckte eine Hand aus … es war zu spät. Er fiel und schlug sich den Kopf an. Ich lief hinunter und suchte nach Lebenszeichen, doch er war bereits tot. Ich bin sicher, dass er durch den Schlag auf den Kopf starb. Er musste nicht … leiden."

„Das ist also deine Geschichte", sagte Vox Chun.

„Es ist die Wahrheit", sagte Obi-Wan leise.

„Wir gehen jetzt." Vox wandte sich um. Kad und Sano folgten ihm. Letzterer drehte sich noch einmal um und sah Obi-Wan mit seinen dunklen Augen an.

„Hat Bruck deiner Meinung nach wirklich versucht, Bant zu töten?", fragte er ruhig.

„Ja, das glaube ich."

„Du glaubst es, oder du weißt es?"

„Ich … glaube es."

„Was *weißt* du dann? Unternahm er irgendetwas, um Bant zu töten?"

„Das musste er gar nicht! Sie war unter Wasser gefesselt!"

„Eine Mon Calamari unter Wasser ist aber nichts sonderlich Ungewöhnliches."

„Ihr Sauerstoffvorrat war beinahe aufgebraucht."

„Weißt du das? Oder glaubst du das?"

„Ich weiß es. Sie sagte es mir, nachdem ich sie gerettet hatte."

Sauro nickte nachdenklich. „Wie konntest du wissen, dass Bruck nicht ins Wasser springen wollte, um sie zu retten, wenn er noch etwas Zeit gehabt hätte?"

Obi-Wan starrte ihn an. Wie konnte er die Antwort auf diese Frage kennen? Er glaubte nicht, dass Bruck Bant gerettet hätte. Doch das *glaubte* er. Er *wusste* es nicht.

Sauro wartete, doch als Obi-Wan keine Antwort gab, lächelte er zum ersten Mal. Obi-Wan lief ein eisiger Schauer über den Rücken.

Sauro drehte sich zu Vox Chun um. „Das genügt", sagte er.

„Da ist noch etwas", sagte Qui-Gon. „Die Jedi möchten, dass wir Euch etwas überreichen. Und Ihr habt unser Mitgefühl. Bruck war einer von uns und wir trauern um ihn."

Er griff in seine Tunika und holte den Griff von Brucks Lichtschwert hervor. Die Kristalle waren entfernt worden, doch der Griff trug noch immer die Gravierungen, die Bruck selbst angebracht hatte. Qui-Gon verneigte sich und reichte Vox Chun den Griff.

Der schob den Griff in seine Tasche, ohne ihn eines Blickes zu würdigen. Dann drehte er sich um und ging ohne eine Verabschiedung davon. Kad Chun und Sano Sauro folgten ihm.

Qui-Gon ließ Obi-Wan mit einem schweigenden Blick wissen, dass er die Besucher nach draußen bringen würde. Obi-Wan konnte hier bleiben.

Sobald sie außer Sichtweite waren, sank Obi-Wan auf das weiche Gras am Ufer. Er fühlte sich irgendwie leer und erleichtert, so als hätte er ein schweres Fieber überstanden.

Er hatte ihnen die Wahrheit erzählt und sie hatten ihm nicht geglaubt. So versuchte er sich wenigstens damit zu trösten, dass es vorbei war.

Und doch fürchtete er tief in seinem Innern, dass alles gerade erst begonnen hatte.

Kapitel 4

Qui-Gon beobachtete, wie Vox Chuns wendiges Transportschiff in den Himmel aufstieg. Das Treffen war nicht gut gelaufen. Eigentlich hätte es nicht schlimmer ausgehen können.

Er hatte in Obi-Wans Gesicht gelesen, dass das Treffen seine Schuldgefühle nur noch verstärkt hatte. Dabei musste gerade das Schuldgefühl von Obi-Wan weichen, damit Schmerz an seinen Platz treten konnte.

Er hatte mit dem Jungen gesprochen, doch seine Worte waren nicht bis zu Obi-Wan vorgedrungen. Das *Leben* musste ihn lehren. Zeit. Erfahrung. Die konnte man nicht einfach wie einen guten Ratschlag weiterreichen.

Doch etwas konnte er für seinen Padawan tun. Er konnte ihn ablenken.

Obi-Wan war in seine Unterkunft zurückgekehrt. Er lag auf seiner Liege und starrte an die Decke.

Qui-Gon lehnte im Türrahmen. „Wie würde dir ein Ausflug nach Centax 2 gefallen?"

Obi-Wan setzte sich auf. Sein sorgenvoller Blick verschwand.

„Wirklich? Dann kann ich mich mit Garen treffen! Und all die Raumjäger!"

„Ja, ich hatte mir schon gedacht, dass dir das gefallen würde. Tahl stellt dort Nachforschungen über einige Probleme an. Ich glaube, sie könnte unsere Hilfe brauchen."

Obi-Wan nickte energisch. Für Tahl würde er alles tun. „Wann brechen wir auf?"

„Wenn du willst, jetzt gleich", sagte Qui-Gon. „Pack deine Sachen zusammen. Wir können ein Lufttaxi nehmen."

Obi-Wan griff nach seinem Survival-Pack und sie liefen zur Landeplattform. Dort gingen sie an Bord eines Taxis. Es war nur ein kurzer Flug bis in die äußere Atmosphäre, dort wo Centax 2 lag. Der Satellit war ein kleiner, bläulicher Mond ohne jede Vegetation oder Wasser. Seine tiefen Täler und Bergketten hatte man eingeebnet, um riesige Landeplattformen und verschiedene technische Bauwerke und Hangare anlegen zu können.

Auf den Landeplattformen herrschte geschäftiger Flugverkehr und so reihte sich das Lufttaxi in eine Warteschlange ein, um anlegen zu können. Irgendwann erhielten sie schließlich die Landeerlaubnis. Sie stiegen aus dem Taxi und Qui-Gon ging mit Obi-Wan zu einem überdachten Transportband, von dem Ausgänge zu verschiedenen Landeplattformen führten. Sie kamen beinahe ganz am Ende heraus, wo das Laufband wieder die Richtung wechselte. Dann gingen sie auf einer windigen Straße zu einem kleinen, privaten Landebereich etwas weiter entfernt. Obi-Wan sah fünf Raumjäger, die neben einer Tech-Kuppel standen.

Als sie näher kamen, zischten über ihnen zwei weitere Raumjäger hinweg. Sie waren nur als silberne Streifen am Horizont zu sehen. Obi-Wan behielt sie im Auge, als sie abtauchten, kreischend auf die Oberfläche zuschossen und wieder hochzogen. Sie flogen in paralleler Formation und trennten sich dann.

„Ich wünschte, ich könnte so fliegen", sagte Obi-Wan voller Bewunderung.

Als die beiden Raumjäger gelandet waren, sah Obi-Wan eine vertraute Gestalt aus einem der Cockpits springen. Garen Muln nahm seinen Helm ab und schüttelte einen dicken Schopf aus schulterlangen Haaren. Zu Obi-Wans Überraschung trug Garen nicht mehr das kurze Haar und den Zopf eines älteren Schülers im Tempel. Es fiel ihm auf, dass auch der andere Pilot längere Haare hatte.

Garen sah die beiden Gestalten näher kommen. Nur ein paar Sekunden später erkannte er Obi-Wan. Er stieß einen erfreuten Schrei aus und lief auf ihn zu.

„Obi-Wan! Weshalb hast du mir nicht gesagt, dass du kommst? Schön, dich zu sehen!" Garen nahm sich zusammen, als ihm klar wurde, dass er es gerade versäumt hatte, einen Jedi-Meister zu begrüßen. „Entschuldigt bitte, Qui-Gon Jinn", sagte er mit einer Verbeugung. „Willkommen."

Qui-Gon lächelte. „Obi-Wan und ich haben beschlossen, einmal nachzusehen, wie es euch hier auf der Basis geht."

„Uns geht es bestens. Abgesehen von ein paar Missgeschicken in letzter Zeit, doch Clee Rhara hat das wieder in Ordnung gebracht."

Qui-Gon hob eine Augenbraue, sagte jedoch nichts.

„Warte nur, bis du sie siehst", sagte Garen zu Obi-Wan mit leuchtenden Augen. „Sie ist unglaublich. Die beste Pilotin, die ich jemals gesehen habe. Sie bringt uns Flugmanöver bei, von denen ich nicht einmal zu träumen wagte. Ich bin seit meiner Zeit im Tempel ein riesiges Stück weitergekommen!"

„Du siehst gar nicht mehr wie ein Jedi aus", sagte Obi-Wan mit einem Blick auf Garens Pilotenkombi und die ungewöhnlich langen Haare.

„Keine Sorge, ich bin noch immer ein Jedi", sagte Garen grinsend.

Genau in diesem Augenblick kam Clee Rhara aus der Tech-Kuppel. Sie trug ebenfalls einen Pilotenoverall wie Garen. Ihre hellen, orangefarbenen Haare wehten im Wind um ihr Gesicht. Clee Rhara war zierlich und schlank und reichte Qui-Gon kaum bis an die Schulter, doch ihr kompakter Körper bestand praktisch nur aus Muskeln. Als sie Qui-Gon sah, breitete sich ein Lächeln über ihr Gesicht aus. Sie ging zu ihm und nahm ihn voller Zuneigung in die Arme.

„Qui-Gon", sagte sie.

„Clee Rhara, ich freue mich, Euch zu sehen. Ich möchte Euch meinen Padawan Obi-Wan Kenobi vorstellen", gab Qui-Gon lächelnd zurück.

Obi-Wan wurde von aufmerksamen Augen geprüft, die dieselbe Farbe wie Clee Rharas leuchtend orangefarbenes Haar hatten. „Ich habe von Garen viel Gutes über dich gehört", sagte Clee. „Willkommen." Sie nahm Qui-Gon und Obi-Wan an die Hände. „Kommt, lasst mich Euch die Anlage zeigen. Und Tahl ist hier. Sie wird begeistert sein, dass Ihr gekommen seid."

Clee gab ihnen eine Führung durch dic Anlage; sie zeigte ihnen die gewarteten Raumjäger, die Unterkünfte der Schüler, die Studierstuben, die Hangare und sogar die Küchen. Qui-Gon fiel auf, wie die Blicke der Jedi-Schüler Clee folgten, als sie über das Gelände ging. Sie schaffte es offensichtlich, schnell Anhänger zu finden.

Clee schloss ihre Führung beim Tech-Center ab, wo die Schüler an Triebwerken und Hyperantrieben ausgebildet wurden. Tahl saß an einer Werkbank und arbeitete mit einem sprachgesteuerten Computer. Sie hörte mitten im Satz auf, als die Gruppe den Raum betrat.

„Ihr werdet nicht erraten, wer ...", begann Clee Rhara.

„Qui-Gon." Tahl sprach den Namen ohne jede Emotion aus. Qui-Gon spürte eine Spur von Irritation in ihrer Stimme. Tahl hatte ihn noch nie so kühl begrüßt.

Sollte Clee Tahls Verhalten aufgefallen sein, so ließ sie es sich nicht anmerken. „Jetzt sind also alle drei wieder auf einem Haufen!", sagte sie fröhlich.

„Ja", sagte Tahl.

Qui-Gon warf Clee einen Blick zu. Sie hatten einander seit Jahren nicht mehr gesehen, doch ihre alte Freundschaft verband sie auf untrennbare Weise. Clee wusste sofort, dass er allein mit Tahl sprechen wollte.

„Obi-Wan, willst du dir die Raumjäger ansehen?", fragte Clee.

„Ja!", gab Obi-Wan sofort zurück.

„Komm mit, Garen und ich zeigen dir die Flotte", sagte Clee und ging zur Tür. „Wir sind noch vor dem Abendessen zurück. Bis dann, Qui-Gon!"

Qui-Gon wartete, bis die beiden gegangen waren. Er ging nicht näher auf Tahl zu. „Ihr seid verärgert, dass ich gekommen bin."

Sie wandte sich von ihm ab, sodass er den Ausdruck auf ihrem wunderschönen Gesicht nicht sehen konnte. Manchmal tat sie das, um ihm keinen Vorteil zu verschaffen.

„Ihr denkt, dass ich Hilfe brauche. Ihr denkt, ich habe diese Mission nicht allein im Griff."

Qui-Gon wollte gerade widersprechen und darauf beharren, dass eine solche Aussage geradezu lächerlich war, doch er hielt sich zurück. Er musste Tahls Gesicht nicht sehen, um zu wissen, dass sie verletzt war. Es hatte sie in ihrem tiefsten Innern aufgewühlt und sie verletzt, sich mit der Frage auseinander zu setzen, ob sie einen Padawan annehmen sollte. Es ließ sie an sich selbst zweifeln. Dieses Gefühl war ihm nur allzu vertraut, wenn auch aus anderen Gründen.

„Nein", sagte er. „Ich bin gekommen, weil Obi-Wan eine üble Begegnung mit Vox Chun hatte. Ich mache mir Sorgen um ihn. Ich wusste, dass ihm diese Basis Spaß machen würde. Wenn wir auch noch behilflich sein könnten, würde ihn das noch mehr ablenken."

„Aha", sagte Tahl mit einem spöttischen Unterton. „Und das ist der *einzige* Grund für Euer Kommen?"

„Ich habe gehört, dass Ihr keinen Padawan annehmen wollt ..."

„Und Ihr dachtet, ich sollte ein Gespräch mit alten Freunden führen." Tahl wandte ihr Gesicht wieder ab. Qui-Gon sah die Verbitterung. „Ihr wollt mir sagen, wie unsicher Ihr selbst wart, einen Padawan anzunehmen, wie viel Kraft es Euch gekostet hat, als wie wertvoll sich die Erfahrung herausgestellt hat, dass ich erkennen sollte, dass ich einem Padawan trotz meiner Erblindung viel geben kann. Glaubt Ihr, ich würde nicht schon jetzt jedes Wort wissen, das Ihr sagen wollt? Bitte erspart mir das. Jedwede Diskussion über Bant oder Padawane ist ausgeschlossen. Ich meine es ernst, Qui-Gon."

„In Ordnung", sagte er leise. „Aber wollt Ihr bitte Obi-Wan und mir einen Gefallen tun und uns bei Euren Ermittlungen behilflich sein lassen?"

„Wenn Ihr Euch bewusst seid, dass ich das nur für Obi-Wan tue."

„In Ordnung." Er ging zu ihr und zog einen Stuhl heran. „Was habt Ihr bis jetzt herausgefunden?"

„Von meinen Verbindungsleuten im Senat weiß ich, dass es Gerüchte gibt, denen zufolge Clee Rhara die Jäger selbst sabotiert haben soll", sagte Tahl.

„Weshalb sollte sie das tun?", fragte Qui-Gon konsterniert.

„Um den Senat davon zu überzeugen, dass das Projekt mehr finanzielle Unterstützung und neuere Schiffe braucht", gab Tahl zurück.

Da hallte plötzlich Clee Rharas wütende Stimme von den Metallwänden der Tech-Kuppel wider. „Was für ein Haufen Altöl!" Sie kam mit großen Schritten zu ihnen. „Ich würde niemals meine Piloten gefährden!"

„Ich dachte, Ihr wolltet Obi-Wan die Raumjäger zeigen", sagte Qui-Gon.

„Ich bin zurückgekommen, um sicherzugehen, dass Ihr beide Euch nicht umbringt", sagte Clee. „Ich weiß noch, wie Ihr Euch im Tempel immer in den Haaren gelegen habt."

„Wir sind jetzt Jedi-Ritter", bemerkte Qui-Gon. „Wir liegen uns nicht in den Haaren."

Tahl lächelte. „Wir streiten und ich gewinne."

Clee sank in einem Stuhl zusammen. „Na ja, ich bin froh, Euch beide zu sehen. Ich stecke hier wirklich in der Klemme. Wenn ich nicht herausfinde, wer meine Flotte sabotiert, wird der Senat das Programm höchstwahrscheinlich streichen. Das kann ich nicht zulassen!"

„Erzählt mir etwas über Eure Sicherheitsmaßnahmen", sagte Qui-Gon.

„Die Schiffe werden in einer Werft hier in der Nähe umgerüstet und alle Arbeiter haben sich Sicherheitsüberprüfungen unterzogen. Nach den ersten Zwischenfällen habe ich die Zahl der Techniker, die an den Schiffen arbeiten, auf zwei reduziert. Das macht alles etwas langsamer, ist aber sicherer. Jeder von ihnen hat die höchste Sicherheitsfreigabe vom Senat erhalten. Ich hatte gedacht, dass nun alles in Ordnung war. Und doch ist nach diesen Maßnahmen wieder ein Zwischenfall passiert."

„Also muss es einer der beiden Arbeiter sein", sagte Qui-Gon.

„Oder jemand, der es schafft, sich in einen Hochsicherheitsbereich einzuschleichen."

Clee beugte sich nach vorn und faltete frustriert die Hände. „Ich kann die Sicherheitsmaßnahmen nicht noch weiter verstärken, als ich es ohnehin schon getan habe. Die Sicherheitsüberprüfungen des Senates sind überaus gründlich."

„Es gibt noch eine andere Möglichkeit", sagte Qui-Gon. „Jemand im Senat steckt hinter dieser Sache und eine oder beide dieser Sicherheitsfreigaben sind falsch."

„Das hatte ich noch nicht in Betracht gezogen", sagte Tahl. „Das würde auch die Gerüchte im Senat erklären. Dieselbe Person könnte auch dafür verantwortlich sein. Jemand, der das Projekt zu Fall bringen will."

„Aber weshalb?", fragte Clee. „Wer könnte etwas gegen eine Hand voll Jedi-Schüler haben, die lernen, Raumjäger zu fliegen?"

„Jemand, der fürchtet, dass die Jedi zu viel Macht bekommen“, grübelte Qui-Gon. „Das Programm ist noch sehr neu. Sein Potenzial könnte jemanden ängstigen.“

Qui-Gons Comlink piepte. Er entschuldigte sich, ging ein paar Schritte zur Seite und beantwortete den Ruf. Es war Yoda.

„Unselige Neuigkeiten ich habe“, sagte Yoda ohne Vorrede. „Der Senat die Bildung eines Komitees zur Untersuchung von Brucks Tod angeordnet hat. Vox Chun einen geheimen, mächtigen Verbündeten dort hat. Herausgefunden wir haben, dass Sano Sauro ein Ankläger ist. Erzählt wird, dass er begierig danach ist, allem seinen Stempel aufzudrücken. Zurückkehren du musst, Qui-Gon. Drei Zeugen es geben wird – du selbst, Bant und Obi-Wan. Ich fürchte, dass dieser Prozess seinen Tribut fordern wird bei deinem Padawan.“

Qui-Gon fühlte sich niedergeschlagen. „Ja“, sagte er leise. „Das fürchte ich auch.“

Kapitel 5

Das Untersuchungskomitee des Senats verschwendete keine Zeit. Schon am nächsten Tag rief es die Jedi in den Befragungsraum.

Obi-Wan spürte einen Anflug von Angst, als er sich an diesem Morgen anzog. Er bekam kaum sein Frühstück herunter. Als es an der Zeit war, sich mit Qui-Gon zu treffen und zu der Anhörung zu gehen, war er beinahe froh.

„Es werden sechzehn Senatoren anwesend sein", erklärte Qui-Gon Bant und Obi-Wan, während sie die lavendelfarbenen Korridore des Senats entlang gingen. Die Gänge waren voller Senatoren, die wichtig dahin eilten, hektische Assistenten, Berater und Droiden an ihren Fersen.

„Ich werde zuerst aufgerufen", erklärte Qui-Gon.

„Dann Bant. Obi-Wan kommt als Letzter an die Reihe. Sano Sauro wird versuchen, uns das Wort im Munde herumzudrehen, denkt also immer daran, dass ihr die hundertprozentige Wahrheit sagen müsst. Die Jedi haben in einer Abstimmung beschlossen, uns keinen Repräsentanten zur Seite zu stellen. Aber die Wahrheit ist auf unserer Seite. Vergesst das nicht."

Obi-Wan nickte. Qui-Gons ruhige Ausstrahlung gab ihm ein Gefühl der Sicherheit. Die Wände des Befragungsraums waren aus Stahlglas, daher konnte Obi-Wan sehen, dass sich die Senatoren an dem langen Tisch dort drinnen versammelt hatten. Er war auf einem Podest aufgestellt. Vox Chun, Kad Chun und Sano Sauro saßen ihnen bereits gegenüber. Ein leerer Tisch wartete auf die Jedi.

„Senator Pi T'Egal ist Vorsitzender des Komitees", sagte Qui-Gon leise und zeigte auf den Senator, der in der Mitte am Tisch saß. „Das ist gut. Er ist den Jedi freundschaftlich gesonnen."

Die Stahlglastüren glitten zur Seite. Qui-Gon, Obi-Wan und Bant gingen hinein und verneigten sich kurz vor den Senatoren. Dann nahmen sie ihre Plätze an dem leeren Tisch ein.

„Wenn alle hier sind, können wir beginnen", sagte Pi T'Egal. Er drückte auf einen Knopf und die Stahlglaswände wurden schwarz. Obi-Wan hatte diese Veränderung zwar erwartet, doch er fühlte sich plötzlich wie in einer Falle.

Suche deine ruhige Mitte. Er hatte Mühe zu atmen, als Pi T'Egal etwas auf seinem Datapad nachsah und ein paar Knöpfe drückte. Bant presste ihre Finger sanft in Obi-Wans Arm, um ihm ihre Unterstützung zu zeigen.

Schließlich sah Pi T'Egal auf. „Dies ist keine Gerichtsverhandlung", sagte er. „Es ist lediglich eine Befragung. Vox und Kad Chun haben eine vollständige Schilderung des Todes von

Bruck Chun im Jedi-Tempel gefordert. Wir Senatoren haben zugestimmt, darüber zu entscheiden, ob der Tod ein Unglücksfall war oder ob Obi-Wan eine gewisse Verantwortung für den Vorfall trägt. Wenn wir eine vorsätzliche Tat oder Verantwortlichkeit feststellen, können Vox und Kad Chun diese Angelegenheit dem Gerichtshof von Coruscant vortragen. Ist dies für jeden verständlich?"

Alle nickten.

Pi T'Egal drehte sich zu Vox Chun. „Ist Euch klar, dass Ihr den Tod Eures Sohnes nicht weiter anklagen könnt, wenn wir keine Schuld Dritter feststellen können?"

„Ja, das ist es", sagte Vox Chun.

„Dann lasst uns beginnen. Erster Zeuge ist der Jedi-Ritter Qui-Gon Jinn."

Qui-Gon stand auf und ging zu einem Stuhl, der so auf dem Podest stand, dass er von allen Senatoren deutlich zu sehen war.

„Bitte informiert uns aus Eurer Sicht über die Umstände, die zum Tod von Bruck führten oder in irgendeiner Weise damit zu tun hatten."

Qui-Gon begann, die Probleme zu erläutern, die in der betreffenden Zeit im Tempel aufgetreten waren. Außerdem erklärte er, dass es einen Eindringling auf dem Tempelgelände gegeben hatte.

„Wir wissen, dass Bruck Chun mit den Diebstählen zu tun hatte", sagte er. „Er verschwand und wir wussten auch, dass eine noch mächtigere Person die Sicherheitseinrichtungen des Tempels unterlaufen hatte. Wir gingen davon aus, dass Bruck Chun diese Person in den Tempel geschmuggelt hatte."

„Aber das wisst Ihr nicht mit Sicherheit", unterbrach Sano Sauro ihn.

„Nein", gab Qui-Gon kühl zurück. Er sah dem Anwalt dabei unbeeindruckt in die Augen. „Deshalb sagte ich ‚Wir gingen davon aus'."

„Bitte fahrt fort, Qui-Gon", sagte Pi T'Egal.

Qui-Gon berichtete von den vielen Sabotagefällen, einschließlich des Anschlags auf Yoda und der Sabotage eines horizontalen Turbolifts, der ein Dutzend kleine Kinder und ihren Lehrer in höchste Gefahr gebracht hatte. Dann erklärte er, wie sie erfahren hatten, dass ihr Gegenspieler sein ehemaliger Padawan Xanatos gewesen war. Xanatos war damals Vorsitzender der riesigen Firma Offworld gewesen, die überall in der Galaxis nach Rohstoffen schürfte. Die Jedi hatten Xanatos und Bruck vor dem Ratssaal gestellt, als sie durch einen Lüftungsschacht gesprungen waren.

„Ich habe Bruck das Lichtschwert aus der Hand geschlagen", sagte Qui-Gon ruhig. „Xanatos hat sich Bruck gegriffen und das Lichtschwert an seine Kehle gehalten."

Sano Sauro richtete sich leicht auf. „Also bedrohte Xanatos den Jungen? Bruck Chun war sein Gefangener, nicht sein Komplize?"

„Nein", gab Qui-Gon zurück. „Xanatos verspürte niemandem gegenüber Loyalität. Er war bereit, Brucks Leben zu opfern, um selbst davonzukommen."

„Das glaubt Ihr", sagte Sano Sauro in einem eisig kalten Ton.

„Ja", gab Qui-Gon zurück. „Aufgrund meiner umfangreichen Erfahrungen mit Xanatos weiß ich, wie er sich unter Druck verhält. Wie auch immer. Wir konnten ihn dazu bringen, Bruck loszulassen und wegzustoßen. Bruck holte sich sein Lichtschwert zurück. Xanatos wies ihn an, zu Bant zu gehen und sicherzustellen, dass sie tot war."

Pi T'Egal lehnte sich wieder leicht nach vorn. „Hat er diese Worte benutzt?"

„Er sagte ‚Bring sie um'", zitierte Qui-Gon Xanatos. „Genau diese Worte."

„Habt Ihr Obi-Wan angewiesen, Bruck umzubringen?", wollte Sano Sauro wissen.

Qui-Gon vergrub einen Augenblick lang seine Finger in den Armlehnen des Stuhles. Es war das einzige Anzeichen dafür, dass er Sano Sauros Beleidigung wahrgenommen hatte. „Nein. Jedi geben keine Anweisung zu töten. Ich wies ihn an, Bruck zu folgen und zu verhindern, dass er Bant tötet. Und das ist genau das, was er tat. Ich traure um den Verlust eines Lebens, aber ich bin stolz auf das, was mein Padawan getan hat." Qui-Gon sah Obi-Wan voller Wärme an.

„Stolz?" Sano Sauro stand auf. „Stolz darauf, dass ein junger Jedi-Schüler tot ist?"

„Stolz darauf, dass Obi-Wan alles versucht hat, ihn zu retten", sagte Qui-Gon voller Überzeugung. „Sogar dann noch, als Bruck sein Bestes gab, ihn zu töten. Ich bin stolz darauf, dass er in der Lage war, Mitgefühl und Gnade zu zeigen, obgleich ihn ein anderer bedrohte. Das ist die Art der Jedi."

Sano Sauro setzte sich schnaubend wieder hin. „Habt ihr dieses ... *Mitgefühl* selbst gesehen, Qui-Gon?"

„Nein. Ich war in einen Kampf mit Xanatos verwickelt."

„Dann können wir Euch also nur beim Wort nehmen."

„Nein. Ihr müsst Obi-Wans Worten glauben. So wie ich es tue."

Sano Sauro winkte ab. „Ich habe keine weiteren Fragen an diesen Zeugen", sagte er.

Pi T'Egal sah sich unter den anderen Senatoren um. Keiner von ihnen hatte eine Frage. „Vielen Dank, Qui-Gon Jinn. Jetzt lasst uns Bant anhören."

Qui-Gon ging zum Tisch zurück. Auf dem Weg dorthin warf er Bant einen aufmunternden Blick zu. Sie stand auf und kam nach vorn. Ihre lachsfarbene Haut glänzte, doch ihre Augen waren von Nervosität verschleiert. Als sie sich setzte, konnte Obi-Wan spüren, wie sie in ihrem tiefsten Innern nach Ruhe suchte. Sie hob das Kinn und sah Pi T'Egal selbstsicher an.

Der Senator sprach mit sanfter Stimme; irgendwie brachte Bant immer alle dazu, sanft zu sein. „Erzähl uns, was an jenem Nachmittag geschah, Bant."

„Ich wurde von Xanatos und Bruck Chun gefangen genommen", sagte Bant mit klaren, deutlichen Worten. „Sie brachten mich zum Saal der Tausend Quellen. Wir benutzten die Wassertunnel, damit wir nicht gesehen wurden. Als wir am Teich unter dem Wasserfall ankamen, kettete mich Xanatos am Grund fest. Er sagte noch zu mir, ich sollte mich auf den Tod vorbereiten, denn Qui-Gon und Obi-Wan würden mich nicht retten können. Ich hörte nicht auf ihn. Doch die Zeit schritt weiter und weiter voran, bis ich die Grenze erreichte, bis zu der ich noch unter Wasser bleiben konnte. Irgendwann hatte ich sie überschritten. Ich wusste, dass ich dem Tod nahe war. Ich bereitete mich darauf vor. Doch dann spürte ich Obi-Wans Gegenwart. Ich konnte ihn nicht sehen, doch ich wusste, dass er da war. Ich spürte, wie die Macht floss und mir Kraft verlieh. Einen Augenblick später spürte ich, wie Obi-Wan mich befreite und an die Oberfläche brachte. Er schleppte mich ans Ufer. Ich sah Bruck Chun in der Nähe liegen. Er war tot."

Bant schloss ihren Bericht mit leiser Stimme und neigte den Kopf. „Das ist alles, was ich weiß."

Der leicht beleidigende Tonfall in Sano Sauros Stimme veränderte sich jetzt in das sanfte Schnurren eines tödlichen Tieres. „Du sagst, du wärst unter Wasser kurz vor deiner Grenze gewesen. Gibt es einen genauen Zeitraum, den ein Mon Calamari ohne Sauerstoff unter Wasser bleiben kann?"

„Nein", sagte Bant. „Das ist von Individuum zu Individuum verschieden."

„Bist du jemals unter Wasser ohnmächtig geworden, Bant?"

„Nein."

„Du hast noch nie deine Grenze erreicht?"

„Nein", gab Bant zurück. „Nicht bis zu jenem Tag."

„Und doch bist du nicht ohnmächtig geworden, oder etwa doch? Wie alt bist du, Bant?" Sano Sauro fragte jetzt plötzlich in einem anderen Tempo und härterem Tonfall.

„Ich bin zwölf. Als es geschah, war ich elf."

„Wenn du aber deine Grenze noch nie erreicht hast – auch an jenem Tag nicht – wie kannst du dann *wissen*, dass du dem Tod nahe warst?" Sano Sauro feuerte sie Frage abrupt ab.

Sie blinzelte langsam. „Ich spürte, dass der Tod sehr nahe war ..."

„Es war also ein *Gefühl*."

Obi-Wan spannte sich an. Ein Schleier der Unsicherheit überflog Bants Gesicht. Diesen Angriff hatte sie nicht erwartet.

„Jedi lernen, ihren Gefühlen zu vertrauen."

„Ach so. Und in was für einem Geisteszustand hast du dich befunden?"

„Ich befand mich in einem meditativen Stadium und wartete auf den Tod, falls er kommen sollte."

„Kannst du sagen, wie lange du es noch ausgehalten hättest, wenn Kenobi dich nicht gerettet hätte?"

Bant zögerte.

„Die Wahrheit", sagte Sauro warnend.

„Nein ... das kann ich nicht ..."

Sano Sauro wirbelte herum und sah die Senatoren an. „Wir

müssen also den *Gefühlen* eines elfjährigen Mädchens trauen, das sich in Lebensgefahr befand und das behauptet, dass alle Versuche zu seiner Befreiung gerechtfertigt waren. Ein junger Mann ist *deshalb* tot."

„Aber ich kenne meine Fähigkeiten und Möglichkeiten", rief Bant. „Ich bin mir sicher, dass ich dem Tod nahe war!"

„Ich habe keine weiteren Fragen", sagte Sano Sauro.

„Ich denke, es ist an der Zeit, für heute aufzuhören", sagte Pi T'Egal. „Wir werden uns morgen zur selben Zeit noch einmal treffen."

Die Senatoren erhoben sich. Bant stand zitternd vom Zeugenstand auf und ging zu Obi-Wan und Qui-Gon.

„Ich habe Euch enttäuscht ..."

„Nein", sagte Qui-Gon mit fester Stimme. „Du hast die Wahrheit gesagt."

„Alles ist in Ordnung, Bant", sagte Obi-Wan. „Dieser Sano Sauro hat alles herumgedreht. Er hat keinen Respekt vor den Jedi."

„Aber die Senatoren haben Respekt", sagte Qui-Gon zu ihr. „Sie werden seiner Interpretation nicht folgen. Mach dir darüber keine Sorgen." Er führte sie sanft zur Tür, wobei er etwas schneller ging, als er sah, dass Vox Chun und Sano Sauro ebenfalls den Saal verließen. Er wollte ihnen aus dem Weg gehen.

Obi-Wan blieb mit Kad Chun zurück. Ihre Blicke trafen sich. Eine Welle der Wut überkam Obi-Wan – eine Welle, von der er wusste, dass er ihr widerstehen musste. Doch er schaffte es nicht. Sie hatten Bant angegriffen und das konnte er ihnen nicht verzeihen.

Kad bemerkte seine Wut. Obi-Wan sah den Anflug von Zufriedenheit in dem Gesicht, das dem von Bruck so sehr ähnelte.

„Du bist also doch nicht so perfekt, Obi-Wan Kenobi", sagte Kad in einem leicht bedrohlichen Tonfall. „Ich sehe Hass in deinen Augen."

„Ich hasse dich nicht, Kad", gab Obi-Wan zurück. Er hatte Mühe, seine Stimme nicht zu erheben. „Aber dieser Angriff auf Bant – ist es das, was du unter Gerechtigkeit verstehst?"

Kad ballte die Hände zu Fäusten. Obi-Wan hatte noch nie solch stechenden persönlichen Hass und Schmerz erlebt. Die Gefühle des Jungen trafen ihn wie ein Schock. Er wollte weglaufen, blieb aber stehen.

Irgendwann wandte Kad schließlich den Blick ab. Dann drehte er sich um und lief seinem Vater hinterher.

Kapitel 6

Qui-Gon kam in seinen Überlegungen zu dem Schluss, dass er für Obi-Wan nichts weiter tun konnte, als er in das Lufttaxi nach Centax 2 stieg. Er hatte alles gesagt, was gesagt werden musste. Eine der schwierigsten Entscheidungen für einen Meister war es, sich zurückzuziehen. Sein Padawan musste allein mit seinen Gefühlen zurechtkommen.

Und Tahl brauchte seine Hilfe, ob sie wollte oder nicht.

Er landete auf Centax 2 und nahm das Transportband zur Jedi-Basis. Tahl saß in der Tech-Kuppel und ging technische Spezifikationen von Raumschiffen durch.

Mittlerweile erkannte sie seine Schritte schon, kaum dass er den Raum betreten hatte.

„Ich dachte, ich müsste etwas über ein bestimmtes Raumjäger-Triebwerk in Erfahrung bringen", sagte sie ohne Vorreden. Sie schob den Stimmrecorder weg, der ihr Erläuterungen laut vorlesen konnte und drehte sich zu ihm um. „Wie lief die Anhörung?"

„Schwer zu sagen", gab Qui-Gon zurück und setzte sich neben sie. „Für Bant war es sehr schwer."

„Bant? Weshalb?" Tahls Stimme klang scharf. Qui-Gon fiel auf, wie sie sofort instinktiv Bant in Schutz nehmen wollte.

„Sano Sauro hat sie damit gequält, wie lange ein Mon Calamari unter Wasser bleiben kann. Bant war gezwungen zu sagen, dass sie nicht wusste, wie nahe sie dem Tod tatsächlich war."

Tahl stöhnte. „Und Bant hatte natürlich das Gefühl, damit Obi-Wan zu verraten."

„Ja, das befürchte ich. Ich hoffe, dass Obi-Wan im Tempel mit ihr redet. Selbst wenn er noch so leidet, wird er die Hand nach Bant ausstrecken. Obi-Wan findet keine Ruhe."

Sie seufzte. „Sie tun so viel und haben so viel erreicht. Wir dürfen dabei niemals vergessen, dass sie noch sehr jung sind."

„Ich weiß, dass letztlich alles ein gutes Ende finden wird", sagte Qui-Gon. „Aber es ist schwer, nur dazustehen und zuzusehen, wie ihm all das widerfährt." Er sah Tahl fragend an. „Und doch macht es mich froh, ihm zur Seite stehen zu können."

Tahl wandte sich ab und strich mit den Fingern über eine Durafolie mit einer Konstruktionszeichnung. Die Linien waren leicht erhaben, sodass sie die Formen mit den Fingern abtasten konnte, während der Stimmrecorder ihr sagte, was sie gerade untersuchte. „Ich wusste nicht, dass die Schockdämpfer so weit hinten liegen", sagte sie kühl.

Offensichtlich ignorierte Tahl sogar den kleinsten Hinweis, wie sehr sie von einer Meister-Padawan-Beziehung profitieren konnte. Qui-Gon beschloss, es gut sein zu lassen, weil ihm nichts anderes übrig blieb.

„Habt Ihr die beiden Arbeiter schon befragt?", wollte er wissen.

„Nein, aber ich wollte es gerade tun. Sie wissen, dass jemand hier ist, um Ermittlungen anzustellen. Ich wollte sie etwas nervös machen. Wollt Ihr dabei sein?"

„Wenn es Euch nichts ausmacht ..."

„Natürlich nicht", sagte Tahl und stand auf. „Aber wann hat Euch das jemals gestört?"

Zumindest war ihrer Stimme ein wenig Amüsement zu entnehmen. Qui-Gon ging neben ihr zum angrenzenden Hangar, wo die Raumjäger umgerüstet wurden.

Als sie im Hangar waren, musste Qui-Gon sich geradezu zwingen, Tahl nicht an die Hand zu nehmen. Der Boden lag voller Werkzeuge und Teile verschiedenster Größe. Tahl jedoch manövrierte sich unter Einsatz ihrer außergewöhnlichen Reflexe und einer besonderen Ausbildung sicher durch die Hindernisse hindurch.

„Wie ich sehe, braucht Ihr ZwoJot nicht mehr, um Euch zurechtzufinden", sagte Qui-Gon und bezog sich damit auf Tahls endlos plappernden, persönlichen Navigationsdroiden.

Ihre Lippen verzogen sich zu einem Lächeln. „Ich habe lange trainiert, um es so weit zu bringen. Aber ich habe sie dennoch mit hierher gebracht. Unglücklicherweise brauche ich sie noch für ein paar Dinge."

„Die Mechaniker sind da links“, sagte Qui-Gon.

Er beobachtete sie genau, als er sich mit Tahl näherte. Einer von ihnen war ein Twi'lek mit großen Kopfschwänzen, die er in Stoff gewickelt hatte, damit sie ihm nicht im Weg waren. Seine Haut war hellblau. Der andere Mechaniker war menschlich, klein und gedrungen, er hatte die Haare an der Seite abrasiert, sodass nur noch ein stoppeliger Streifen oben auf dem Schädel übrig war.

„Wir würden Euch gern ein paar Fragen stellen“, sagte Tahl.

Die beiden Mechaniker legten ihre Werkzeuge weg und drehten sich zu ihnen um. „Natürlich“, sagte der Twi'lek ein wenig nervös. „Ich bin Haly Dura und das ist Tarrence Chenati. Was können wir für Euch tun?“

„Wir stellen Nachforschungen über die Fehlfunktionen bei den Raumjägern an“, erklärte Qui-Gon.

„Wir wurden schon dazu befragt“, sagte Haly Dura. „Es gab keine Unklarheiten mehr.“

„Wir möchten Euch nur ein paar Fragen stellen“, sagte Tahl. „Clee Rhara hat uns um Hilfe gebeten.“

„Ich bin mir sicher, dass wir alle Fragen bereits beantwortet haben“, sagte Haly Dura ungeduldig.

„Dann werdet Ihr sie noch ein zweites Mal beantworten“, sagte Tahl. In ihrer ruhigen Stimme war ein etwas schärferer Ton verborgen.

Tarrence Chenati warf seinem Kollegen einen Blick zu. „Wir kooperieren natürlich. Wir wollen nicht, dass auch nur der kleinste Verdacht über unseren Köpfen schwebt. Wir machen uns auch Sorgen. Wir sind mit Clee Rhara jede Minute unserer Schicht durchgegangen, doch wir wissen nicht, wie das geschehen konnte."

„Dies ist ein Bereich mit eingeschränktem Zutritt", sagte Haly Dura. „Wir sind die Einzigen, die hier Zugang haben. Das bedeutet, dass irgendjemand nach Arbeitsschluss eingebrochen sein muss."

Qui-Gon sah sich beide Mechaniker genau an. Er konzentrierte sich auf ihre Blicke und auf Gesten, die vielleicht einen Hinweis darauf geben konnten, dass einer von ihnen log. Er wusste auch, dass Tahl auf Hinweise in ihren Stimmen und Worten achtete.

„Ihr führt alle Reparaturarbeiten an den Raumjägern durch, stimmt das?", fragte Tahl.

Beide Arbeiter nickten, doch ihnen wurde schnell klar, dass Tahl sie nicht sehen konnte.

„Ja", sagten sie im Chor.

„Was ist mit der Ionisierungskammer?", fragte Tahl.

Der letzte Unfall war aufgrund einer Fehlfunktion in der Ioninisierungskammer geschehen, wie Qui-Gon wusste.

„Die Ioninisierungskammer musste nicht umgebaut werden", sagte Haly Dura. „Wir haben sie natürlich geprüft."

„Wie macht Ihr das?", fragte Tahl in einem höflichen Tonfall.

„Am Kontrollpult. Hier." Haly Dura zeigte ihnen ein Kontrollpult. „Es hat keine Probleme angezeigt."

„Der Raumjäger wurde für einen Flug am nächsten Tag freigegeben", sagte Tarrence Chenati. „Bis dahin wurde das Schiff hier im Hangar lückenlos beobachtet."

„Macht es Euch etwas aus, wenn wir uns ein wenig umsehen?", fragte Qui-Gon.

„Nein. Natürlich nicht."

Die beiden Mechaniker gingen wieder an ihre Arbeit. Sie waren gerade dabei gewesen, Laser-Antriebskonverter zu schweißen. Qui-Gon und Tahl schlenderten indessen durch den Hangar.

„Habt Ihr irgendetwas bei unseren beiden Freunden spüren können?", murmelte Qui-Gon.

„Einen Geruch", gab Tahl flüsternd zurück. „Aber nur bei Tarrence Chenati und nicht bei Haly Dura. Könnte nichts bedeuten. Aber es roch nach Öl. Ich habe eine Idee. Lasst uns zurückkommen, wenn sie weg sind."

Sie mussten nicht lange warten, denn die beiden Arbeiter machten bald Feierabend. Clee Rhara hatte den beiden Jedi alle Sicherheitscodes gegeben und so kamen sie schnell wieder in den Hangar hinein. Qui-Gon schaltete das Licht an. Vor nicht allzu langer Zeit noch wäre es ihm schwergefallen, sich bei der Suche nach einem Hinweis auf Tahls Geruchssinn zu verlassen. Doch er hatte sich eines Besseren belehren lassen.

Tahl setzte sich auf eine niedrige Bank. „Qui-Gon, bringt mir die verschiedenen Werkstoffe, die sie benutzen – Schmiere, Leitmittel, Lösungsmittel – sie müssten an der Ostmauer stehen. Dort gibt es eine Lagereinheit, die ich von einem Plan vom Reparatursektor kenne. Bringt mir eines nach dem Anderen."

Qui-Gon war zu neugierig, um sich daran zu stören, dass er einen Befehl erhalten hatte. Er fand schnell die Lagereinheit. Alles war ordentlich beschriftet. Qui-Gon wusste einiges über Triebwerke von Raumschiffen, aber selbst er war überrascht zu sehen, wie viele verschiedene Schmierstoffe, Leit- und Lösungsmittel dazu verwendet wurden, um ein Raumschiff am Laufen zu halten.

Er begann mit den Schmiermitteln. Tahl untersuchte die verschiedenen Mittel, wobei sie konzentriert die Augen geschlossen hielt. Nach jedem tiefen Schnüffler schüttelte sie den Kopf. Ein paar der chemischen Verbindungen verursachten ihr heftigen Husten und Tränen rannen ihre Wangen hinunter, doch sie machte tapfer weiter. Sie hatte bereits elf verschiedene chemische Mittel durch, als Qui-Gon ihr etwas brachte, was mit LEITMITTEL X-122 beschriftet war.

Tahl nahm einen tiefen Schnüffler und hustete einmal heftig. Dann beugte sie sich nach vorn und holte tief Luft. Als sie wieder sprechen konnte, krächzte sie: „Das ist es. Kein Wunder, dass ich es erkannt habe."

Qui-Gon gab den Namen des Stoffes in den Computer ein, um etwas über seine Anwendungsbereiche zu erfahren. „Er hat nur eine Funktion: als Leitmittel in der Ionisierungskammer."

Tahl schlug mit der flachen Hand auf die Bank. „Darauf hatte ich gehofft. Chenati hat gelogen. Er *hat* an der Ionisierungskammer gearbeitet. Obwohl sie sagten, dass das nicht nötig war."

„Und dort war auch die Fehlfunktion", sagte Qui-Gon. „Lasst uns zurückgehen und Chenatis Sicherheitsstufe noch einmal prüfen."

Auch nach stundenlanger Suche hatten Qui-Gon und Tahl schlichtweg nichts herausgefunden.

„Alles scheint zu stimmen", sagte Tahl seufzend. „Nur weil ich einen Geruch von einem Overall wahrnehme, muss das noch nicht bedeuten, dass der Mann Sabotage betreibt. Es gibt vielleicht noch eine andere Erklärung."

„Seine Sicherheitsüberprüfung lässt keine Fragen offen", sagte Qui-Gon, als er seinen Blick über all die Informationen schweifen ließ, die sie angesammelt hatten. „Seine Akte ist geradezu unglaublich sauber."

„Er hat allerdings keine Familie", grübelte Tahl. „War noch nie verheiratet und hat keine Kinder. Und er ist ziemlich in der Galaxis herumgekommen."

„All das könnte man auch über mich sagen", bemerkte Qui-Gon.

Tahls Lippen verzogen sich zu einem Lächeln. „Na ja, Ihr seid ja auch ein verdächtiger Charakter."

Es war bereits kurz vor Sonnenaufgang. Clee Rhara und ihre

Piloten würden bald aufstehen und den Tag beginnen. An diesem Tag würden alle Piloten fliegen.

„Vielleicht ist seine Einstufung *zu* gut“, sagte Tahl. „Ich habe noch eine Idee.“

Ihre Finger flogen über die Tastatur des Datapads. Qui-Gon sah ihr über die Schulter.

„Ihr sucht einen gelöschten Eintrag?“

„Einen Augenblick.“

Qui-Gon unterdrückte ein Gähnen und starrte auf den kleinen Schirm. Irgendwann erschien darauf eine Liste mit Informationen. Während er sie überflog, las der Stimmrecorder sie Tahl vor.

Es waren dieselben Informationen wie für Tarrence Chenati. Dieselbe Sicherheitsfreigabe. Derselbe Retina-Scan.

Nur war dieser Tarrence Chenati seit über zwanzig Jahren tot.

Kapitel 7

Beim Morgengrauen wachte Obi-Wan auf. Er hörte die gedämpften Schritte der Schüler im Tempel, die zur Meditation gingen. Ihm war klar, dass er mit ihnen hätte gehen sollen. Die Meditation würde seinen Geist für den ihm bevorstehenden Tag beruhigen. Doch er wagte es nicht, sich zu rühren. Er wollte nicht, dass dieser Tag begann.

Die Nachtstunden schienen eine Ewigkeit gedauert zu haben. Obi-Wan hatte Qui-Gon kontaktieren wollen, doch er hätte nichts zu sagen gehabt – außer, dass er sich nach dessen beruhigender Gegenwart sehnte. Er war zu Bant gegangen, doch sie hatte ihm nur gesagt, dass sie früh zu Bett gehen und mit niemandem sprechen wollte. Gerade jetzt, wo er seine Freunde brauchte, waren sie alle verschwunden.

Obi-Wan schwenkte die Beine über den Rand seiner Liege. Am anderen Ende des Zimmers blinkte der Comlink. Er lief ungeduldig darauf zu. Vielleicht war Qui-Gon zurückgekehrt und wollte mit ihm frühstücken. Es waren noch Stunden bis zur Anhörung. Wenn er schon die Nacht als lang empfunden hatte, würde der Morgen noch länger werden.

Er war glücklich, Qui-Gons Stimme zu hören, eine Sekunde später überkam ihn allerdings große Enttäuschung.

„Obi-Wan. Ich bin noch immer auf Centax 2. Es hat sich etwas ergeben und ich muss noch ein wenig bleiben. Ich müsste bis zu der Anhörung wieder zurück sein."

„Ihr *müsstet?*" Obi-Wan konnte die Enttäuschung in seiner Stimme nicht verbergen.

„Du wirst es gut machen, Padawan. Sag einfach die Wahrheit. Das genügt."

Das genügt nicht!, wollte Obi-Wan rufen. Er brauchte die Gegenwart seines Meisters.

Qui-Gon spürte den Unwillen seines Padawans. „Tahl und ich stehen sehr dicht vor der Lösung der Probleme hier. Das Leben der Jedi-Piloten hängt von uns ab. Ich werde versuchen, rechtzeitig zurück zu sein, Obi-Wan. Aber jetzt muss ich gehen."

Qui-Gon klang gehetzt. Obi-Wan verabschiedete sich und beendete die Kommunikation. Er sah hinaus zu den Türmen von Coruscant und dann nach oben, wo Centax 2 in der äußeren Atmosphäre halb von Wolken verdeckt war. Tahl war allein dorthin gegangen, um die Probleme der Basis zu lösen. Sie hatte deutlich gesagt, dass ihr Qui-Gons Einmischung nicht willkommen war. Weshalb hatte Qui-Gon beschlossen, ihr zu helfen und nicht seinem Padawan?

Tahl war ihm immer wichtiger gewesen, dachte Obi-Wan voller Bitterkeit. Auf Melida/Daan hatte Qui-Gon zuallererst an sie gedacht. Er hatte alles in Kauf genommen, um sie vom Planeten außer Gefahr zu bringen – selbst seinen Padawan hatte er dafür zurückgelassen. Tahls Evakuierung war ihm wichtiger gewesen als ein Bürgerkrieg und eine gerechte Sache.

Obi-Wan wusste, dass diese Gedanken keine Rolle spielten. Seine Schuldgefühle für Brucks Tod rissen ihn beinahe entzwei.

Bant. Bant würde ihm helfen. Sie sah die Dinge immer irgendwie klarer. Sie würde ihm nicht das Gefühl geben, ein Dummkopf zu sein, wenn er mit ihr über seine Gefühle sprach.

Er ging zu ihrer Unterkunft, doch sie war fort. Obi-Wan suchte im Meditationsraum und im Speisesaal nach ihr, wo sich bereits die Schüler versammelten. Doch er konnte sie nirgends finden. Und niemand hatte sie an diesem Morgen gesehen.

Obi-Wan beschloss, zum Saal der Tausend Quellen zu gehen. Vielleicht konnte er dort seine Gedanken etwas zur Ruhe bringen und sich auf die vor ihm liegende Aufgabe einstimmen.

Als er aus dem Turbolift stieg, traf ihn die kühle Luft. Er blieb einen Augenblick stehen, um auf das leise Rauschen der verborgenen Brunnen zu lauschen. Dann ging er auf den verschlungenen und überwucherten Wegen zum Wasserfall.

Er setzte sich an das grasbewachsene Ufer. Der Wasserfall strömte über die Felsen und bedeckte Obi-Wans Gesicht mit einem kühlen Regen. Er starrte in das klare grüne Wasser des Teiches und versuchte, zur Ruhe zu kommen …

Es war wie ein Traum. Bant lag auf dem Grund des Teiches. Sie hatte die Augen geschlossen. Ihre lachsfarbene Haut war bleich. Bleicher als er sie je zuvor gesehen hatte.

Dies war kein Traum. Bant steckte in Schwierigkeiten.

Obi-Wan sprang auf und hechtete sofort in den Teich. Bant öffnete die Augen, als sie ihn wie wild auf sich zuschwimmen sah. Sie schüttelte langsam den Kopf, so als wollte sie ihm sagen, er sollte weggehen.

Obi-Wan ignorierte sie. Er nahm sie in die Arme und stieß sich zur Oberfläche hin ab. Die Panik versorgte seine Muskeln mit ungeahnter Energie.

Er kam an die Oberfläche und japste nach Luft. Bant saugte ebenfalls Luft in ihre Lungen und schüttelte heftig den Kopf.

„Nein, nein, lass mich ..."

Er schleppte sie ans Ufer und zog sie an Land. Bant rappelte sich auf, brach aber auf dem Gras zusammen. Obi-Wan setzte sich schwer atmend neben sie.

„Was sollte das?"

Bant hatte das Gesicht im Gras vergraben. „Ich wollte ... meine Grenze ... testen", sagte sie atemlos.

Obi-Wan setzte sich auf. „Du wolltest *was?*"

„Er sagte, ich würde ... meine Grenze nicht kennen", erklärte sie und atmete ein paar Mal tief ein. „Wenn ich genau so lange unter Wasser geblieben und ohnmächtig geworden wäre, würden wir jetzt wissen, ob ich dem Tod wirklich so nahe war, wie ich dachte."

„Großartiger Plan", sagte Obi-Wan. „Würdest du mir vielleicht auch noch verraten, wie du wieder an die Oberfläche gekommen wärest?"

„Ich habe einen Chrono so eingerichtet, dass er die Sicherheitskräfte benachrichtigt hätte, wenn ich in Schwierigkeiten geraten wäre", sagte Bant. Sie atmete jetzt wieder etwas normaler. „Es bestand keine Gefahr."

„Und was wäre passiert, wenn die Sicherheitsleute nicht rechtzeitig hier gewesen wären?", fragte Obi-Wan zitternd. „Was, wenn du bereits tot gewesen wärst? Du bist ein großes Risiko eingegangen, Bant. Wie konntest du mir das antun?"

Sie sah ihn verwundert an. „Ich habe es *für* dich getan!"

„Aber was wäre gewesen, wenn dir etwas zugestoßen wäre? Wie hätte ich noch einen Todesfall ertragen können?" Obi-Wan wusste, dass er Bant nur so davon überzeugen konnte, dass ihr Plan verrückt gewesen war: indem er ihr sagte, dass die größte Gefahr darin bestand, ihn zu verletzen.

„So habe ich das noch gar nicht betrachtet", sagte Bant.

Obi-Wan holte tief Luft, um seine Stimme wieder zu kontrollieren. „Vielen Dank, dass du versuchst, mir zu helfen, Bant. Aber Qui-Gon hat Recht. Du kannst mir nicht helfen. Er auch nicht. Ich muss das allein durchstehen. Versprich mir, dass du so etwas nie wieder tust."

Bant nickte langsam. „In Ordnung. Ich verspreche es", sagte sie niedergeschlagen.

„In Zeiten wie diesen müssen wir stark sein", sagte er. „Wir müssen an die Wahrheit und an die Macht glauben."

„Und die Macht wird mit uns sein", sagte Bant.

Kapitel 8

„Qui-Gon hatte Recht“, sagte Tahl und drehte sich zu Clee Rhara und Qui-Gon um. „Tarrence Chenati muss unter dem Schutz eines mächtigen Senatsmitglieds stehen.“

„Eines Senatsmitglieds?“, fragte Clee mit aufblitzenden Augen. „Ein *Senator* tut so etwas?“

„Warum nicht?“, gab Qui-Gon zu bedenken. „Sie sind nur selten besser als andere Wesen – meistens sogar übler.“

„Der Senat hat sogar seine eigenen Spione“, sagte Tahl. „Sie werden No-Names genannt. Man verschafft ihnen eine lückenlose Identität mit allen Dokumenten und Sicherheitsfreigaben. Wenn ein solcher No-Name stirbt, ruht die Identität.“ Sie zeigte mit der Hand in die Richtung, in der die Unterlagen von Tarrence Chenati lagen. „So eine Art von Identität. Was wäre, wenn irgendjemand Zugriff auf diese ruhenden Identitäten und eine davon für den Saboteur gestohlen hätte?“

„Das ergibt einen Sinn“, sagte Qui-Gon. „Aber wer könnte Zugriff haben?“

Tahl runzelte die Stirn. „Schwer zu sagen. Das könnte beinahe jeder höher gestellte Senator mit guten Beziehungen oder mit Hilfe von Bestechung bewerkstelligen. So etwas zu verfolgen, wäre beinahe unmöglich."

„Wenn Chenati nur ein angeheuerter Saboteur ist, wird er für seinen Auftraggeber nicht sonderlich viel Loyalität empfinden", sagte Qui-Gon. „Wenn wir ihn festnehmen, wird er uns höchstwahrscheinlich verraten, was wir wissen wollen."

„Chenatis Schicht beginnt in fünfzehn Minuten", sagte Clee Rhara. „Ich will ihn nicht mehr in der Nähe dieser Raumjäger sehen."

„Lasst uns das in die Hand nehmen", sagte Qui-Gon. „Geht zu den Schülern. Haltet jeden vom Hangar fern. Und versucht auch, Haly Dura abzulenken."

Clee Rhara nickte. Sie ging zur Unterkunft ihrer Schüler. Tahl und Qui-Gon wollten sich ebenfalls zum Gehen wenden, als plötzlich an der Konsole für die Sicherheitseinrichtungen ein Signal ertönte.

„Es ist Chenati", sagte Qui-Gon angespannt. „Er ist zu früh dran."

Tahl und Qui-Gon liefen ohne ein weiteres Wort zum Hangar. Die riesigen Durastahl-Türen standen schon offen und man konnte die aufgereihten Raumjäger dahinter sehen. Qui-Gon bemerkte, wie Chenati an einem Kontrollfeld an der Seite einer der Maschinen arbeitete.

„Er steht fünfzehn Meter links von uns und arbeitet auf der rechten Seite eines der Raumjäger", sagte Qui-Gon zu Tahl.

„Lasst uns ihn flankieren“, schlug sie vor. „Aber wir schlagen erst in letzter Sekunde zu. Wir wollen ihn nicht zu früh verschrecken.“

Qui-Gon und Tahl gingen langsam auf Chenati zu, der sie schon gesehen hatte und ihnen freundlich zuwinkte. Er griff in seinen Werkzeugkasten.

Irgendetwas warnte Qui-Gon, noch bevor Chenati sich wieder aufrichtete. Er war einfach etwas *zu* freundlich.

„Er weiß Bescheid“, sagte Qui-Gon.

Als Chenati sich wieder erhob, hatte er einen Blaster in der Hand. Das sofort eröffnete Feuer verfehlte Tahl und Qui-Gon, denn die beiden waren bereits auseinander gesprungen. Qui-Gon hatte sein Lichtschwert aktiviert und war zu Tahl gesprungen, um das Blasterfeuer von ihr abzulenken.

„Hört auf, mich zu beschützen!“, rief sie.

Aber wie konnte er das tun? Tahls Wahrnehmungsfähigkeit war unglaublich, doch selbst sie konnte kein schnelles Blasterfeuer ablenken, das sie doch nicht einmal sehen konnte. Tahl bewegte sich auf einer unvorhersehbaren Zickzackbahn auf Chenati zu. Der zog sich zurück, hielt aber ein konstantes Blasterfeuer aufrecht. Qui-Gon arbeitete sich langsam vorwärts, wobei er sich immer zwischen Tahl und dem Blasterfeuer hielt. Er wusste, dass sie auf Luftbewegungen und das Rascheln von Kleidung achtete, um herauszufinden, in welche Richtung Chenati sich bewegte. Doch jetzt gab es einfach zu viele andere Geräusche.

Da sprang Chenati plötzlich in das Cockpit eines der Raumjäger. Die Cockpitkanzel schloss sich.

Tahl hörte das Geräusch und lief los. Der Raumjäger bewegte sich – geradewegs auf sie zu.

„Tahl!", brüllte Qui-Gon. „Genau vor Euch!" Er lief auf sie zu, doch Tahl hatte bereits nach der Macht gegriffen und machte einen gewaltigen Satz nach links, was sie in einen sicheren Abstand vom Raumjäger brachte.

Diese Ablenkung hatte Qui-Gon seinen Vorteil gekostet. Er konnte Chenati nicht mehr erreichen. Er konnte nur noch sehen, wie der Raumjäger abhob und verschwand.

Tahl deaktivierte ihr Lichtschwert und steckte es ärgerlich zurück an ihren Gürtel. „Vielleicht hättet Ihr ihn gefangen, wenn Ihr nicht so sehr damit beschäftigt gewesen wärt, mich zu beschützen." Sie klang wirklich wütend. „Vielleicht lägen die Dinge etwas anders, wenn man mich nicht beschützen *müsste*."

„Tahl ..."

„Qui-Gon! Tahl!" Clee Rhara lief zu ihnen. „Ich habe gesehen, wie Chenati abhob." Sie starrte in den jetzt leeren Himmel.

„Es gab nur zwei Möglichkeiten: ihn zu töten oder ihn gehen zu lassen", sagte Qui-Gon.

„Es ist in Ordnung", gab Clee Rhara zurück. „Immerhin wissen wir jetzt, dass die Raumjäger nicht mehr gefährdet sind."

„Ihr müsst die anderen prüfen", sagte Tahl. „Er war ein paar Minuten hier."

„Das werden wir machen. Vielen Dank, meine lieben Freunde." Sie warf Qui-Gon und Tahl einen warmherzigen Blick zu. Sie war schon immer eine sonnige Natur gewesen, immer bereit, die positive Seite einer Sache zu sehen. „Jetzt können wir das Programm fortsetzen."

„Aber Ihr wisst nicht, wer Euer Feind ist", sagte Tahl zu ihr.

„Ja, das macht mir in der Tat ein wenig Sorgen", sagte Clee. „Aber ich bin froh, dass ich meine Basis weiterführen kann. All diese Verdächtigungen waren schlimm."

„Ja. Misstrauen raubt Energie, die man besser auf andere Dinge verwenden sollte", merkte Tahl an.

„Master Tahl!" Der weiblich klingende Singsang von Tahls persönlichem Navigationsdroiden ZwoJot hallte durch den Hangar. „Ihr seid heute Morgen ohne mich aufgebrochen! Seht Euch nur all die Hindernisse in diesem Hangar an! Neben Eurem linken Fuß liegt ein Fusionsschneider."

Tahl schloss genervt die Augen. Normalerweise fand Qui-Gon ZwoJots dauerndes Genörgel belustigend. Doch jetzt sah er, dass Tahl kurz davor war zu explodieren. Sie hatte für heute genügend Schutz gehabt.

„Tahl geht es gut, ZwoJot", sagte er schnell.

„Qui-Gon Jinn, hallo", gab ZwoJot zurück. „Ich habe Euch seit meiner Neuprogrammierung nicht mehr gesehen. Was für ein Glück für mich, dass meine Speicherzellen intakt gelassen wurden."

Qui-Gon blieb stehen. Einen Augenblick blendete er seine

Freunde und den plappernden Droiden aus. *Etwas stimmte nicht. Was hatte ZwoJot gesagt, das ihn darauf brachte?*

Zunächst hatten Tahl und Clee Rhara über Misstrauen geredet. Dann hatte ZwoJot ihre Neuprogrammierung erwähnt …

Xanatos hatte seinerzeit in ZwoJot einen Überwachungssender platziert. Sie hatten nicht gewusst, dass der allzu weibliche Droide all ihre Gespräche an den Feind übermittelt hatte. Sie hatten gewusst, dass sich ein Spion im Tempel aufgehalten hatte und Obi-Wan hatte zu bedenken gegeben, dass es sogar Tahl hätte sein können. Und obwohl es auch ihm absolut logisch erschienen war, hatte Qui-Gon Tahl doch nie misstraut.

Xanatos war noch nie in der Lage gewesen, jemandem zu vertrauen. Und das hatte zu seinem Untergang geführt.

Weshalb also hätte er Bruck trauen sollen?

Er erinnerte sich daran, wie sich der Griff von Brucks Lichtschwert angefühlt hatte; die leicht abgenutzten Gravuren, die kleine Kerbe, die er gespürt hatte. Der Gedanke, wie viel Zeit der Junge wohl mit der Gravur zugebracht hatte, hatte ihn lange beschäftigt.

Jetzt passte alles plötzlich perfekt zusammen und Qui-Gon wusste, wie er das Ruder zu Obi-Wans Gunsten herumreißen konnte.

Es fiel ihm schwer, Tahl zurücklassen zu müssen, ohne die Dinge mit ihr geklärt zu haben. Aber sein Padawan brauchte ihn jetzt.

Kapitel 9

Obi-Wan hatte gedacht, er wäre darauf vorbereitet gewesen. Er hatte die Ereignisse um Bruck so oft durchdacht, dass er sicher gewesen war, die Anhörung ohne Probleme durchstehen zu können. Er hatte sogar gehofft, dass Vox und Kad Chun ihre Meinung ändern würden. Dass sie die schmerzhafte Wahrheit erkennen würden, dass Bruck den dunklen Weg gewählt hatte.

Aber es war anders gekommen.

Von dem Augenblick an, an dem er sich auf den Stuhl gegenüber von den Senatoren gesetzt und mit seiner Geschichte begonnen hatte, war er von Sano Sauro mit Fragen bombardiert worden. Der Anwalt hatte ihm die Worte nur so im Mund herumgedreht. Er hatte ihn dazu gebracht, sich ständig zu wiederholen und wenn Obi-Wan dann auch nur ein winziges Detail anders dargestellt hatte, war ihm Sano Sauro beinahe an die Kehle gesprungen.

Der Anwalt hatte gehört, dass Obi-Wan und Bruck Rivalen gewesen waren. Oder vielleicht hatte er einfach irgendjemandem die Frage gestellt in der Hoffnung, die richtige Antwort zu erhalten.

„Im Tempel gibt es keine Rivalen", sagte Obi-Wan. „Es gibt bestimmte Bereiche, in denen manche besser sind. Das respektieren wir. Jeder hat ein besonderes Talent. Zusammenarbeit ist eine der Grundregeln unseres Ordens."

„Stimmt es, dass ihr einst einen Kampf gegeneinander geführt habt, der nicht von euren Lehrern gestattet war? Dass Bruck dich geschlagen hat und du deine Wunden verstecken musstest?"

Obi-Wan sah ihn perplex an. Wie konnte Sano Sauro das wissen? Obi-Wan konnte sich nur vorstellen, dass Bruck es Xanatos erzählt hatte und der wiederum Vox Chun. „Bruck hat mich nicht geschlagen", sagte er. „Der Kampf ging unentschieden aus."

„Das sagst du jetzt." Sano Sauro lächelte kalt. „Aber du hast gekämpft."

„Bruck wollte Qui-Gons Padawan werden", sagte Obi-Wan. „Er wollte verhindern, dass ich diese Ehre haben würde."

Sano Sauro griff wieder an. „Und das hat dich gestört."

Obi-Wan musste ihm die Wahrheit sagen. „Ja", erklärte er zögernd. „Damals war das so."

„Bruck Chun hatte also vor seinen Jedi-Lehrern zugegeben, den Kampf geführt zu haben, während du versucht hast, ihn geheim zu halten."

Obi-Wan hatte einen Augenblick Mühe, die Antwort auf diese Frage zu finden. Es stimmte, dass der verwundete Bruck geradewegs in das Med Center gegangen war, aber nur, um

Obi-Wan in Schwierigkeiten zu bringen. Obi-Wan hatte seine Wunden selbst behandelt.

„Stimmt das oder nicht?“, bohrte Sano Sauro.

„Es stimmt“, sagte Obi-Wan. „Aber ...“

Sano Sauro wirbelte herum und ging zurück zu seinem Tisch. „Und das war der Junge, von dem du sagst, dass er kein Rivale war.“ Er warf den Senatoren einen Blick zu. Senator Bicon Ransa nickte leicht.

„Das habe ich so nicht gesagt“, sagte Obi-Wan leise.

„Du hast dich in der Tat angestrengt, es nicht zu sagen“, sagte Sano Sauro unbeschwert mit einem weiteren Blick zu den Senatoren. „Aber lasst uns fortfahren, bevor wir uns noch tiefer in Jedi-Logik verstricken. Ist es wahr, dass du einst den Jedi-Orden verlassen hast?“

Bant warf Obi-Wan einen erschrockenen Blick zu. Obi-Wan war ebenso erstaunt. Aber warum? Xanatos hatte Bruck offensichtlich nach Informationen über Qui-Gon und seinen Padawan ausgequetscht. Und er hatte es Vox Chun erzählt.

„Ja“, sagte er mit fester Stimme.

„Und du warst zum Zeitpunkt von Brucks Tod noch nicht wieder offiziell als Jedi aufgenommen?“

„Das ist korrekt“, sagte Obi-Wan.

Obi-Wan erwartete noch mehr Fragen darüber, warum er den Orden verlassen hatte, doch Pi T'Egal unterbrach Sano Sauro.

„Ist das für den Tod von Bruck Chun relevant, Sano Sauro?“, fragte er in strengem Ton. „Lasst uns fortfahren.“

„Wie Ihr wünscht, Euer Ehren“, sagte Sano Sauro mit einer leichten Verneigung.

Pi T'Egal wandte sich an Obi-Wan. „Bitte erzähl uns jetzt, was an jenem Tag geschah.“

Obi-Wan begann mit seinem Bericht. Er erläuterte noch einmal Qui-Gons Plan, Xanatos aufzuhalten. Wie er Bruck zum Saal der Tausend Quellen verfolgt hatte. Brucks Versuch, Bant umzubringen ...

Sano Sauro unterbrach ihn. „Wie genau bedrohte er ihr Leben?“

„Er sagte, dass Bant sterben würde und dass er nicht einmal etwas dafür tun müsste. Und dass ich dabei zusehen müsste.“ Als Obi-Wan diese Worte wiederholte, spürte er die Kälte, die ihn damals durchflossen hatte. Bant schaute auf ihre gefalteten Hände in ihrem Schoß.

„Aha“, sagte Sano Sauro in einem Tonfall, der zweifellos zum Ausdruck bringen sollte, dass er Obi-Wan nicht glaubte. „Und woher konntest du wissen, dass das stimmte? Wusstest du, dass Bant im Sterben lag? *Wusstest* du, dass Bruck sie sterben lassen würde?“

„Die Macht war sehr dunkel in Bruck“, versuchte Obi-Wan zu erklären.

„Ah, die Macht!“, stieß Sano Sauro aus und riss die Arme hoch. „Ich habe schon darauf gewartet, dass sie in deiner Aussage auftauchen wird! Die berühmte Macht, die den Jedi sagt, was sie zu tun und zu lassen haben!“

„Sie sagt uns nicht, was wir tun sollen", erklärte Obi-Wan. „Sie verbindet uns ..."

„... und sagt dir, dass ein junger Mann bereit ist, jemanden zu töten", unterbrach Sano Sauro ihn. „Und dafür bringst du ihn um. Wegen deiner allwissenden Macht!"

„Ja, die Macht hat mich geleitet", sagte Obi-Wan. „Aber die Macht leitet niemals zum Töten." Er warf den Senatoren einen Blick zu. Jedi glaubten an die Wahrheit der Gefühle. In dieser Anhörung jedoch waren nur Logik und Fakten gefragt. Wie sollte er hier nur erklären, dass ihm seine Gefühle gesagt hatten, wie tief Bruck in Xanatos' Netz des Bösen verwickelt gewesen war, dass er sogar den Tod einer Jedi-Schülerin vor seinen Augen zulassen würde?

Pi T'Egal und die anderen Senatoren schienen ihm aufmerksam zuzuhören; es gab auch keinen Hinweis darauf, dass sie sich von Sano Sauros Sarkasmus hatten beeindrucken lassen. Eine der Senatorinnen jedoch schien sich nicht mehr ganz sicher zu sein und Bicon Ransa lehnte sich zu ihr hinüber, um ihr etwas ins Ohr zu flüstern.

Bant sah ihn alarmiert an. Sie wusste, dass Obi-Wan jetzt die Konzentration verlieren würde. Obi-Wan spürte plötzlich, wie Schweiß seine Tunika durchnässte. Er hatte die Kontrolle über seine eigene Aussage verloren. Sano Sauro hatte ihm die Worte im Mund herumgedreht und ihn als hitzköpfigen Narren dargestellt. Nein, noch schlimmer: als Lügner.

„Sano Sauro, ich muss Euch warnen", sagte da Pi T'Egal.

„Die Verbindung der Jedi mit der Macht wird vom Senat in höchstem Maße respektiert."

Sano Sauro nickte. „Das ist mir bekannt, Senator. Und doch ist die Macht etwas, was niemand anderes sehen oder spüren kann. Es ist etwas, das wir den Jedi *glauben* müssen."

„Das Wort der Jedi ist ebenfalls etwas, was wir respektieren", sagte Senator Vi Callen streng.

„Und ist die Macht etwas, auf das wir vertrauen können, wenn es um die Tötung eines Lebewesens geht?", fragte Sano Sauro an die Senatoren gewandt. Er geriet mehr und mehr in Rage. „Etwas, das nur die Jedi spüren können, wird zur Verteidigung dieses gefährlichen Jungen herangezogen? Er sagt, er hat es gefühlt. Sollen wir darauf vertrauen und ihn freisprechen? Wenn ja, wozu haben wir dann unsere eigenen Gesetze? Wie können wir unsere Justiz an etwas messen, das wir weder sehen, hören, fühlen noch verstehen können? Diese ‚Macht' – was ist das? Was haben wir sie tun sehen?"

Pi T'Egal sah in den Raum. „Vielleicht kann uns Qui-Gon Jinn helfen."

Obi-Wan drehte sich um. Eine unglaubliche Erleichterung überkam ihn, als er Qui-Gon in der Nähe der Tür stehen sah.

Der Jedi-Meister hob eine Hand. Der Griff von Brucks Lichtschwert schoss plötzlich von der Tischfläche hoch und landete geradewegs zwischen Qui-Gons Fingern.

„Das ist eine Sache, die die Macht tun kann", sagte Qui-Gon und kam nach vorn.

Sano Sauro wurde bleich, fing sich aber sofort wieder. „Kunststücke“, schnaubte er.

Qui-Gon ignorierte ihn. Mit konzentriertem Gesichtsausdruck betastete er den leeren Griff von Brucks Lichtschwert mit seinen Händen. Jeder im kleinen Raum war still und wartete ab.

„Diese Verzögerung ist ebenfalls ein Täuschungsmanöver“, sagte Sano Sauro. Seine Stimme nahm jetzt einen schrillen Ton an. „Lasst uns fortfahren ...“

„Ich glaube, ich kann bei der Beantwortung einiger offener Fragen behilflich sein“, sagte Qui-Gon leise.

„Ah“, sagte Sano Sauro. „Werden wir jetzt hören, was die Macht *Euch* mitgeteilt hat, Qui-Gon?“

„Nein, Ihr werdet Bruck Chuns eigene Worte hören“, gab Qui-Gon ruhig zurück. Er wandte sich an die Senatoren. „Wie ich Euch schon sagte, kannte ich Xanatos sehr gut. Er vertraute niemandem – auch denen nicht, der er fest im Griff hatte. Er hätte auch Bruck nicht vertraut. Er hätte dafür gesorgt, dass er die vollkommene Kontrolle über Bruck hatte, wenn der Junge zum Tempel zurückkehrte, um seine Arbeit zu machen.“ Qui-Gon hob den Griff des Lichtschwerts. „Er hätte Zugang zu allen von Brucks Gesprächen gehabt, denn er hätte eine Abhöreinrichtung in dem einen Gegenstand angebracht, ohne den ein Jedi niemals unterwegs ist.“

Obi-Wan klappte die Kinnlade herunter. Wie war Qui-Gon nur darauf gekommen? Er starrte den Griff des Lichtschwerts in den Händen seines Meisters an und hoffte, dass er Recht hatte.

Vox und Kad Chun sahen einander verblüfft an. Sano Sauro machte einen Satz vorwärts. „Das ist hochgradig unzulässig! Der Griff des Lichtschwerts ist Eigentum von Vox Chun!"

„Dieser Griff des Lichtschwerts ist ein Beweisstück", sagte Pi T'Egal streng. „Ihr habt auch nicht gezögert, ihn für Eure eigene Zwecke heranzuziehen – um Sympathien für Euren Mandanten hervorzurufen."

Qui-Gon drückte in die schmale Kerbe in dem Griff und holte eine kleine Diskette hervor. „Ich brauche einen Recorder."

Der Techniker der Anhörung nahm die Diskette und schob sie in den Recorder, der auf seinem Tisch stand.

„Lasst uns zum Datum und der Uhrzeit von Brucks Tod vorspulen", sagte Pi T'Egal.

Der Techniker gab die entsprechenden Informationen in den Recorder ein. Einen Augenblick später hörte Obi-Wan Brucks spöttisch klingende Stimme.

Ich war schon immer besser als du. Und jetzt bin ich noch stärker.

Auf einmal drang alles wieder auf Obi-Wan ein. Wie schwer er sich getan hatte, seinen Zorn loszulassen, wie Brucks Worte ihn verletzt hatten, wie er erkannt hatte, dass Bruck ihn nur hatte wütend machen wollen ...

Hatte er seinen Zorn wirklich beiseite gelassen und ausgeglichen und mit Ruhe gekämpft? Sano Sauro hatte Recht gehabt:

Bruck war sein Rivale gewesen. Es hatte große Animositäten zwischen ihnen gegeben. Und er war nicht in der Lage gewesen, das einfach zu ignorieren. Nicht einmal an der Felswand.

Es war eine Zeit gewesen, in der ihm nichts wichtiger gewesen war, als zu den Jedi zurückzukehren. Dieses Verlangen hatte wie ein Fieber in ihm gebrannt. Er hatte sich an jenem Tag gesagt, dass er frei von Zorn gekämpft hatte. Aber hatte er sich das nur eingeredet, um sich selbst und Qui Gon davon zu überzeugen, dass er ein wahrer Jedi war?

Jetzt waren nur noch die Geräusche des Kampfes zu hören, das heftige Atmen der beiden Kontrahenten, die rutschenden Füße, das Summen der aufeinander treffenden Lichtschwerter. Dann ertönte wieder Brucks Stimme. Sie kam wie ein Giftpfeil.

Sie sieht nicht allzu gut aus, oder?

Kad Chuns Schultern zuckten zusammen.

Obi-Wan hörte, wie seine eigene Stimme aus dem Recorder Bants Namen schrie. Er klang wie er selbst – andererseits aber auch wieder nicht. Er klang wie jemand, der kurz davor war, die Kontrolle zu verlieren. Wie jemand, der vollkommen verzweifelt war.

Bant verbarg das Gesicht in den Händen.

Und dann war wieder Brucks Stimme zu hören, voll bösartigen Triumphes.

Das stimmt, Obi-Wan. Bant stirbt. Ich muss nicht einmal etwas dafür tun. Ich sorge nur dafür, dass du dabei zusiehst. Wir hätten sie befreit, wenn wir unseren Schatz bekommen hät-

ten. Aber jetzt wird deinetwegen jemand sterben. Genau vor deinen Augen.

Pi T'Egal machte eine schneidende Handbewegung in Richtung des Recorders. Der Techniker schaltete die Maschine ab.

„Ich glaube nicht, dass wir der Familie mehr dieser Aufzeichnungen zumuten müssen", sagte Pi T'Egal. „Die Mitglieder dieser Kommission werden den Rest allein anhören, sich beraten und ein Ergebnis verkünden."

Von der Decke des Raumes fuhr eine dunkle Leinwand herunter und verdeckte die Senatoren. Obi-Wan und Qui-Gon konnten nun nichts mehr von ihren Gesprächen hören. Vox und Kad Chun drehten ihnen den Rücken zu, während sie sich mit Sano Sauro besprachen.

„Es wird bald überstanden sein", sagte Qui-Gon leise.

„Aber wie wird es ausgehen?", fragte Obi-Wan.

„Geduld", gab Qui-Gon zurück.

Die Minuten vergingen nur zäh, doch irgendwann erschienen die Senatoren wieder. Pi T'Egal sah zuerst Obi-Wan an, dann Vox und Kad Chun.

„Der Tod eines jungen Wesens ist immer tragisch", sagte er. „Das Bedürfnis, einen Schuldigen zu finden ist verständlich. Manchmal ist es auch gerechtfertigt. Aber wir denken in diesem Fall nicht so. Wir verkünden hiermit, dass Obi-Wan frei von jeder Schuld am Tode von Bruck Chun ist."

Kapitel 10

Obi-Wan schloss einen Moment lang die Augen. Dankbarkeit, die seine kalte Haut erwärmte, überkam ihn. Seit Tagen war sein Blut wie gefroren gewesen und nun fühlte es sich an, als ob es wieder zu fließen beginnen würde.

Vox Chun sprach mit Sano Sauro. Seine Stimme war aber laut genug, um ans andere Ende des Raumes zu dringen. „Ich hätte wissen müssen, dass ich hier keine Gerechtigkeit finden würde. Der Senat beugt sich wieder einmal dem Willen der Jedi!"

„Es gibt keinen Anlass für Feiern oder Gratulationen", sagte Qui-Gon sanft zu Bant und Obi-Wan. „Wir sind froh, dass der Gerechtigkeit genüge getan wurde. Aber wir haben einen Jedi verloren."

Obi-Wan presste die Lippen zusammen und nickte. Jetzt, da die Erleichterung etwas nachließ, wurde ihm klar, dass die Schuldgefühle nicht verschwunden waren. Er war davon ausgegangen, dass ihm das Urteil das Schamgefühl nehmen würde, das er verspürte. Doch es hatte sich nichts geändert. Die Last, die er trug, wog noch immer schwer.

„Lasst uns zum Tempel zurückkehren", sagte Qui-Gon, als die Senatoren hinausgingen. „Komm, Obi-Wan."

„Ich komme gleich." Obi-Wan verspürte plötzlich das Bedürfnis, allein zu sein. Alles, was er in den letzten par Tagen gewollt hatte, war, seinen Meister und seine Freunde um sich zu haben. Und jetzt konnte er es plötzlich nicht ertragen, bei ihnen zu sein.

Bant wollte etwas sagen, doch Qui-Gon gab ihr ein Zeichen, dass sie schweigen sollte.

„Wir warten beim Eingang zum Senat auf dich", sagte er.

Obi-Wan konnte nur wie betäubt nicken. Er bekam nur noch am Rande mit, wie Qui-Gon und die anderen gingen. Der Tisch, an dem Sano Sauro und die Chuns gesessen hatten, war leer. Er fragte sich, was er gerade fühlte. Eigentlich beinahe nichts.

„Du musst erleichtert sein."

Es war Kad Chuns Stimme, die hinter ihm erklang. Obi-Wan drehte sich um. Der Junge stand mit geballten Fäusten im Gang zwischen den Tischen und starrte ihn mit stechendem Blick an.

„Sano Sauro hatte dich beinahe so weit, dass du die Wahrheit zugegeben hättest", fuhr Kad Chun fort. „Du hast meinen Bruder gehasst. Deine edle Jedi-Ausbildung war zu nichts nutze. Du warst froh, ihn sterben zu sehen."

Obi-Wan schüttelte den Kopf. „Nein ..."

Kad schoss plötzlich nach vorn. Er holte mit geballter Faust aus. Der Hieb traf Obi-Wan in der Nähe des Wangenknochens. Er taumelte rückwärts.

Kad holte noch einmal aus, doch dieses Mal konnte Obi-Wan sich wegducken. Der Schlag streifte ihn nur am Ohr.

„Du hast ihn umgebracht“, schrie Kad. „Du hast das Edelste, was unsere Familie hatte, ausgelöscht.“

„Das habe ich nicht ...“ Obi-Wan duckte sich erneut und drehte sich weg. Er versuchte, Kad Chuns Arme zu fassen zu bekommen.

Doch der Junge sprang mit einem Satz davon, der Obi-Wan rückwärts über den Tisch segeln ließ, an dem die Senatoren gesessen hatten. Obi-Wan sprang hinter den Tisch, sodass der zwischen ihm und Vox Chun war.

„Kad, ich wollte nicht, dass dein Bruder stirbt“, sagte Obi-Wan heftig atmend. „Du hast seine Worte gehört. Du hast gehört, was er bereit war zu tun!“

„Er war wütend!“, brüllte Kad. „Er hat dich nur verspottet! Und wenn schon! Das heißt doch nicht, dass er es auch getan hätte!“

Obi-Wan schüttelte verzweifelt den Kopf. Kad hatte seinen Bruder vergöttert, das war deutlich. Er konnte es nicht ertragen, die Wahrheit über Bruck zu hören. Er hatte ihn nie richtig gekannt.

„Er hätte es getan, Kad“, sagte Obi-Wan. „Dessen bin ich mir sicher.“

„Wen interessiert schon, was du denkst?“ Kad sprang plötzlich auf den Tisch. Er hatte den schweren Stab aus Holz und Metall in der Hand, den Senator Vivendi Allum benutzt und versehentlich liegen gelassen hatte. Der Stab könnte eine perfekte Waffe sein. In Kads starken Händen könnte er Obi-Wan durchaus zur Strecke bringen.

Obi-Wan wusste, dass er den Stab mit seinem Lichtschwert leicht in Stücke hacken konnte. Es wäre nur eine Frage von Sekundenbruchteilen gewesen. Kad war zwar stark, hatte aber keine Ausbildung erfahren. Obi-Wan würde ihn innerhalb einer Sekunde entwaffnen können.

Doch er würde sein Lichtschwert nicht gegen Brucks Bruder erheben.

Kad lief auf ihn zu. Sein Gesicht war rot vor Zorn.

Obi-Wan beobachtete ihn dabei eigenartig distanziert. Es schien ihm, als wäre alles ein Traum. Er versuchte nicht auszuweichen. Er sah, wie sich Kads Armmuskeln zusammenzogen, als der Junge den Stab hob und zum Hieb ausholte. Obi-Wan bewegte sich noch immer nicht. Er sah, wie sich der Stab auf seinen Schädel bewegte …

In letzter Sekunde drehte Kad das Handgelenk. Der Stab knallte auf die Tischplatte und zerbrach in zwei Teile.

Kad ließ den Rest des Stabes fallen. Er starrte auf den Boden. Dann hob er seinen Blick zu Obi-Wan.

„Ich werde dir niemals vergeben, Obi-Wan Kenobi", keuchte er. „In meinen Augen wirst du immer ein Mörder sein." Er trat den Rest des Stabes zur Seite und ging zur Tür.

Obi-Wan blieb wie angewurzelt hinter dem Tisch stehen. Kads Worte hallten in seinem Kopf nach. *Du wirst immer ein Mörder sein.*

Wie viele Meditationen er auch vorgenommen hatte, wie oft er auch mit Qui-Gon darüber gesprochen hatte – nichts davon hatte ihm geholfen. Er konnte einfach nicht die Schuldgefühle und die Scham auslöschen, die er tief in seinem Innern spürte. Er wusste, dass Kad einen Blick in das Innerste seines Herzens geworfen hatte.

Obi-Wan war auch in seinen eigenen Augen ein Mörder.

Zwölf Jahre später

Kapitel 11

Obi-Wan folgte dem Weg, der am See entlang führte. Eine frische Brise wehte über seine Haut. Sogar nach all den Jahren musste er sich immer wieder in Erinnerung rufen, dass der Wind von Kühlventilatoren erzeugt wurde und die Schatten auf dem Waldboden von Illuminationsbänken herrührten, die den Auf- und Untergang einer Sonne simulierten.

Er verlangsamte sein Tempo, als er die Rufe und das Lachen der Jedi-Schüler am Ufer des Sees hörte. Obwohl er eine Nachricht erhalten hatte, dass er und Anakin sich bei Yoda melden sollten, nahm er die paar Sekunden Verzögerung in Kauf. Anakin hatte so wenig Gelegenheiten zu spielen. Obi-Wan bedauerte, ihn dort wegholen zu müssen.

Sie waren gerade von einer intensiven körperlichen Trainingseinheit zurückgekommen, als Obi-Wan die Schüler aus Anakins Jahrgang auf ihrem Weg zum See gesehen hatte. Und er hatte die Sehnsucht in Anakins Augen bemerkt, als die Schüler in das kühle Wasser gesprungen waren.

„Nun geh schon“, hatte Obi-Wan zu ihm gesagt. „Nimm dir ein wenig frei.“

Anakin hatte ihn unsicher angesehen, doch Obi-Wan hatte ihn weggeschickt. Es verwunderte ihn ohnehin, wie viel Zeit sein Padawan allein verbrachte. Anakin hatte ihm erzählt, dass er auf Tatooine gute Freunde gehabt hatte, ganz besonders einen Menschenjungen namens Kitster. Jetzt war er schon seit drei Jahren im Tempel und hatte noch keine einzige Freundschaft geschlossen, obwohl ihn die anderen Kinder gern mochten und er auch gut mit ihnen zurecht kam.

Obi-Wan war schon mehrfach versucht gewesen, mit ihm darüber zu reden, doch der Junge hatte jedes Mal dicht gemacht. Seine Augen wurden dann geradezu undurchsichtig und sein Mund wurde zu einer dünnen Linie. Es schien dann so, als wäre er sehr, sehr weit weg. In solchen Situationen wusste Obi-Wan nicht, wie er ihn erreichen konnte. Doch diese Stimmungen traten nur unregelmäßig auf und gingen ebenso schnell vorüber, wie sie gekommen waren – beinahe wie ein Regenschauer.

Als sie sich kennen gelernt hatten, war Anakin ein netter, offenherziger neunjähriger Junge gewesen. Jetzt war er zwölf und der Lauf der Zeit hatte ihn verändert. Er war zu einem Jungen geworden, der verbarg, was in seinem Herzen lag.

Obi-Wan hatte versucht, Anakin zu erklären, dass Freundschaften, die im Tempel geschlossen wurden, immer bestehen würden. Obi-Wans alte Freunde aus seiner Trainingszeit – Garen, Reeft und Bant – durchstreiften jetzt die Galaxis. Er sah sie nicht oft, doch ihre enge Verbindung bestand noch immer. Er wünschte sich dasselbe für Anakin.

Qui-Gon war jetzt seit drei Jahren tot. Manchmal kam es Obi-Wan vor, als wäre es eine Ewigkeit her, manchmal aber auch, als wäre es erst gestern geschehen. Besonders dann, wenn er den Rat seines Meisters brauchte. Er würde Qui-Gon immer als seinen Meister ansehen. Er war ihm einfach zu früh genommen worden und Obi-Wan spürte noch immer seine Gegenwart an seiner Seite. Er wusste sogar, was Qui-Gon jetzt sagen würde.

Du kannst keine Freundschaften für deinen Padawan schließen, Obi-Wan. Du kannst ihm nur durch dein Vorbild zeigen, wie wichtig dir Bindungen mit anderen sind.

Qui-Gon hatte genau das getan. Obi-Wan begegnete heute noch überall in der Galaxis Wesen, die voller Respekt, Freude oder Humor über ihre tiefe Freundschaft mit seinem Meister sprachen. Obi-Wan war nie klar gewesen, wie viele Bindungen Qui-Gon mit den verschiedensten Charakteren geschmiedet hatte.

Obi-Wan blieb lächelnd hinter einer Baumreihe stehen. Er konnte nicht anders als einen Augenblick zuzusehen, wie sich Anakin mit den anderen vergnügte. Er suchte die ausgelassen plantschende Gruppe ab, das Lächeln noch immer auf dem Gesicht. Es verschwand langsam, als ihm klar wurde, dass Anakin nicht hier war. Obi-Wan wandte sich mit einem Seufzen ab.

Er ging schnell zum nächsten Turbolift. Er wusste, wo Anakin war. Der Junge zog sich manchmal in seine Unterkunft zurück.

Obi-Wan stieg auf Anakins Stockwerk aus und ging eilig zum Quartier des Jungen. Als er dort ankam, rotierte gerade die untere Hälfte eines Protokoll-Droiden aus der Tür. Einen Augenblick später folgte der halben Maschine ein Astromech-Droide, der holperte und dann gegen die Wand knallte.

Obi-Wan blieb stehen. Wie erwartet lief einen Sekundenbruchteil später Anakin aus der Tür und rannte Obi-Wan beinahe über den Haufen.

„Bei allen Sonnen, ich dachte, ich hätte es dieses Mal geschafft“, sagte er. Er stieß sich von Obi-Wan ab und ging neben dem Droiden in die Hocke.

„Ich dachte, du wolltest schwimmen gehen“, sagte Obi-Wan.

Der verschlossene Ausdruck kam wieder über Anakins Gesicht. „Ich musste arbeiten“, murmelte er.

Obi-Wan kniete sich neben ihn. „Dies ist keine Arbeit, Anakin. Es ist ein Hobby. Und wenn du es dazu benutzt, um Abstand zwischen dir und deinen Mitschülern zu schaffen, dann ist es kein besonders hilfreiches.“

Anakin sah auf. Seine wachen Augen strahlten jetzt wieder. „Aber ich *erschaffe* Dinge, Meister! Seht nur, dieser Astromech-Droide ist beinahe einsatzbereit.“

„Mechanische Fertigkeiten sind wertvoll“, sagte Obi-Wan. „Aber das ist es nicht, was ich gemeint habe, und das weißt du.“

„Sie wollen mich nicht“, sagte Anakin betreten. Er ging zu den Beinen des Protokoll-Droiden und klemmte sie sich unter den Arm. „Ich bin nicht wie sie.“

Dem konnte Obi-Wan nicht widersprechen. Anakin war einzigartig, das stand außer Frage. Er war ein außergewöhnlicher Schüler, der viel mehr auf die Macht eingestimmt war als andere in seinem Alter. Er war spät zum Tempel gekommen. Es war aber nicht so, dass die anderen Schüler ihn nicht mochten – sie wussten nur nicht, was sie mit ihm anfangen sollten.

Wann ist das passiert?, fragte sich Obi-Wan einmal mehr. *Weshalb ist es passiert?* War es der Verlust seiner Mutter, so dicht gefolgt von Qui-Gons Tod? Obi-Wan konnte diese Menschen in Anakins Herz nicht ersetzen und wollte es auch nicht. Er hatte vielmehr gehofft, dass Anakin im Laufe seiner Jedi-Ausbildung und in ihrer Beziehung Ruhe finden würde. Doch das war nie geschehen.

„Yoda hat um unser Erscheinen gebeten", sagte er zu Anakin und rollte den Astromech-Droiden zurück in Anakins Unterkunft.

Anakin sah ihn aufgeregt an. „Eine Mission?"

„Das glaube ich nicht", gab Obi-Wan vorsichtig zurück. Noch kaum zwei Wochen zuvor hatten Yoda und Mace Windu ihre Zweifel darüber zum Ausdruck gebracht, dass Anakin schon reif genug für eine Mission wäre. Anakin würde es an Disziplin mangeln, hatten sie gesagt. Obi-Wan war nicht ihrer Meinung. Es war kein Mangel an Disziplin gewesen, der Anakin einmal dazu gebracht hatte, all seine Droiden quer durch sämtliche Korridore des Tempels zu schicken. Langeweile war der Grund gewesen. Womit auch immer er Anakin beschäftigte, der Junge meisterte es mit Leichtigkeit. Er brauchte größere

Herausforderungen. Wo Yoda und Mace Windu einen Mangel an Disziplin sahen, da sah Obi-Wan eine emotionale Unruhe, die man nicht mit intensivem Lernen und körperlicher Ertüchtigung ausgleichen konnte.

„Streich deine Tunika gerade", wies er Anakin zurecht. „Und wasch dir die Schmiere von den Händen."

Anakin machte sich eilig daran, Obi-Wans Anordnungen zu befolgen, und ging zu dem Waschbecken in der Ecke seines Zimmers. Sein Zimmer waren voll gestopft mit Werkzeugen und Droidenteilen. Einzelteile eines Sonden-Droiden lagen auf seiner Liege verstreut. In der Ecke stand das Beinpaar eines Droiden. Obi-Wan wusste, dass Anakin diese Dinge gefunden hatte, als er sich aus dem Tempel geschlichen und auf dem blühenden Schwarzmarkt von Coruscant Handel getrieben hatte. Obi-Wan zog es vor, beide Augen zuzudrücken. Bislang taten dies auch Yoda und Mace Windu. Aber es verbesserte Anakins Ruf beim Rat nicht gerade.

Als sich Anakin frisch gemacht hatte, folgte er Obi-Wan auf dem Fuß. Obi-Wan spürte, dass sein Padawan beinahe platzte vor lauter Fragen, sie jedoch, was ungewöhnlich für ihn war, für sich behielt. Obi-Wan hätte sie ohnehin nicht beantworten können, auch wenn er es gewollt hätte.

Yoda erwartete sie in einem Meditationsraum. In letzter Zeit zog er solche Räume für Konferenzen vor. Obi-Wan wusste, dass sich Yoda oft mit Qui-Gon an seiner Lieblingsbank im Saal der Tausend Quellen getroffen hatte. Yoda hatte sich nie wieder dort hingesetzt. Es war das einzig sichtbare Zeichen dafür, dass er noch immer um seinen Freund trauerte.

„Eine Bitte hat der Rat an euch beide", sagte Yoda.

Anakin konnte seine Aufregung nicht verbergen. „Eine Mission?"

Yoda blinzelte mit seinen grau-grünen Augen, gab aber keine Antwort. Obi-Wan sah Anakin seinen ungebremsten Enthusiasmus gern nach, Yoda hingegen schien er Sorgen zu bereiten.

„Eine Mission es nicht ist", sagte Yoda. „Aber eine Reise ihr müsst machen. Wir euch bitten, an Bord eines Raumschiffs namens *BioCruiser* zu gehen, eine permanente Heimstatt für eine Gruppe von Wesen, die zusammenkamen aus vielen Welten der Galaxis. Die auf dem Schiff sind gekommen von zerstörten Planeten – solchen, die vergiftet wurden, von Krankheiten verwüstet oder zerrissen durch kriminelle Banden oder Bürgerkrieg. Auf anderen Welten landen sie nicht. Durch die Galaxis sie ziehen."

„Ihr meint, sie leben an Bord eines Schiffes?" Anakins Augen weiteten sich. „Die Glücklichen."

„Wie schaffen sie das?", fragte Obi-Wan. „Wie bekommen sie Nahrungsmittel und Versorgungsgüter?"

„Ihre eigene Nahrung sie anbauen", gab Yoda zurück. „Selbstversorger sie sind. Aber anlegen sie manchmal müssen für Treibstoff und sonstige Versorgungsgüter. Treffen ihr sie werdet am nächsten Anlegepunkt. Beschwerden der Senat erhalten hat von den Angehörigen derer, die an Bord sind."

Yoda zog seine Robe etwas enger um sich zusammen. „Sie befürchten, dass ihre Familienangehörigen wurden erpresst und einer Gehirnwäsche unterzogen."

„Wer führt diese Gruppe an?", fragte Obi-Wan.

„Uni ist der Name, unter dem bekannt er ist", gab Yoda zurück. „Aber keine Aufzeichnungen über ihn finden wir können. Zugestimmt Uni hat einer Untersuchung durch die Jedi, damit die Bedenken des Senats ausgeräumt können werden. Gefahr für euch wir nicht sehen."

Obi-Wan nickte und behielt seine Skepsis für sich. Er hatte diese Worte schon mehrmals in seinem Leben gehört und war daraufhin dennoch in Gefahr und Chaos geraten.

„Wir reisen also zu einem weit entfernten Schiff, auf dem Leute als Geiseln gefangen werden", sagte Anakin mit einem halb ironischen Unterton. „Das klingt für mich nach einer Mission."

„Nur eine Anfrage es ist", korrigierte Yoda ihn.

Er erklärte ihnen, dass er sie bald mit weiteren Details über das bevorstehende Treffen versorgen würde und entließ sie. Anakin schwieg, als sie davongingen.

Sobald sie um die nächste Ecke waren, wandte er sich mit einem erfreuten Gesichtsausdruck an Obi-Wan. „Meine erste Mission!"

„Es ist eine Anfrage", sagte Obi-Wan streng. Doch er sah, wie Anakin den Kopf schüttelte und lautlos mit einem Lächeln das Wort „Mission" wiederholte.

Kapitel 12

Der nächste Tankstopp für die *BioCruiser* lag auf dem Planeten Hilo. Yoda hatte einen Transportflug arrangiert, der Obi-Wan und Anakin an der Landeplattform des Tempels abholte.

Obi-Wan stand auf und sah sich letzte Informationen über Hilo auf dem Display seines Datapads an. Anakin schaute gebannt in den Himmel von Coruscant. Immer wieder rief er aufgeregt, wenn ein Schiff dort oben in einer der geschäftigen Luftstraßen auftauchte.

„Meister, seht Euch dieses Raumschiff an!", sagte er plötzlich. „Habt Ihr schon jemals so etwas Schönes gesehen?"

Obi-Wan blickte nach oben. Ein wendiges Raumschiff manövrierte elegant auf die engen Luftstraßen zu und wartete, bis es einfädeln konnte. „Höchstwahrscheinlich ein Diplomaten- oder Senatorenschiff", sagte er, als er den Chromglanz auf der Oberfläche des Schiffes bemerkte.

Er beobachtete, wie der Pilot mit einem gekonnten Manöver in die Luftstraße einbog und dann gleich wieder abbog, um auf sie zuzufliegen. Zu Obi-Wans Überraschung landete das Schiff auf der Jedi-Landeplattform.

„Vielleicht ist das unser Transporter!“, rief Anakin.

Die Rampe senkte sich auf den Boden und eine vertraute Gestalt kam auf Obi-Wan zu.

„Garen!“ Obi-Wan war überglücklich, seinen Freund wiederzusehen. Es lag nun schon ein paar Jahre zurück, dass Garen zuletzt im Tempel gewesen war.

Er lief auf ihn zu und die beiden Freunde umarmten sich innig.

„Was für eine Überraschung“, sagte Obi-Wan, als er seinen alten Freund von oben bis unten betrachtete. Er stellte erleichtert fest, dass Garen so fit und gesund wie immer aussah. Seine Haare waren noch immer lang und hingen offen bis über den Kragen hinab und sein Blick war ebenso warm, wie Obi-Wan ihn in Erinnerung hatte. Er wusste, dass Garen auf einer langen und schwierigen Mission am Outer Rim gewesen war, wenn er auch keine Details kannte.

„Du bist älter geworden“, sagte Garen. „Aber auch weiser? Das wird wohl nur ein frommer Wunsch bleiben.“ Seine Augen lachten.

Obi-Wan grinste. „Du hast dich kein bisschen verändert.“

„Ich habe mit Trauer von Qui-Gons Tod gehört“, sagte Garen. Seine Stimmung änderte sich schlagartig. „Ich wäre gekommen, aber ich …“

„Es ist in Ordnung, mein Freund. Es war ein großer Verlust für die Jedi.“

„Und für dich.“

„Ja. Er war mein Freund und mein Meister", sagte Obi-Wan. Er sprach nicht mit vielen Leuten über Qui-Gon. Er fand es noch immer zu schmerzhaft, selbst nach all den Jahren. „Aber lass mich dir meinen Padawan vorstellen."

„Wie eigenartig das aus deinem Mund klingt", sagte Garen lächelnd. „Jetzt sind wir also alt genug, um unsere eigenen Padawane zu haben. Wer hätte das jemals gedacht?"

Anakin war etwas zurückgeblieben und untersuchte das Schiff mit seinen lebhaften Augen. Als er Obi-Wans einladenden Blick sah, kam er schnell zu ihnen gelaufen.

„Ist das Euer Schiff?"

„Anakin", sagte Obi-Wan zurechtweisend. „Dies ist mein guter Freund Garen Muln. Garen, dies ist Anakin Skywalker."

„Ich fühle mich geehrt, dich endlich kennen zu lernen", sagte Garen. „Nein, das ist nicht mein Schiff. Es ist ein königliches Raumschiff vom System Bimin Drei und wurde den Jedi für längere Zeit zur Verfügung gestellt."

„Ich wusste, dass du irgendwann auf einem Raumschiff landen würdest", sagte Obi-Wan.

Garen nickte traurig. Obi-Wan wusste, dass er bitter enttäuscht gewesen war, als die Jedi vor zehn Jahren beschlossen hatten, das Raumjäger-Programm zu beenden. Aber Garen war Clee Rharas Padawan geworden und hatte seine Fähigkeiten auf vielen Missionen in der ganzen Galaxis bewiesen.

„Es hat sich als richtig erwiesen", sagte Garen. „Ich glaube, dass der Rat letztlich Recht damit gehabt hat, sich gegen das

Raumjäger-Programm zu entscheiden. Eine Flotte von Raumschiffen hätte uns nur in Schwierigkeiten gebracht."

„Ihr meint, die Jedi hatten einst ein Programm für Raumjäger-Piloten?", fragte Anakin. Er war angesichts dieser Neuigkeiten ziemlich erstaunt.

„Ja, Anakin", gab Garen lachend zurück. „Vor Urzeiten, als Obi-Wan und ich gerade ein wenig älter waren als du."

„Und sie haben es *beendet?*" Auf Anakins Gesicht war deutlich zu sehen, was er über diese Entscheidung dachte.

„Es war nur zum Besten", sagte Garen. „Aber ich muss zugeben, dass es lustig war, so lange es durchgeführt wurde."

Anakin sah sich wieder das Schiff an. „Wie schnell fliegt es?"

„So schnell wie du willst", gab Garen zurück. Er sah Anakin neugierig an. „Weshalb willst du denn schnell fliegen, Anakin?"

Der verträumte, verschlossene Ausdruck kam wieder über Anakins Gesicht. „Weil ich mich dann selbst vergessen kann", sagte er, den Blick auf das Raumschiff gerichtet.

Garen warf Obi-Wan einen Blick zu. Er hob eine Augenbraue. Das war keine Jedi-Antwort gewesen. Obi-Wan runzelte besorgt die Stirn. In Anakin gab es noch immer verborgene Orte, die er nicht erreichen konnte.

Nein. Du wirst sie erreichen. Yoda und Mace Windu irren sich. Qui-Gon hatte Recht. Anakin ist nicht zu alt, um zu lernen.

Garen legte Anakin eine Hand auf die Schulter. „Komm, ich zeige dir das Schiff."

„Wir warten auf unseren Transportflug nach Hilo", sagte Anakin enttäuscht. „Ich glaube nicht, dass mein Meister es erlauben wird."

„Oh, ich glaube schon", gab Garen zurück. „*Ich* fliege euch nach Hilo."

Anakin schien sein Glück nicht fassen zu können. Ein erfreutes Grinsen breitete sich auf seinem Gesicht aus und er rannte auf die Rampe des Schiffes zu.

Garen nahm Obi-Wans Survival-Pack. „Er scheint mir sehr jung zu sein", bemerkte er.

Obi-Wan seufzte. „Er wird täglich älter."

Sie verließen den Hyperraum in einem Reigen von Sternen. Obi-Wan wusste, dass das Anakins Lieblingsmoment war. Er beobachtete interessiert das Gesicht des Jungen, als Garen das Schiff auf die Atmosphäre von Hilo zusteuerte.

Garen stieß einen leisen Pfiff aus. „Da ist sie."

Vor ihnen tauchte das größte Schiff auf, das Obi-Wan jemals gesehen hatte. Es schien aus mehreren Raumschiffen zu bestehen, die jemand zusammengeschweißt hatte. Es bestand aus den verschiedensten Metallen, Blechen und Verbindern und die Farbe reichte von einem matten Grün über glänzendes Silber bis hin zu einem tiefen Schwarz. Das Schiff hing in einem langsamen, gleichmäßigen Orbit um den Planeten.

„Ihr sollt zuerst auf Hilo landen und dann einen anderen Transportflug nehmen, der euch an Bord des Schiffes bringt", sagte Garen. „Sie wollen anscheinend nicht, dass Außenweltler an das Schiff andocken."

„Ich habe so etwas noch nie gesehen", sagte Anakin. Er erhob sich aus seinem Sitz und ging näher an die Frontsichtscheibe heran. Dann grinste er und warf Obi-Wan einen schelmischen Blick zu. „Sieht aus wie etwas, das ich gebaut haben könnte."

Obi-Wan musste ihm zustimmen. Das Schiff sah tatsächlich so aus wie die eckigen, zusammengebastelten Konstruktionen von Anakin.

Sie flogen zur Planetenoberfläche hinab und sahen bald, wie die genannte Landeplattform vor ihnen auftauchte. An einer Seite der Plattform parkte ein Frachter. Als sie näher kamen, konnte Obi-Wan erkennen, dass Versorgungsgüter eingeladen wurden.

Garen legte wie immer eine makellose Landung hin. Er half Obi-Wan und Anakin, ihre Sachen zu packen und ging mit ihnen die Rampe hinunter.

Obi-Wan und Garen sahen sich mit einer Mischung aus Freundschaft und Abschiedsstimmung an. Ein Blick, den sie im Laufe der Jahre oft ausgetauscht hatten.

„Möge die Macht mit dir sein", sagte Garen. „Ich kann euch auch wieder abholen, wenn du willst. Ich werde noch eine Weile in diesem Quadranten unterwegs sein."

„Möge die Macht mit dir sein", sagte Obi-Wan zu ihm.

Garen ging die Rampe hinauf. Er drehte sich nicht für ein

letztes Lebewohl um. So wie immer. Nur Obi-Wan wusste, dass sein alter Freund Abschiede hasste.

„Ihr seid das Jedi-Inspektionsteam", sagte eine Stimme ebenso knapp wie geschäftig. Obi-Wan drehte sich um und sah einen großen Humanoiden mit Halbglatze in hellblauen Gewändern vor sich.

„Ich bin Obi-Wan Kenobi und das ist Anakin Skywalker", sagte Obi-Wan.

„Ich bin Nort Fandi", sagte der Mann. „Ich bin der Frachterpilot. Wir müssen planmäßig aufbrechen. Geht an Bord. Wir halten uns nicht unnötig lange auf anderen Welten auf."

Nort Fandis absolut neutralem Tonfall war keinerlei Höflichkeit oder Freundlichkeit zu entnehmen. Obi-Wan und Anakin gingen an Bord des Frachtschiffs und fanden schnell zwei Sitze. Nur ein paar Minuten später kamen Nort Fandi und die aus zwei Mann bestehende Crew ebenfalls herein. Sekunden später donnerte der Frachter in Richtung der *Bio-Cruiser*.

„Bringt Ihr uns direkt zu Uni?", fragte Obi-Wan Nort Fandi.

Der Angesprochene drehte sich nicht um. „Nein. Ihr werdet noch Instruktionen bekommen."

Sonst sagte er nichts mehr. Als sie sich der *BioCruiser* näherten, öffneten sich die Türen einer großen Frachtluke im Hauptschiffsrumpf und Obi-Wan konnte einen ersten Blick auf den Landebereich werfen. Nort Fandi lenkte den Frachter hinein. Der Antrieb verstummte.

Eine kleine Frau im gleichen blassblauen Einheitsgewand stand schon wartend da, als sie die Rampe hinuntergingen.

„Ich bin Deleta", sagte sie. „Ich werde Euch Eure Kabinen zeigen."

„Treffen wir danach Uni?", fragte Obi-Wan.

Deleta brachte sie zu einer Reihe von Turboliften. „Er wird in Kürze Kontakt mit Euch aufnehmen."

Obi-Wan spürte in den vielen Wesen, an denen sie auf dem Weg zu ihrem Schlafquartier vorbeikamen, keinerlei Angst oder Aufregung. Es waren Wesen von überall in der Galaxis; einige von ihnen trugen die schon bekannten blauen Gewänder, einige Tuniken und einige Kopfbedeckungen oder Hosen von ihren Heimatwelten. Sie waren zum Teil beschäftigt und zum Teil ruhig; Obi-Wan konnte keinerlei Hinweise auf irgendeine Art von Gedankenkontrolle feststellen. Sie betrachteten Obi-Wan und Anakin mit lebhafter Neugier und wachen Blicken.

Die Unterkunft der Jedi war klein und spartanisch eingerichtet, besaß aber getrennte Räume für Anakin und Obi-Wan, eine kleine gemeinsame Bibliothek, eine Duschkabine und sogar eine kleine Kühleinheit mit frischen Säften und Snacks.

„Man wird Euch Essen bringen", sagte Deleta. „Geht nicht allein im Schiff umher. Wenn Ihr eine Führung wünscht, so wird diese in Kürze für Euch arrangiert werden."

„Wie kann ich Uni kontaktieren?", fragte Obi-Wan.

„Er wird in Kürze Kontakt mit Euch aufnehmen", gab Deleta freundlich zurück und ging.

„Was glaubt Ihr, bedeutet auf diesem Schiff ‚in Kürze'?", brummte Anakin. Er legte sich auf die Ellbogen gestützt auf seine Liege und sah sich mit düsterem Gesichtsausdruck um. „Ein Jahr? Länger?"

„Wir sind erst seit zwei Tagen hier", sagte Obi-Wan. „Jede Mission braucht ihre Zeit." Er wiederholte die Worte automatisch. Wie Anakin war auch er frustriert. Jede weitere Anfrage, mit Uni zu sprechen oder eine Führung durch das Schiff zu bekommen, war mit demselben lapidaren „Man wird in Kürze Kontakt mit Euch aufnehmen" beantwortet worden. Als sich Anakin und er dann selbst auf den Weg gemacht hatten, hatte man sie freundlich, aber bestimmt in ihre Unterkunft zurückgebracht und ihnen gesagt, dass man sie ... „in Kürze" kontaktieren würde.

Zuerst hatte Obi-Wan gezögert, die Sache mit etwas mehr Druck anzugehen. Sie waren Gäste an Bord der *BioCruiser* und er mochte es ohnehin nicht, wenn eine Mission damit begann, dass er auf etwas bestehen musste. Doch auch seine Geduld hatte Grenzen und diese waren jetzt erreicht.

Obi-Wan drückte den Knopf auf der Nachrichtenkonsole, die in ihr Quartier eingebaut war. Wie immer wurde er von einer neutralen, höflichen Stimme angesprochen.

„Wie kann ich behilflich sein?"

„Ich würde gern eine Nachricht für Uni hinterlassen", sagte Obi-Wan.

„Er wird Euch in Kürze kontakt..."

„Schön. Bitte teilt ihm mit, dass er uns entweder innerhalb der nächsten zehn Minuten kontaktiert oder ich rufe meinen Transportflug zurück und der Senat wird mit allen zur Verfügung stehenden Mitteln gegen die *BioCruiser* vorgehen."

Obi-Wan wartete die Antwort nicht ab, sondern beendete einfach die Kommunikation.

Anakin saß jetzt aufrecht. „Würdet Ihr das wirklich tun?"

„Jedi drohen nicht", sagte Obi-Wan. „Wir informieren." Er setzte sich ruhig hin, doch sein Blick ruhte auf dem Chrono. Jetzt könnte alles passieren. Man könnte sie in ihrer Unterkunft einschließen. Oder Uni könnte beschließen, das Schiff zum nächsten Planeten zu bringen.

Nach genau acht Minuten öffnete sich zischend die Tür. Deleta stand mit demselben unberührten Gesichtsausdruck wie immer im Rahmen.

„Uni empfängt Euch jetzt."

Obi-Wan und Anakin folgten ihr durch ein Labyrinth von Korridoren zu einem Turbolift. Er brachte sie auf eine höhere Ebene des Schiffes. Dort stiegen sie an einem leeren Korridor aus.

Deleta öffnete eine Tür am anderen Ende des Korridors. Sie kamen in einen runden Raum mit niedrigen Sitzgelegenheiten und in die Wände versenkten Leuchten. Wände, Boden und Möbel waren hellblau. Deleta ging und die Tür schloss sich zischend hinter ihr.

„Glaubt Ihr, dass dies Unis Privatquartier ist?", fragte Anakin leise.

„Höchstwahrscheinlich", gab Obi-Wan zurück.

Die Tür hinter ihnen öffnete sich. Obi-Wan sah einen großen Humanoiden hereinkommen. Er hatte kurz geschorene, schneeweiße Haare. Seine Augen waren tiefblau.

„Ich bin Uni", sagte er.

Aber Obi-Wan wusste sofort, dass es Kad Chun war.

Kapitel 13

Obi-Wan hatte das Gefühl, als würde ihm die Kehle zugeschnürt. Seine Füße waren wie auf dem Boden festgenagelt und falls nicht, so hätte er geschworen, dass er beim ersten Gehversuch sofort stolpern würde.

„Kad Chun", sagte Obi-Wan wie betäubt.

Kad sah ebenso überrascht aus. Er musste sich mit sichtlicher Anstrengung wieder fangen. „Obi-Wan Kenobi. Ich bin jetzt Uni."

Kad kam näher, bis er genau vor Obi-Wan stand – näher, als Obi-Wan recht war. Er blinzelte mit seinen blauen Augen, als er die Zeichen von Reife bei Obi-Wan wahrnahm. Der Jedi erinnerte sich deutlich an das Gesicht des Jungen, der ihn im Anhörungszimmer des Senats voller Hass angesehen hatte.

„Sie haben also dich geschickt."

„Ja."

„Ich nehme an, sie wissen nicht, wer ich bin."

„Nein."

„Kad Chun existiert nicht mehr."

Obi-Wans Wissbegierde gewann die Oberhand über seine Vorsicht. „Wie kamst du hierher?"

Kad drehte sich um und ging durch den Raum. Anakin würdigte er keines Blickes, der Junge jedoch beobachtete ihn ständig.

„Nach der Anhörung kehrten mein Vater und ich nach Telos zurück. Wir führten ein ruhiges Leben und versuchten, unsere zweifache Tragödie zu verarbeiten – den Verlust von Sohn und Bruder und die Unfähigkeit des Senats, den Mörder der Gerechtigkeit zuzuführen."

Obi-Wan spannte sich etwas an, doch Uni sah ihn nicht an. Er ging weiter umher, nahm immer wieder einmal einen Gegenstand in die Hand, sah ihn sich an und stellte ihn wieder hin.

„Viele gute Dinge sind auf Telos geschehen. Wie ich gehört habe, hast du am Anfang einiges davon mitbekommen. Eine neue Regierung wurde gebildet und die Wiederherstellung unserer natürlichen Ressourcen begann. Doch die Jahre vergingen und es wurde deutlich, dass die Korruption, die unsere Institutionen und unsere Regierung zerstört hatte, tiefer Fuß gefasst hatte, als der gute Teil der Bevölkerung von Telos geglaubt hatte. Wieder gewannen illegale Interessen die Oberhand. Für Telos begann ein steiler Abstieg. Unsere natürlichen Ressourcen waren in den Händen von Firmen, die sie gnadenlos plünderten."

„Es tut mir Leid, das zu hören", sagte Obi-Wan.

„Ich war selbst in einer führenden Position", fuhr Kad fort. „Ich konnte ein paar Anhänger gewinnen. Ich wusste, dass es zu spät war, um Telos zu retten. Wir haben nur unsere Zeit verschwendet. Wir kamen nicht gegen diese Art von Macht an. Um die wenigen mit Verantwortungsbewusstsein und Ehrgefühl auf Telos zu retten, mussten wir die letzten der Guten mit uns nehmen. Und das taten wir. Wir gingen an Bord eines Schiffes und nahmen unsere Pflanzen und Mineralien mit. Wir reisten durch die Galaxis. Wir suchten nicht nach einem anderen Planeten. Wir brauchten gar keinen. Während wir so umherzogen, kamen wir zu der Erkenntnis, dass Telos kein Einzelfall war. So viele Welten in der Galaxis sind korrupt. Wesen mit der besten Gesinnung protestieren und werden doch ausgebeutet. Wir haben ihre Bewohner an Bord willkommen geheißen. Unser Kernschiff wuchs. Wir haben die klügsten Wissenschaftler, die größten Forscher, Lehrer, Poeten, Musiker und Ärzte an Bord. Wir alle sind zu der Überzeugung gelangt, dass es angesichts des Zustands der Galaxis das Beste ist, wenn wir uns vollkommen von ihr absondern. Nachdem die Galaxis sich selbst zerstört hat, werden wir eine neue Gesellschaft gründen."

Endlich drehte sich Kad um. Seine blauen Augen strahlten Enthusiasmus aus. „Du siehst also, niemand wird hier gegen seinen Willen festgehalten. Sie können jederzeit im nächsten Raumhafen gehen, wenn sie wollen. Wir arbeiten an einem wieder verwendbaren Treibstoff, den wir auf dem Schiff herstellen können, haben es aber bis jetzt noch nicht geschafft. Deshalb müssen wir von Zeit zu Zeit anhalten. Wir hoffen, dass wir uns eines Tages selbst versorgen können. Wir werden dann keinen Kontakt mehr mit anderen Welten brauchen. Doch bis dahin müssen wir uns mit den lästigen Forderungen des Senats herumschlagen. Ich sehe das als eine Herabwürdigung der Intelligenz aller an, die auf diesem Schiff leben. Ich werde dennoch kooperieren."

„Und du wirst uns Zugang zum gesamten Schiff gestatten?"

Kad nickte. „Ich werde eine Führung arrangieren, damit du einen Überblick bekommst. Danach könnt ihr euch allein frei bewegen."

„Wir dürfen mit allen deinen Anhängern sprechen?"

Kad runzelte die Stirn. „Ich benutze das Wort *Anhänger* nicht."

„Diese Wesen sind doch aber aufgrund deiner Philosophie hier."

„Eine Philosophie, die sie als ihre eigene angenommen haben." Kad hob eine Augenbraue. „Und was sind die Jedi? Wie sehr unterscheiden wir uns denn von euch? Und doch schickt der Senat keine Agenten zu euch, um Untersuchungen anzustellen."

„Wir unterscheiden uns sehr", sagte Obi-Wan in dem ruhigen Tonfall, den er annahm, wenn er irritiert war. „Unser Leben ist durch Studien, aber auch durch Engagement geprägt. Wir isolieren uns nicht und wenden uns nicht von der Galaxis ab."

„Ja, ihr glaubt tatsächlich noch immer, dass ihr Gutes tun könnt", sagte Kad gleichgültig. „Jeder auf diesem Schiff dachte das einst auch."

Obi-Wan spürte, dass es im Augenblick das Beste war, wenn er sich nicht mit Kad auf eine Diskussion einließ. Er wusste, dass das keinen Sinn hatte und er wusste auch, dass Kads Gleichgültigkeit gespielt war. Er wollte Obi-Wan nur aufstacheln. Und er wusste zweifelsohne auch, dass Obi-Wans Distanziertheit ebenfalls nur eine Maske war.

„Es tut mir Leid, dass du dies als Herabwürdigung betrachtest", sagte Obi-Wan vorsichtig. „Aber dir muss auch klar sein, dass es überall in der Galaxis Familien gibt, die sich mit dem plötzlichen Verschwinden ihrer Angehörigen abfinden müssen. Es hat nur unregelmäßige Kommunikationen gegeben."

„Das liegt daran, dass niemand unsere Vision versteht", sagte Kad ungeduldig. „Jeder hier an Bord ist ein erwachsenes Wesen und in der Lage, eigene Entscheidungen zu treffen. Wie auch immer, ich schlage vor, dass du mit deinem *Anhänger* zur Brücke gehst. Ich habe arrangiert, dass euch einer von uns von dort durch das Schiff führt. Nehmt den Turbolift bis zu Ebene vier. Dort wird man euch in Empfang nehmen."

Die Tür ging wieder auf. Ein zerbrechlich wirkender alter Mann kam herein. Seine Glatze glänzte im Licht und seine in tiefen Höhlen verborgenen Augen waren matt. Es dauerte ein paar Sekunden, bis Obi-Wan in dem alten Mann Vox Chun erkannte. Er war verblüfft, wie sehr er gealtert war.

Vox Chuns matter Blick flammte plötzlich voller Wut auf. Es war offensichtlich, dass sein Hass auf Obi-Wan in all den Jahren nicht abgenommen hatte.

„Vater, das Jedi-Team geht zu einer Schiffsbesichtigung auf die Brücke", sagte Kad schnell. Obi-Wan war klar, dass er einem Wutausbruch seines Vaters zuvorkommen wollte.

Obi-Wan nickte Vox Chun zu, der den Gruß nicht erwiderte. Er sah Anakin und Obi-Wan mit stechendem Blick hinterher, als sie den Raum verließen.

Die Tür glitt hinter ihnen zu. Anakin sah zu Obi-Wan hinauf.

„Weshalb hassen sie Euch?"

„Eine alte Geschichte", sagte Obi-Wan. „Missionen können Wut bei anderen zurücklassen. Ich glaube nicht, dass es Auswirkungen auf die Gegenwart hat."

Anakin nickte, Obi-Wan spürte jedoch, dass sein Padawan mit dieser Aussage nicht zufrieden war. Er glaubte sehr wohl, dass eine alte Geschichte Auswirkungen auf diese Mission haben könnte.

Und das Schlimme war, dass auch Obi-Wan es glaubte. Es war nicht das erste Mal, dass er es schwierig fand, einen solch aufmerksamen Padawan zu haben.

Kapitel 14

Anakin trottete neben Obi-Wan her und dachte über die Bezeichnung ‚Padawan-Schüler' nach. Die hatte doch zu bedeuten, dass er etwas lernen sollte, oder etwa nicht? Wie konnte er etwas lernen, wenn er nie die ganze Geschichte zu hören bekam?

Yoda steckte voller Rätsel. Mace Windu sprach nur in undeutlichen Hinweisen und Bildern. Sogar sein eigener Meister wehrte jegliche Unterhaltung über die Vergangenheit ab, abgesehen von hingebungs- oder respektvollen Geschichten über seinen alten Meister. Manchmal hatte Anakin das Gefühl, als würde jeder im Tempel eine andere Sprache sprechen als die, die er kannte. In solchen Zeiten fehlte ihm die warme, klare Art seiner Mutter. Aber die Erinnerung an Shmi wühlte in ihm einen Schmerz auf, der so tief saß, dass er niemals zu verschwinden schien.

„Wenigstens bekommen wir jetzt eine Führung durch das Schiff", merkte Obi-Wan an, als sie auf den Turbolift warteten. „Du wolltest es doch erkunden."

„Aber wir kriegen einen Führer", sagte Anakin. „Sie werden

uns vielleicht nicht alles zeigen. Würdet Ihr nicht auch lieber allein gehen?"

„Manchmal ist es hilfreich, das zu sehen, von dem dein Gegner will, dass du es siehst", sagte Obi-Wan und ging in den Turbolift. „Das kann dir Hinweise auf das geben, was er zu verstecken versucht."

Anakin stand schweigend in der Liftkabine und sah, wie die Stockwerke vorbeizogen. Es beschäftigte ihn noch immer, dass er bei dem Treffen zwischen Uni und Obi-Wan ignoriert worden war und Obi-Wan ihm später nicht die Wahrheit gesagt hatte. Er hatte den dunklen Zorn sowohl bei Vox als auch Uni gespürt, den Obi-Wan mit Kad angesprochen hatte. Diese beiden Männer empfanden mehr als nur einfach Wut gegenüber seinem Meister. Weshalb vertraute Obi-Wan ihm nicht genug, um ihm die Wahrheit zu sagen?

Die Türen des Turbolifts öffneten sich und Anakin erlebte die nächste Überraschung. Über Obi-Wans Gesicht breitete sich ein Grinsen aus, als er die schlanke Frau sah, die auf sie wartete.

„Andra?", fragte er.

Die Frau sah ebenso überrascht wie erfreut aus. „Obi-Wan Kenobi!"

Obi-Wan und die Frau gingen aufeinander zu. Andra nahm Obi-Wans Hand. „Ich habe dich nie vergessen."

„Was für eine Überraschung, dich hier zu sehen", sagte Obi-Wan. „Ich hätte gedacht, dass du in der Zwischenzeit Regentin von Telos geworden wärst."

Andras Gesicht verdüsterte sich. „Das Telos, für das ich gekämpft habe, existiert nicht mehr. Mein Leben ist jetzt hier."

„Ja, Kad hat mir erzählt, wie sehr Telos zerfallen ist."

„Wir nennen ihn jetzt Uni. Ja, wir haben Offworld besiegt, dafür haben aber andere, ähnlich starke Konzerne die Macht übernommen. Ich habe hilflos zugesehen, wie mein schöner Planet ein zweites Mal zerfiel. Meine Wut hat sich in tiefe Sorge verwandelt. Es war, als würde ich mich an einem dunklen Ort ohne Ausweg befinden. Dann traf ich Uni." Andra schüttelte den Kopf, so als wollte sie die düsteren Erinnerungen vertreiben. „Uni gab mir einen Grund weiterzuleben." Sie warf Anakin einen Blick zu und lächelte. „Und wer ist das?"

„Das ist mein Padawan Anakin Skywalker."

Andra begrüßte ihn mit einem freundlichen Nicken. Anakin mochte sie sofort. Er spürte bei ihr eine Art Wärme und Akzeptanz, die ihn an Shmi erinnerte.

„Du hast jetzt also einen eigenen Padawan", sagte sie mit demselben Lächeln, als sie Obi-Wan wieder ansah. „Qui-Gon muss dich vermissen."

Obi-Wans Blick verschleierte sich. „Qui-Gon ist tot, Andra. Seit drei Jahren."

Andras Lächeln verschwand und ihre Augen waren plötzlich voller Schmerz. „Das wusste ich nicht. Es tut mir Leid. Die Galaxis ist ohne ihn leerer."

„Ja", sagte Obi-Wan. „Genau so sehe ich das auch. Aber was ist mit Den? Geht er dir noch immer auf die Nerven?"

„Ich befürchte, ja", gab Andra zurück. „Ich habe ihn geheiratet."

Obi-Wan lachte. Den und Andra waren ein seltsames Paar gewesen, doch Qui-Gon hatte schon damals die tiefe Liebe der beiden erkannt. „Ist er auch auf der *BioCruiser?*"

„Natürlich. Zuerst wollte er nicht. Doch dann erkannte auch er die Wahrheit in Unis Lehre." Andra hielt einen Augenblick inne. „Ihr müsst die Jedi sein, die gekommen sind, um uns zu überprüfen. Ich werde euch durch das Schiff führen."

„Ich könnte mir keine bessere Führung wünschen", sagte Obi-Wan.

Anakin lief schnell nach vorn, als Andra sich umwandte, um mit ihnen den Korridor entlang zu gehen. „Woher kennt Ihr beide Euch?", fragte er. Er fragte Andra und nicht Obi-Wan. Von ihr würde er sicher eine vollständigere Geschichte hören.

„Obi-Wan und Qui-Gon haben unserem Planeten geholfen, als er zerfiel", erklärte Andra. „Eine Rohstofffirma namens Offworld hatte heimlich unsere nationalen Parks aufgekauft und begonnen, die dortigen Mineralien abzubauen. Ich war damals Teil einer Untergrundbewegung ..."

„Sie war eine Ein-Frau-Untergrundbewegung", sagte Obi-Wan voller Bewunderung.

„Stimmt", sagte Andra etwas verschämt. „Ich hatte damals nicht sonderlich viele Anhänger. Nur einen Dieb und Spieler mit zu wenig Gewissen und zu langen Fingern. Er hieß Den und wurde mein Ehemann. Obi-Wan und Qui-Gon haben uns vertraut, obwohl wir Gesetzlose waren. Sie haben Offworlds Machenschaften enthüllt und dem Volk die Kontrolle über unsere geheiligten Orte wiedergegeben. Zumindest dachten wir das. Wir haben den Kampf schließlich doch verloren."

Andra blieb mitten auf der kreisrunden Schiffsbrücke stehen. „Aber ich habe niemals vergessen, was sie für uns getan haben."

„Und wir haben nicht vergessen, was *du* für *uns* getan hast", fügte Obi-Wan hinzu. „Du hast uns vor der Exekution gerettet."

„Exekution?", fragte Anakin und starrte Obi-Wan mit weit aufgerissenen Augen an.

„Xanatos war ein furchtbarer Gegner", sagte Andra leise.

„Xanatos?", fragte Anakin.

„Eine Geschichte für ein andermal", sagte Obi-Wan entschieden.

Andra nickte. Sie hatte sofort begriffen, dass er das Thema wechseln wollte. Sie deutete auf die geschäftig arbeitenden Wesen rund um sie herum und auf die Kontrollkonsolen. „Wie ihr hier sehen könnt, ist unsere Brücke komplizierter aufgebaut als die der meisten Raumschiffe. Die *BioCruiser* besteht aus den unterschiedlichsten Komponenten und viele von ihnen wurden ursprünglich für einen völlig anderen Einsatzzweck konzipiert. Hier werden alle Funktionen des Schiffes koordiniert. Unsere Wissenschaftler haben bereits eine ganze Reihe technologischer Neuigkeiten entwickelt. Die Größe und Komplexität dieses Schiffes sucht ihresgleichen."

„Habt ihr ein Verteidigungssystem?", fragte Obi-Wan.

Andra nickte. „Von der allerneuesten Art. Wir haben wertvolle Dinge an Bord. Jeder von uns hat seine Besitztümer mitgebracht. Wir benutzen dieses Geld für Forschung und Entwicklung. Wir werden letztlich ein komplett autarkes Schiff sein – so als wären wir ein umherfliegender Planet."

„Die meisten Planeten sind nicht gänzlich autark", gab Obi-Wan zu bedenken. „Sie sind abhängig vom Handel und vom freien Austausch von Informationen."

„Wenn man der Galaxis seine Türen öffnet, lässt man Korruption herein", sagte Andra kopfschüttelnd. „Und die wird eines Tages alles verschlingen. Ich habe gesehen, wie das auf Telos geschah. Ich habe an Bord mit vielen gesprochen, die gesehen haben, wie es auf ihren eigenen Welten geschieht. Kriminelle Vereinigungen werden in der Galaxis täglich mächtiger. Mehr und mehr gigantische Firmen eignen sich natürliche Ressourcen an. Und dann ziehen sie einfach zum nächsten Planeten, der reif für die Ausbeutung ist. Ich glaube, dass Uni Recht hat." Andra breitete die Arme aus. „Dies ist unsere einzige Hoffnung. Und jetzt lasst uns weitergehen. Es gibt noch eine Menge zu sehen."

Anakin hatte noch nie zuvor ein solch faszinierendes Schiff gesehen. Es war voll gestopft mit Wesen von überall aus der Galaxis und es schien viel zu tun zu geben. Die meisten Wesen an Bord arbeiteten zumindest zeitweise – entweder in Tech-Centern, Laboren oder Dienstleistungsbetrieben. Es gab zahlreiche Restaurants und Cafés mit Speisen und Getränken aus den verschiedensten Welten. Es gab Spielsäle, Bibliotheken und Musikräume. Ein kompletter Bereich der *BioCruiser* war dem so genannten Collection-Center gewidmet, in dem Pflanzen, Blumen und Tiere von den verschiedensten Planeten gehalten wurden. Anakin konnte sich nicht vorstellen, dass es einem hier jemals langweilig werden würde. Er war sich nicht ganz sicher, was er von Unis Philosophie halten sollte, doch er glaubte, dass ein Leben an Bord dieses Schiffes einzigartig wäre.

Die Führung dauerte mehrere Stunden. Am Ende brachte Andra die Jedi wieder zu ihrer Unterkunft zurück.

„Ich hoffe, ihr könnt dem Senat jetzt mitteilen, dass wir nichts Böses im Schilde führen", sagte Andra zu Obi-Wan. „Alle hier sind aus freiem Willen an Bord."

„Das hoffe ich auch", gab Obi-Wan höflich zurück.

Andra legte den Kopf schief. „Ach ja. Ich hatte vergessen, dass die Jedi keine Versprechungen machen."

„Wir behalten unsere Einschätzung für uns, bis wir ein komplettes Bild haben", sagte Obi-Wan. „Die Führung war uns ein Vergnügen. Vielen Dank, Andra."

„Ich sage Den, dass ihr an Bord seid. Ich bin mir sicher, dass er dich sehen möchte." Andra ging mit einem letzten freundlichen Lächeln davon.

Sie war kaum verschwunden, da drehte sich Anakin zu Obi-Wan um. „Wer ist Xanatos?"

Die Frage schien Obi-Wan zu verblüffen. Doch Anakin hatte etwas gespürt, als Andra den Namen erwähnt hatte. Er hatte etwas bei Obi-Wan gefühlt – etwas, worüber er mehr erfahren wollte.

„Nicht jetzt", sagte Obi-Wan.

„In Kürze?", fragte Anakin enttäuscht. „Das höre ich immer wieder. Weshalb könnt Ihr mir es nicht jetzt erzählen?" Einmal mehr war er frustriert. Es war so schwer, Obi-Wans Zurückhaltung zu durchbrechen.

Obi-Wan sah ihn einen Moment genau an. „Nein", sagte er schließlich. „Es gibt keinen Grund, warum du es nicht wissen solltest. Xanatos war einst – vor meiner Zeit – der Padawan von Qui-Gon. Er trat zur Dunklen Seite der Macht über. Er hat die Macht benutzt, um selbst mächtiger zu werden. Er war das Oberhaupt der Offworld Mining Corporation und hat ganze Welten verwüstet. Das Leben anderer bedeutete ihm nichts."

„Lebt er noch?", wollte Anakin wissen.

„Er starb auf Telos", gab Obi-Wan zurück. „Er zog es vor, sich selbst das Leben zu nehmen, anstatt sich Qui-Gon zu ergeben." Er betrachtete Anakin einen Moment lang. „Nun sollten wir uns etwas ausruhen und dann zum Abendessen gehen."

Anakin ging in sein Zimmer. In seinem Kopf summte es, so als wären die Gedanken darin derart zahllos, dass er sie nicht mehr sortieren konnte. Er konnte das, was Obi-Wan ihm erzählt hatte, nicht verarbeiten. Er konnte sich nicht vorstellen, dass so etwas geschah. Wie konnte ein Jedi zur Dunklen Seite übertreten? Wie konnte ein Padawan seinen Meister verraten? Hätte er die Geschichte nicht von Obi-Wan gehört, so hätte er sich geweigert, sie zu glauben.

Zumindest hatte Obi-Wan eine Wahrheit mit ihm geteilt. Anakin hatte sich immer wieder die Frage gestellt, weshalb Obi-Wan ihn als Padawan angenommen hatte – vor allem zu Beginn ihrer gemeinsamen Zeit. Er wusste, dass Obi-Wan es vor allem getan hatte, weil es Qui-Gons Wunsch gewesen war. War er eine Last für Obi-Wan? Nur ein Versprechen, dass Obi-Wan einem sterbenden Freund gegeben hatte? Anakin wünschte sich mehr denn je, dass er mit Obi-Wan dieselbe starke Bindung hatte, die dieser mit Qui-Gon gehabt hatte. Manchmal erschien ihm diese Nähe unendlich weit entfernt.

Kapitel 15

Obi-Wan war allein in seiner Kabine. Er spritzte sich Wasser ins Gesicht. Als er den Kopf wieder hob und in den kleinen Spiegel über dem Waschbecken blickte, war er beinahe überrascht, sein Gesicht zu sehen. Heute war er schon zweimal in seine Jugend zurückversetzt worden. Und jetzt fühlte er sich aufgewühlt und unsicher, so als wäre er noch immer ein dreizehnjähriger Junge.

Andra wiederzusehen, war ihm eine echte Freude gewesen. Es hatte eine schöne Erinnerung zurückgebracht. Die Mission auf Telos war tückisch gewesen, doch Obi-Wan erinnerte sich auf eine besondere Weise daran: Es war die Zeit gewesen, in der Qui-Gon ihre Bindung wieder erneuert hatte; die Zeit, in der Obi-Wan nach seiner kurzen Trennung von den Jedi und seinem Meister wieder zurückgekehrt war. Sie hatten wieder im gewohnten Rhythmus zusammengearbeitet und Qui-Gon hatte Obi-Wan zum ersten Mal wieder willkommen geheißen. Er hatte Obi-Wan das Gefühl gegeben, dass ihre Bindung stark war und noch stärker werden würde. Und so war es auch gekommen.

Aber Kad ... *Uni,* verbesserte Obi-Wan sich. Diese Konfrontation war weniger erfreulich gewesen. Er erinnerte sich an den Hass in Kads Augen, an den Klang, als der Stab auf der Tischplatte zerbrochen war, daran, dass dieser Junge ihn hatte töten wollen. Und wie er selbst mit dem Gefühl auf den Hieb gewartet hatte, dass er dann endlich in Frieden Brucks Tod verarbeiten würde. Dass er dann eine Schuld bezahlt hätte.

Er hatte Qui-Gon niemals von diesem Augenblick erzählt. Das war nicht die Art, wie Jedi denken oder fühlen sollten. Er hätte den Ausgang des Kampfes mit Bruck in Frieden betrachten müssen.

Aber, so dachte Obi-Wan jetzt, als er in sein reifer gewordenes Spiegelbild starrte, er hatte noch immer keinen Frieden. Auch nach zehn Jahren nicht.

Er zwang seine Gedanken in die Gegenwart. Ihm war die Bewunderung aufgefallen, die sein Padawan für die *BioCruiser* empfunden hatte. Hier gab es in der Tat viel zu bewundern. Doch Obi-Wan gefiel Unis Philosophie nicht. Seiner Meinung nach war die *BioCruiser* voller desillusionierter Idealisten. Unis Philosophie der Zurückgezogenheit basierte auf Wut und bitterer Enttäuschung.

Und ihm gefiel Andras Veränderung nicht. Er hatte sie gekannt, als sie entschlossen ihren Planeten verteidigt hatte. Wie niedergeschlagen musste sie gewesen sein, welche Gefühle der Bitterkeit musste sie empfunden haben, dass Uni sie hatte bekehren können?

Obi-Wan hatte schon Missionen erlebt, die ihm zu Beginn hoffnungslos erschienen waren. Und natürlich hatte er gesehen, wie Kriminelle gewonnen hatten. Er hatte erlebt, wie Bürgerkriege ganze Welten zerrissen hatten. Aber er hatte auch erlebt, wie sich Wesen zusammengeschlossen und gegen aussichtslos erscheinende Umstände gewonnen hatten. Unis Philosophie beeindruckte ihn nicht. Uni war ein Zyniker hinter einer Maske aus Idealismus.

Überdies beunruhigte ihn die Vorstellung, dass alle, die an Bord der *BioCruiser* kamen, ihre Besitztümer für die Schatzkammern des Schiffes spendeten. Andra hatte das eher beiläufig erwähnt, aber Obi-Wan fragte sich, wer wohl die Kontrolle und den Zugang zu solch riesigen Summen hatte. Kad? Sein Vater? Er vertraute Vox Chun noch immer nicht. Trotz seiner mutmaßlichen Rehabilitierung konnte Obi-Wan die Rolle nicht vergessen, die Vox Chun bei der Plünderung von Telos gespielt hatte. Es wunderte ihn, dass Andra das anscheinend konnte. Sie schien ihren gesunden Menschenverstand auf ihrem Heimatplaneten zurückgelassen zu haben.

Noch immer tief in Gedanken versunken, holte Obi-Wan Anakin ab und schlug ein nahe gelegenes Café für das Abendessen vor. Er wollte eine Gelegenheit haben, die Bewohner der *BioCruiser* zu beobachten, wenn sie entspannt und außer Dienst waren.

Anakin war schnell in sein Essen vertieft, denn es war frisch und schmeckte hervorragend. Obi-Wan hingegen bedeutete das Essen weniger, je älter er wurde. Er hatte im Laufe der Zeit erkannt, welch ein guter Meister Qui-Gon gewesen war, sowohl in kleinen wie in großen Dingen. Qui-Gon hatte ihn wie einen Jedi behandelt, dabei aber niemals vergessen, dass er auch ein heranwachsender Junge gewesen war. Obi-Wan fragte sich, ob er ohne Qui-Gons Vorbild ebenso sensibel für Anakins Bedürfnisse gewesen wäre, wie er jetzt versuchte, es zu sein.

Obi-Wan aß langsam. Er sah sich dabei unauffällig in dem vollen Raum um, achtete aber genau auf jede noch so kleine Geste. Er beobachtete, wie die verschiedenen Essenden miteinander umgingen.

Da ließ sich plötzlich ein Mann in den Stuhl gegenüber von Obi-Wan fallen. Ein breites Grinsen lag auf seinem rauen Gesicht. „Na? Wie stehen die Chancen?"

Obi-Wan grinste zurück. „Den!"

„Es ist schön, dich zu sehen, alter Freund. Wenn mir einer erzählt hätte, dass du auf diesem Rostkahn landest, hätte ich die Wette sicher nicht gehalten." Den grinste Anakin freundschaftlich an. „Tag Junge. Wie ich höre, gefallen dir große Schiffe."

„Ich mag fast alle Schiffe", sagte Anakin mit vollem Mund.

„Ich nicht. Ich stehe lieber mit den Füßen auf festem Boden."

„Was machst du dann hier?", fragte Obi-Wan und schob seinen leeren Teller weg. In den letzten zehn Jahren hatte Den sich nur wenig verändert. Sein sandfarbenes Haar war immer noch jungenhaft zerzaust, die Lachfalten um seine Augen waren nur ein wenig tiefer.

Dens erfreuter Gesichtsausdruck veränderte sich nicht. „Den Schrecken von Korruption und Umweltzerstörung entfliehen. Und du?"

„Untersuchungen über euch anstellen", gab Obi-Wan sofort zurück. Er hatte vergessen, wie direkt Den war, wie er kein Thema sonderlich ernst zu nehmen schien. Er erinnerte sich wieder daran, dass Qui-Gon ihn sofort gemocht hatte. Er hatte Den amüsant gefunden. Obi-Wan hatte etwas länger gebraucht, um zu akzeptieren, dass sie auf einer wichtigen Mission auf die Hilfe eines Diebes angewiesen waren.

„Ja, Andra hat es mir erzählt", sagte Den. „Ich gehe mit euch in eure Unterkunft."

Obi-Wan nickte. Anakin schob die letzten drei Bissen auf seinem Teller zu einem zusammen und stopfte ihn hektisch in den Mund. Noch immer kauend, folgte er Obi-Wan und Den aus dem Café.

„Sag mir, was du wirklich fühlst", bat Obi-Wan leise, als sie den Korridor entlang gingen.

Den seufzte. „Ich bin nur dabei, weil ich Andra nicht verlieren will."

„Aha." Den hatte bestätigt, was Obi-Wan schon vermutet hatte. Er hatte sich nicht vorstellen können, dass der Individualist Den seinen Lebensstil aufgeben würde, um so zu leben, wie ein anderer es für richtig hielt.

„Ironie des Schicksals ist, dass *ich* derjenige war, der Andra dazu brachte, sich Unis Vorlesungen anzuhören", fuhr Den fort. „Es ging ihr nicht gut, Obi-Wan. Weißt du, viele dachten wie sie. Telos zerfiel und niemand konnte den Planeten retten. Uni versprach neue Hoffnung. Andra war eine der ersten Organisatoren der *BioCruiser*." Den blickte unbehaglich drein. „Sie hatte wieder einen Lebenssinn gefunden."

„Hast du versucht, sie davon abzuhalten?"

„Natürlich. Ich habe ihr gesagt, dass sie bleiben und für Telos kämpfen sollte. Oder auf eine andere Welt auswandern, sich nicht von der ganzen Galaxis abwenden und eine verrückte Nomadin werden sollte. Sie war natürlich mit allem einverstanden, was ich sagte. Witz! Seit wann ist Andra jemals mit dem einverstanden, was ich sage?" Den setzte eine düstere Miene auf. „Ich hatte keine andere Wahl. Ich gab vor, die bescheuerte Idee gut zu finden und kam mit an Bord. Aber irgendetwas hier roch nicht sauber und es riecht auch jetzt nicht besser. Hör mal, ich bin vielleicht wegen Andra mitgekommen, aber die Antenne des Gauners arbeitet noch immer, verstehst du? Etwas an dieser ganzen Operation ist nicht sauber."

„Sag's mir", bat Obi-Wan.

Den winkte freundlich einer Gruppe von Leuten am anderen Ende des Korridors zu. „Etwas ist hier nicht in Ordnung. Bei Uni bin ich mir nicht ganz sicher, aber Vox lässt meine Antenne auf jeden Fall zittern. Er hat es tatsächlich geschafft, jeden auf Telos davon zu überzeugen, dass er nichts mit der Übernahme unserer geheiligten Orte von Offworld zu tun hatte. Und das, obwohl Xanatos ihn offensichtlich vollkommen in der Tasche hatte. Er ist an Bord der *BioCruiser* und bleibt immer in seinem eleganten Quartier. Aber ich habe ihn zweimal bei einer ziemlich heftigen Unterhaltung mit einem Techniker namens Kern erwischt."

„Weshalb ist das verdächtig?", fragte Obi-Wan.

„Vox denkt, dass er besser als wir anderen wäre", sagte Den, die Augen zu Schlitzen verengt. „Weshalb sollte er also seine Zeit damit verschwenden, mit einem untergeordneten Techniker zu reden?" Den tippte sich mit dem Finger an die Nase. „Ich sage dir, das stinkt."

„Noch etwas?", fragte Obi-Wan.

„Wenn wir anlegen, um Treibstoff oder Versorgungsgüter aufzunehmen, dann immer an einem Industrieplaneten", fuhr Den fort. „Warum? Und weshalb ist Vox immer bei der Landecrew dabei?"

„Auf Hilo war er nicht", gab Obi-Wan zu bedenken.

„Ja, das ist mir auch aufgefallen. Ich nehme an, er wollte nicht zusammen mit dem Jedi-Team zurückfliegen. Vielleicht dachte er, es würde Verdacht erregen, wenn er an Land geht. Wer weiß das schon?" Den tippte sich wieder an die Nase und rümpfte sie, so als würde er etwas Übles riechen.

Sie blieben vor der Unterkunft der Jedi stehen. Anakin beobachtete Den. Obi-Wan sah, dass der Junge aufmerksam zuhörte.

„Ich weiß nicht, Den", sagte Obi-Wan. „Das sind nicht gerade viele Anhaltspunkte, denen wir nachgehen können."

„Weißt du, dass der einzige Grund, auf Hilo anzulegen, eine Reparatur war, die gar nicht nötig war?", fragte Den. „Es hat sich herausgestellt, dass es die Fehlfunktion einer Anzeige war. Das eigentliche Teil war vollkommen in Ordnung."

„Das kommt …"

„… manchmal vor, ich weiß. Aber rate mal, wer für die Anzeige-Instrumente verantwortlich ist? Kern."

Obi-Wan nickte, war aber noch immer nicht überzeugt. Er spürte, dass Den irgendetwas suchte, mit dem er beweisen konnte, dass die *BioCruiser*-Operation korrupt war. Das Bedürfnis, seine Frau zurückzubekommen, könnte durchaus seine Wahrnehmung trüben.

„Jetzt wo ihr hier seid, haben sich meine Chancen, dieser Sache auf den Grund zu kommen, um eintausend Prozent erhöht", sagte Den und klopfte Obi-Wan auf den Rücken.

Den winkte ihnen freundlich zu und ging davon. Obi-Wan seufzte.

„Ihr vertraut ihm nicht?", fragte Anakin.

„Das ist es nicht", gab Obi-Wan zurück. „Ich bin mir nur nicht sicher, ob ich seinen Erkenntnissen trauen soll."

„Aber er denkt wie ein Jedi", sagte Anakin. „Er vertraut seinem Gefühl. Sollten wir das nicht honorieren? Abgesehen davon haben wir im Augenblick keine anderen Spuren, denen wir folgen könnten."

Manchmal erinnerte Anakin Obi-Wan an Qui-Gon. Er hatte dieselbe Mischung aus Logik und Gefühl besessen, die Obi-Wan selbst so schwer im Gleichgewicht halten konnte.

„Ich vertraue meinen *eigenen* Gefühlen“, murmelte Obi-Wan schließlich. „Nicht Dens.“

Kapitel 16

Obi-Wan und Anakin hatten kaum ihre Morgenmahlzeit gegessen, da kam Den in Obi-Wans Unterkunft.

„Ich habe eine Möglichkeit gefunden, die Textaufzeichnungen der *BioCruiser* zu knacken", verkündete Den.

„Ich dachte, du hattest deine kriminelle Laufbahn aufgegeben", sagte Obi-Wan.

Den hob die Schultern. „Mir war langweilig. Es ist ziemlich lange her, dass ich mir die Beine vertreten konnte." Seine Augen funkelten. „Willst du denn nichts über Kern erfahren?"

„Wenn der Senat herausfindet, dass die Jedi auf illegalem Weg an die vertraulichen Aufzeichnungen der *BioCruiser* gekommen sind, könnte das die gesamte Untersuchung kompromittieren", sagte Obi-Wan mit einem Stirnrunzeln. „Ich glaube nicht ..."

Den zog einen Stapel Durafolien hervor. „Zu spät! Ich habe die Informationen für euch ausgedruckt!"

„Großartig!", rief Anakin. „Jetzt können wir anfangen!"

Den grinste. „Dein Stil gefällt mir, Junge."

Obi-Wan nahm mit einem Seufzer die Durafolien in die Hand. Schnell sah er sich die Informationen durch und nahm sie auf. Dann gab er Anakin den Stapel.

„Siehst du das Problem?", fragte Den Obi-Wan.

Der Jedi nickte.

„Ich verstehe das nicht", sagte Anakin. „Für mich sieht das alles ordnungsgemäß aus. Er hat eine Sicherheitsfreigabe oberster Stufe. Sogar vom Senat. Die ist doch ziemlich schwer zu kriegen, oder?"

„Ja", sagte Obi-Wan. „*Sehr* schwer. Und deshalb gibt es auch ein Problem."

„Weshalb sollte ein einfacher Arbeiter wie Kern eine Sicherheitsfreigabe vom Senat brauchen?", fragte Den.

„Es mag eigenartig sein, muss aber nicht unbedingt eine Bedeutung haben", sagte Obi-Wan. „Es könnte einfach nur bedeuten, dass er irgendwann einmal mit sensiblem Material zu tun hatte. Jeder hat eine Vergangenheit."

Den ließ sich in einen Stuhl fallen. „Wenn du ab jetzt von allem, was ich bringe, denkst, dass es nutzlos ist, dann kommen wir nicht weiter."

„Entspann dich, Den. Ich habe nicht gesagt, dass wir der Sache nicht nachgehen." Obi-Wan stand auf und gab Anakin ein Zeichen, ihm zu folgen. „Ich hätte heute Morgen in der Tat gern eine etwas ausführlichere Führung. Denkst du, du könntest uns zum Tech-Center bringen?"

Den begrüßte Kern mit einem Nicken, als sie zu dritt das Tech-Center betraten. Er war gut zehn Jahre älter als Obi-Wan, hatte kurz geschorenes Haar und eng beieinander stehende Augen.

„Das ist unser Kontroll-Tech-Center", begann Den zu erklären. „Wie ihr euch vorstellen könnt, sind die Anzeigetafeln sehr umfangreich. Jeder Bereich des Schiffes wird von hier aus beobachtet, von der Schadenskontrolle bis hin zum Wachstum der Pflanzen in den Gewächshäusern."

„Eine umfangreiche Einrichtung", bemerkte Obi-Wan. Er warf Anakin einen Blick zu. Er hatte seinen Padawan bereits instruiert, was er tun sollte.

Während Den weiter redete und Obi-Wan immer wieder einen bewundernden Kommentar oder eine Frage murmelte, ging Anakin etwas zur Seite. Er stellte sich vor eine der Anzeigekonsolen. Als er sicher war, dass Kern ihn beobachtete, sah er auf und Kern direkt in die Augen.

„Ich habe noch nie so eine Anzeigetafel gesehen", sagte er.

„Es ist auch ein großes Schiff." Kern wandte sich ab. Die Aussicht auf ein Gespräch mit einem kleinen Jungen langweilte ihn offensichtlich.

„Zeigen die Kontroll-Displays wirklich alles an, was schief gehen könnte?", fragte Anakin.

„Ja."

„Gibt es getrennte Displays für alle Antriebsteile?"

„Ja."

„Auch für die Schub-Andruckdämpfer?“ Anakin verstellte seine Stimme. Er ließ sie etwas höher klingen. Wenn er wollte, konnte er jünger erscheinen, als er war.

„Ja“, sagte Kern. Er klang jetzt bereits genervt. „Geh weg, Jedi-Junge. Ich habe zu tun.“

„Nehmen wir mal an, der Energiekern überhitzt, aber es gibt kein Notfall-Display für die Konverter und die Hyperantriebskonduktoren zeigen stetige Lichtgeschwindigkeit an. Würde Eure Anzeige auch einen fehlerhaften hydrostatischen Feldkonnektor mit einbeziehen?“

Kern drehte seinen Stuhl um. „Für ein Kind weißt du ziemlich gut Bescheid.“

„Wisst Ihr die Antwort?“, fragte Anakin.

„Ich würde das Display für den hydrostatischen Feldkonnektor prüfen, aber zuerst würde ich die Ansaugöffnung des Turbinenantriebs untersuchen“, erklärte Kern. „Wir haben ein paar Sublicht-Antriebsgeneratoren der Dyne-Klasse, deren Turbinenblätter instabil werden, wenn die Treibstoffleitungen verstopfen. In Ordnung, Junge?“

„In Ordnung“, sagte Anakin begeistert.

Er ging wieder zu Obi-Wan und Den, der gerade die Führung abschloss. Sobald sie draußen waren, wiederholte er für Obi-Wan, was Kern gesagt hatte.

„Ich sage euch, mit diesem Typen stimmt etwas nicht“, sagte Den. „Anzeigetechniker sind etwas völlig anderes als Antriebsexperten. Sie kennen sich nicht mit Sublicht-Antrieben aus. Sie geben nur Informationen an die Ingenieure weiter."

„Er könnte früher mit Antrieben zu tun gehabt haben", gab Obi-Wan zu bedenken.

„Dann steht das aber nicht in seiner Akte", gab Den bissig zurück.

Obi-Wan runzelte die Stirn. „Ich weiß. Lasst uns zu meiner Kabine zurückkehren."

In Zeiten wie diesen fehlte Tahl Obi-Wan. Als er mit Qui-Gon unterwegs gewesen war, hatten sie sich immer auf Tahl und ihre Kontakte verlassen können, wenn es um umfangreiche Recherchen ging. Sie hatte immer wichtige Hinweise gegeben, denen sie hatten nachgehen können. Und sie hatte es immer schnell getan.

Er kannte Tnani Ikon nicht, den Jedi-Ritter, der jetzt im Tempel für Computer-Recherche zuständig war. Doch Obi-Wan kontaktierte ihn und erklärte ihm knapp, dass sie umfassende Informationen über Kern brauchten. Er schickte Tnani alle Informationen, die sie aus Kerns Akte hatten. Er bat um schnelle Bearbeitung, wobei er natürlich nicht wissen konnte, welche anderen Jedi-Missionen gerade Vorrang haben könnten.

Obi-Wan beendete die Kommunikation, legte aber seinen Comlink nicht weg.

„Was ist?", fragte Anakin.

„Mir fällt gerade etwas ein." Obi-Wan kontaktierte Tnani noch einmal. „Wenn Ihr ohnehin sucht, könnt Ihr dann bitte auch nach allen Kerns suchen, die in den letzten zwanzig Jahren verstorben sind?"

Der emotionslos wirkende Jedi-Ritter fragte nicht weiter nach. „Das werde ich tun."

Obi-Wan beendete die Kommunikation wieder. Den sah ihn fragend an.

„Was sollte denn das gerade?", fragte er. „Der Typ ist vielleicht hässlich, aber er ist sicher nicht tot."

„Ich denke immer noch über diese Sicherheitsfreigabe nach", sagte Obi-Wan und steckte seinen Comlink an den Gürtel zurück. „Mir fiel etwas ein, was Qui-Gon mir einst erzählt hat. Es gab oder gibt geheime Agenten des Senats, die No-Names genannt werden. Sie benutzen künstliche Identitäten, die ruhen, wenn ihre Träger sterben. Qui-Gon wusste allerdings von mehreren Fällen, in denen jemand gegen Geld oder aufgrund seines Einflusses eine ruhende Identität gekauft hatte." Obi-Wan zuckte mit den Schultern. „Vielleicht ist Kern eine solche gekaufte Identität. Es könnte sich lohnen, das zu prüfen."

„Ich wusste, dass ich euch brauchen könnte", sagte Den und klopfte Obi-Wan auf den Rücken.

„Aber wenn Kern eine gekaufte Identität ist, bedeutet das, dass jemand Mächtiges wollte, dass er sich auf das Schiff schleicht", sagte Anakin. „Wer könnte das sein? Und weshalb?"

„Das", sagte Obi-Wan, „könnte sich als die wichtigste aller Fragen herausstellen."

Kapitel 17

Den musste wieder zu seiner Arbeit zurückkehren. „Sie lassen mich hier Gemüse anbauen, könnt ihr euch das vorstellen?", hatte er gesagt. Also schlug Obi-Wan vor, dass er und Anakin ein paar Bewohner der *BioCruiser* in Gespräche verwickelten.

Sie redeten mit so vielen Wesen wie möglich – einem Bibliothekar, einem Techniker, einem Lehrer und mit der ehemaligen Regentin eines Planeten, die jetzt Administratorin an Bord des Schiffes war. Jeder Einzelne sprach in den höchsten Tönen von Uni und ihrem Leben an Bord der *BioCruiser*. Jeder von ihnen empfand die Entscheidung, den Heimatplaneten verlassen zu haben, als eine Art Befreiung.

„Was denkst du?", fragte Obi-Wan Anakin, als sie in einem Café zu Mittag aßen. „Machen sie auf dich den Eindruck, als hätte man sie einer Gehirnwäsche unterzogen?" Er erfuhr immer gern, was Anakin beobachtet hatte. Oft stellte er überrascht fest, dass Anakin genauer beobachtete als er selbst. Anakin betrachtet die Dinge intuitiv, während Obi-Wan von sich wusste, dass er eine Tendenz dazu hatte, Dinge zu sehr zu analysieren.

„Keine Gehirnwäsche", sagte Anakin. „Nur irgendwie traurig."

„Traurig?"

„Na ja, sie haben aufgegeben. Das ist immer traurig, oder nicht? Und Freunde und Verwandte zurückzulassen, macht einen auch traurig. Sie unterdrücken es nur. Aber das Gefühl ist vorhanden. Es ist in ihren Träumen. Wo sonst soll es auch sein?"

Obi-Wan dachte fasziniert über Anakins Worte nach. Er hätte es selbst nicht so formuliert, vielleicht nicht einmal denselben Gedanken gefasst, doch Anakin hatte den Nagel auf den Kopf getroffen. Das war genau das, was ihn die ganze Zeit gestört hatte.

Das einzige Problem war, dass sie keine Anklage wegen „Verhängung von Traurigkeit" vor den Senat bringen konnten. Sie hatten keinen stichhaltigen Beweis dafür, dass Uni etwas Unrechtes tat.

Plötzlich kam eine Truppe von Sicherheitsoffizieren im Gleichschritt um die Ecke. Obi-Wan beobachtete sie zuerst voller Interesse. Dann schlug sein Instinkt Alarm. Die Wachleute kamen ihretwegen.

Sie hatten Blaster in den Holstern und Elektro-Jabber in den Händen. Anakin registrierte die Erschütterung der Macht einen Augenblick später als Obi-Wan. Er spannte sich an und blickte auf seinen Meister, unsicher, was er tun sollte.

Obi-Wan wollte sich an Bord dieses Schiffes nicht mit den Sicherheitsleuten anlegen. Es sollte eine friedliche Untersuchung sein.

Der Anführer der Sicherheitstruppe wedelte mit seinem Elektro-Jabber. „Ihr kommt mit."

„Auf wessen Anweisung?", fragte Obi-Wan.

„Unis Anweisung. Und jetzt Bewegung."

Der Offizier hob seinen Elektro-Jabber und ging damit auf Anakin zu. Obi-Wan sah, dass er ihn auch benutzen wollte. Ein solcher Hieb hätte Anakins Arm oder Bein für längere Zeit lähmen können.

Der Sicherheitsoffizier hatte nicht einmal eine Chance zu blinzeln. Obi-Wans Lichtschwert war aktiviert und in Bewegung, bevor sich der Elektro-Jabber auch nur einen Zentimeter näher an Anakin heran bewegt hatte. Das Lichtschwert hackte den Jabber sauber in zwei Hälften. Der Offizier sackte von der Wucht des Hiebes auf die Knie. Er war unverletzt, aber etwas benommen.

Die anderen Sicherheitsleute kamen sofort heran. Anakin hatte sich bereits vom ersten Offizier weg gedreht und sein Lichtschwert aktiviert. Es war zwar nur ein vom Tempel geliehenes Trainingslichtschwert, doch selbst mit seiner schwachen Leistung hatte es eine gewisse Wirkung.

„Niemanden verletzen, nur entwaffnen", konnte Obi-Wan gerade noch murmeln, bevor er einen Überschlag rückwärts machte, um einem der Männer auszuweichen, der von links auf ihn zukam. Obi-Wan wirbelte herum und verwandelte den

Elektro-Jabber mit seinem energiegeladenen, heißen Lichtschwert in einen rauchenden Haufen auf dem Boden.

Anakin schwenkte das Lichtschwert herum und zog es dann nach oben, womit er den Elektro-Jabber des dritten Mannes in zwei geschmolzene Haufen auf dem Boden verwandelte. Obi-Wan und Anakin machten einen simultanen Satz nach vorn, um sich gegen die letzten beiden Offiziere zu verteidigen. Diese stolperten rückwärts, verschreckt von den Kampfeskünsten der Jedi. Einer von ihnen ließ seinen Elektro-Jabber fallen und fummelte nach seinem Blaster. Obi-Wan hackte den anderen Jabber entzwei und hielt dem letzten Offizier die Klinge des Lichtschwerts dicht vor das Gesicht.

„Wollt Ihr wirklich diese Waffe ziehen?", fragte er.

Die Augen des Mannes zuckten. Er leckte sich die Lippen. „N... nein."

„Wir kommen freiwillig mit", sagte Obi-Wan und sah einen Offizier nach dem Anderen an. „Verstanden?"

Der erste Offizier stand auf. „Wir sind gut ausgebildet", sagte er zu Obi-Wan. „Aber wir sind noch nie zuvor auf Jedi gestoßen. Wenn Ihr uns bitte folgen würdet ..."

Obi-Wan deaktivierte sein Lichtschwert und bedeutete Anakin, es ihm gleich zu tun.

Die Sicherheitsleute bildeten vorsichtig einen Schutzwall um sie. Der erste Offizier ging zum Turbolift.

„Was, glaubt Ihr, soll das Ganze?", murmelte Anakin.

„Ich habe keine Ahnung", gab Obi-Wan zurück. „Entweder

haben wir irgendein Gesetz übertreten oder Uni hat beschlossen, dass er genug von der Untersuchung hat."

Sie wurden auf die oberste Ebene des Schiffes und zu Unis Quartier gebracht. Die Tür glitt auf. Die Sicherheitsoffiziere reihten sich an der Hinterwand auf. Vox und Uni standen mitten im Raum und warteten auf sie. Obi-Wan sah, dass Vox vor Wut zitterte.

„Wie immer haben wir auch jetzt wieder gelernt, dass wir den Jedi nicht vertrauen können", geiferte Vox. „Wir haben Euch eingeladen, unsere Heimat mit uns zu teilen und ihr hintergeht uns. Es wurde in unsere geheimen Dateien eingebrochen!"

Den, dachte Obi-Wan verzweifelt. Er hätte daran denken müssen, dass Den nicht gerade der geschickteste Dieb war, wenn es auch sein Beruf gewesen war.

„Ihr beschuldigt uns?", fragte Obi-Wan.

„Natürlich beschuldige ich Euch!" Vox schrie beinahe.

„Wir sind nicht in Eure Dateien eingedrungen", sagte Obi-Wan voller Aufrichtigkeit.

„Könnt Ihr mir ruhigen Gewissens sagen, dass Ihr nichts damit zu tun habt?" Vox winkte ab. „Vergesst es. Mein Sohn und ich wissen aus erster Hand, dass der Jedi-Orden die Wahrheit verdreht ..."

„Das tun wir nicht!", platzte es aus Anakin heraus. „Jedi lügen nicht!"

Vox sah Anakin herablassend an. „Was weißt du schon, Junge. Hat dir dein Meister erzählt, wie er einen anderen Jedi-Schüler getötet und dann darüber gelogen hat? Nein, natürlich nicht."

„Das ist nicht wahr", stieß Anakin aus.

„Die Vergangenheit spielt hier keine Rolle", sagte Uni und legte seinem Vater eine Hand auf den Arm. „Wir sprechen über die Gegenwart. Du hast unser Vertrauen missbraucht, Obi-Wan Kenobi. Wir verlangen, dass du euren Transporter rufst, damit er euch abholt. Bis dahin müsst ihr in eurem Quartier bleiben." Uni redete zwar ruhiger als sein Vater, doch Obi-Wan konnte den Zorn in seinen Augen sehen. Und er nahm so etwas wie Triumph wahr, so als hätte Uni nur darauf gewartet, dass Obi-Wan einen falschen Schritt machte. Er war geradezu froh darüber, einen Grund zu haben, die Jedi von seinem Schiff zu entfernen. Ihr Verhältnis war doch noch immer sehr persönlich.

„Ich bin im Namen des Senats hier", sagte Obi-Wan. „Wenn ihr uns des Schiffes verweist, bevor unsere Untersuchung abgeschlossen ist, wird eine umfangreichere Untersuchung folgen. Der Senat wird das nicht dulden, vor allem nicht, da ihr keinen Beweis für unsere Beteiligung an dem Zwischenfall habt."

Über Unis Gesicht huschte kurz ein Ausdruck der Sorge, doch Vox winkte nur mit der Hand, so als wollte er ein lästiges Insekt vertreiben. „Darüber machen wir uns keine Sorgen", sagte Vox. „Wir haben keine Angst vor dem Senat."

„Nehmt sofort Kontakt mit eurem Schiff auf", sagte Uni. „Wir gestatten Außenseitern nicht, an der *BioCruiser* anzudocken, aber in diesem Fall werden wir eine Ausnahme machen. Danach müssen wir eure Comlinks konfiszieren."

Obi-Wan wog seine Möglichkeiten ab. Sie könnten Widerstand leisten. Es würde ein Leichtes sein, aus diesem Raum zu entkommen. Die Sicherheitsoffiziere stellten für ihn nicht die geringste Bedrohung dar, obgleich Uni und Vox sich angesichts ihrer Anwesenheit wohler fühlten.

Aber wo sollten sie hingehen? Sie könnten sich auf dem Schiff verstecken. Den würde ihnen helfen. Aber was könnten sie damit schon erreichen? Er hatte keinerlei Beweise dafür gesehen, dass die Lebewesen an Bord der *BioCruiser* misshandelt wurden. Es gab im Augenblick keine Möglichkeit, Uni und Vox etwas anzuhaben.

Der verhaltene Triumph in Unis Blick wurde jetzt klarer. Er hatte Obi-Wan in die Ecke getrieben und er wusste es.

Obi-Wan griff nach seinem Comlink und aktivierte ihn. Er wählte Garens Frequenz.

„Wir sind hier fertig", sagte er. „Du kannst uns abholen." Er gab Garen die Koordinaten, die Uni ihm mitteilte.

„Das ging aber schnell", sagte Garen am anderen Ende der Verbindung. „Ihr habt Glück, ich bin gerade in der Nähe im Tentrix-System. Ich kann in einer Stunde bei euch sein."

Sie beendeten die Kommunikation. Uni nickte zufrieden und streckte seine Hand nach Obi-Wan aus. Der Jedi legte den

Comlink in seine Hand. Dann wandte er sich zu Anakin um. Nach einem Nicken von seinem Meister gab auch der Padawan Uni seinen Comlink.

„Die bekommt ihr vor eurem Aufbruch zurück", sagte Uni.

„Im Gegensatz zu euch sind wir keine Diebe", schnaubte Vox.

„Die Sicherheitskräfte werden euch zu euren Unterkünften zurückbegleiten", sagte Uni. „Ich werde dich nicht mehr wiedersehen, Obi-Wan Kenobi." Jetzt lächelte er zum ersten Mal. „Ich muss gestehen, dass ich froh bin."

Kapitel 18

Obi-Wan bat darum, dass Anakin mit ihm in seiner Unterkunft bleiben durfte. Der Sicherheitsoffizier stimmte dem Wunsch zu. Die Tür schloss sich zischend und sie waren allein.

„Müssen wir jetzt wirklich gehen?", fragte Anakin.

„Uns bleibt eine Stunde", sagte Obi-Wan. „In dieser Zeit sollten wir etwas herausfinden können. Ich wünschte, Uni hätte unsere Comlinks nicht konfisziert. Wir brauchen von Tnani die Informationen über Kerns Vorgeschichte."

„Aber was können wir schon ausrichten, so lange wir hier eingeschlossen sind?", fragte Anakin.

„Sie haben uns die Lichtschwerter nicht abgenommen", sagte Obi-Wan. „Ich nehme an, sie wussten, dass wir sie nicht freiwillig hergeben würden. Wenn wir wollen, können wir ausbrechen. Aber ich glaube nicht, dass wir uns einen Weg hinausschneiden müssen."

Anakin grinste. „Den?"

Obi-Wan nickte. „Ich bin mir sicher, dass er in der Nähe ist. Nun, wie lauten unsere Erkenntnisse über das soeben erfolgte Treffen?"

Anakin setzte sich auf einen Stuhl und konzentrierte sich.

„Vox hatte Angst", sagte er schließlich

Obi-Wan nickte. „Gut."

„Es ist schwer, Angst von Hass zu unterscheiden", fuhr Anakin langsam fort. „Aber ich habe gespürt, dass die Angst den Hass schürt."

„Wir wissen nicht, ob sie herausfinden können, dass wir nach Informationen über Kern suchen", sagte Obi-Wan. „Ich gehe davon aus, dass Den klug genug war, seine Spuren zu verwischen. Aber Vox weiß, dass wir in den Personaldateien herumgesucht haben. Das war schon genug, um ihn aufzuregen. Und es ist ein gutes Zeichen. Den hatte Recht. Etwas ist hier tatsächlich nicht in Ordnung. Was noch?"

„Es ist so, dass er gerade an dem Punkt *nicht* nervös war, an dem er es hätte sein müssen", sagte Anakin. „Die meisten Leute würden sich sehr wohl Sorgen um die Reaktion des Senats machen, wenn zwei Jedi von einem Schiff verwiesen werden. Immerhin hatten sie keinen Beweis, dass wir etwas mit dem Einbruch in die Dateien zu tun hatten. Uni sah besorgt aus. Doch das schien Vox' letztes Problem zu sein."

„Sehr gut, Padawan", gratulierte Obi-Wan seinem Schüler. „Ich könnte mir keine objektivere Schilderung des Treffens vorstellen."

Anakin sah ihn von der Seite an. „Weshalb vertraut Ihr mir dann nicht, wenn ich so aufnahmefähig bin?"

Obi-Wan setzte sich neben Anakin, überrascht von der offenen Frage. Erinnerungen überkamen ihn. Qui-Gon hatte ihm auch Dinge verschwiegen. Jetzt verstand Obi-Wan die Vorsicht seines Meisters. Doch er erinnerte sich auch wieder daran, dass Qui-Gons Entscheidung, seine Vergangenheit mit seinem Padawan zu teilen, ihre Bindung gestärkt hatte.

Es war an der Zeit, seinem Padawan von sich und Bruck zu erzählen.

Er nahm sich Zeit, erzählte ihm von der Sabotage des Tempels, von seinen Erlebnissen mit Bruck und von dem Schmerz, einen Jungen sterben zu sehen, den er gekannt hatte. Er erzählte Anakin von der Anhörung, verschwieg ihm aber die Schuldgefühle, die er empfand. Der Junge musste nicht jedes Detail wissen.

Anakin schüttelte ungläubig den Kopf, als Obi-Wan seine Geschichte abgeschlossen hatte. „Wie konnten sie Euch nur verdächtigen?"

Obi-Wans Blick verschleierte sich. „Bruck und ich waren nie gut miteinander ausgekommen. Nach seinem Tod habe ich mich immer gefragt, ob ich der beste Jedi war, der ich hätte sein können. Hätte ich, anstatt seinem Hass mit meinem eigenen Hass zu begegnen, nicht versuchen müssen, die Ursache zu finden? Hätte das nicht den Verlauf von Brucks Leben verändern können?"

Obi-Wans Blick wurde wieder klar und er sah Anakin auf die gewohnte Weise an. „Jetzt verstehst du, weshalb die Jedi-Meister im Tempel oft über Hass und Angst sprechen, Anakin.

Sie haben gesehen, was diese Gefühle bewirken können. Und ich habe es auch gesehen."

„Ich auch", sagte Anakin. „Ich war ein Sklave, schon vergessen? Und ich bin der Sohn einer Sklavin. Ich wurde nicht im Tempel aufgezogen, umgeben von Brunnen und Frieden und Sanftheit. Ich glaube, ich weiß besser als jeder andere, was Hass und Angst anrichten können."

Anakin klang plötzlich barsch. Obi-Wan schwieg und ließ diese Stimmung einen Augenblick in der Luft hängen. „Ich habe es nicht vergessen, Anakin", sagte er ruhig. „Und du solltest es auch nicht vergessen. Es ist ein Teil von dem, was dich ausmacht. Aber wenn dich diese Erinnerung nur zu deinem Hass zurückführt, musst du einen Weg finden, anders darüber nachzudenken."

An der Tür erklang ein leises Klopfen. „Seid ihr da drin?", fragte Den leise.

Obi-Wan ging schnell zur Tür hinüber. „Man hat uns eingeschlossen. Kannst du uns herausholen?"

Den kicherte. „Ist ein Dinko bissig? Heult ein Heulläufer? Kriecht ein Nachtkriecher ..."

„In Ordnung, Den", sagte Obi-Wan durch die Tür. „Aber zuerst brauchen wir einen Comlink. Ich muss den Tempel kontaktieren."

„Kein Problem", murmelte Den. „Ich bin wieder da, bevor ihr überhaupt merkt, dass ich weg war. Bleibt schön hier."

Sie hörten Schritte, die sich entfernten.

„Lass uns noch einmal über Vox Chun reden“, sagte Obi-Wan. „Da wir beide dasselbe Gefühl hatten, wie eigenartig unbewegt er auf eventuelle Aktionen des Senats reagierte, sollten wir uns fragen: weshalb?“

„Ich weiß es nicht“, gab Anakin zu.

„Es gibt zwei mögliche Antworten“, sagte Obi-Wan nachdenklich. „Die eine wäre, dass Vox einen mächtigen Verbündeten im Senat hat, der sämtliche Schwierigkeiten für die *BioCruiser* aus dem Weg räumt. Die zweite – und beunruhigendere – wäre, dass Vox mit einer Organisation im Bunde steht, die noch viel mächtiger ist als der Senat.“ Obi-Wan stand auf und begann, im Zimmer umherzugehen. „Die Galaxis hat sich verändert. Sie ist voller krimineller Organisationen. Ein paar davon sind sehr mächtig. Da der Senat ständig in Debatten verwickelt ist, hat er bisher nur wenig dagegen unternommen. Sogar Kanzler Palpatine sieht machtlos zu, wie diese kriminellen Organisationen immer größer werden.“

„Wenn die zweite Vermutung stimmt, glaubt Ihr dann, dass diese mächtige Organisation an der *BioCruiser* interessiert ist?“, fragte Anakin.

„Na ja, das Schiff besitzt eine prall gefüllte Schatzkammer“, gab Obi-Wan nachdenklich zurück. „Aber ein Schiff dieser Größe anzugreifen, bringt viele logistische Probleme mit sich. Sie würden das Schiff nicht zerstören wollen, denn dann wäre der Schatz verloren. Und es könnte noch einen ganz anderen Grund geben. Einen, den wir noch nicht kennen.“

Draußen erklangen Piepgeräusche und eine Sekunde später öffnete sich zischend die Tür. Den kam schnell herein. Hinter ihm schloss sich der Durchgang wieder. Er warf Obi-Wan einen Comlink zu.

„Siehst du? Ich hole dich immer aus allen Schwierigkeiten heraus“, sagte er strahlend.

„Du hast uns in Schwierigkeiten *gebracht*“, erklärte Obi-Wan. „Vox und Uni haben herausgefunden, dass irgendjemand in den Datenbanken herumgestöbert hat.“

„Tötet mich sofort!“, sagte Den und legte eine Hand auf sein Herz. „Ich habe mein Bestes gegeben! Niemand ist vollkommen!“

Obi-Wan rief Tnani am Tempel an. Einen Moment später erklang dessen Stimme aus dem Comlink. „Obi-Wan, ich habe versucht, Euch zu kontaktieren. Irgendjemand gab Antwort, doch dieser Jemand hat nicht die codierte Frequenz benutzt.“

„Mein Comlink wurde konfisziert“, erklärte Obi-Wan. „Was habt Ihr herausgefunden?“

„Der Datensatz für Kern ist in jeder Hinsicht in Ordnung“, sagte Tnani. „Doch bei genauerem Hinsehen stellte sich heraus, dass die Identität von Kern in Wirklichkeit eine falsche ist. Das Wesen mit diesem Namen starb vor acht Jahren. Und das Seltsame ist: Dieser alte Kern war für den Senat tätig.“

„Ein No-Name“, sagte Obi-Wan.

„Ja, das ist der Begriff. Die Namen ruhen, doch dieser wurde reaktiviert.“

„Vielen Dank, Tnani." Obi-Wan wandte sich an die anderen. „Wenn Kern mit Vox unter einer Decke steckt, planen die beiden etwas. Und wenn sie wissen, dass wir kurz davor sind, ihnen auf die Schliche zu kommen, wird das ihren Zeitplan sicher etwas beschleunigen."

„Im Augenblick findet gerade eine Zusammenkunft in der großen Halle zwei Ebenen tiefer statt", sagte Den. „Alle sind angehalten zu erscheinen, außer der Basiscrew für das Schiff. Vox' Quartier ist leer." Er hielt ein kleines Gerät hoch, mit dessen Hilfe er das Sicherheitssystem der Tür umgangen hatte. „Ich kann einbrechen."

Anakin sprang auf. „Worauf warten wir noch?"

Auf dem Weg zu Vox' Wohnräumen trafen sie niemanden. Den brauchte nicht einmal drei Sekunden, um die Tür zu öffnen. Vox' Quartier, das vielleicht doppelt so groß war wie Unis, war luxuriös und bequem eingerichtet. Obi-Wan, Anakin und Den durchsuchten die Zimmer und sahen sich Vox' Holodateien an. Sie fanden allerdings nichts Verdächtiges.

„Na ja, er würde natürlich nichts Verfängliches so einfach zugänglich abspeichern", sagte Den und suchte den Raum ab. „Mal sehen. Normalerweise verstecken Leute ihre Sachen so, wie sie veranlagt sind. Vox ist überheblich, faul – ich habe noch nie gesehen, wie er an Bord dieses Schiffes freiwillig jemandem geholfen hat – und schwach." Den ging zu Vox' Bett und legte sich hin. „Seht ihr? Alles befindet sich hier, damit er nicht aufstehen muss. Comlink, Monitor, Licht, Spiegel – ich sagte doch, dass er faul ist ..." Den drehte sich auf die Seite, um die Tasten auf einer Bedienkonsole zu untersuchen. „Weshalb gibt es auf dieser Konsole so viele Knöpfe?"

Den drückte eine der Tasten. Die Türen eines Schrankes öffneten sich. Eine andere Taste schaltete das Licht über dem Waschbecken an. Er drückte Knöpfe, Hebel und Tasten und aktivierte damit verschiedene Türen und Beleuchtungseinrichtungen. Eine weitere Taste und plötzlich plärrte laute Musik los. Anakin hielt sich die Ohren zu.

„Es freut mich zu sehen, dass du dich unauffällig verhältst", rief Obi-Wan über den Lärm der Musik hinweg, als Den bei dem Versuch, sie wieder abzustellen, von der Liege fiel.

Der Lärm endete abrupt. Es herrschte vollkommene Stille. Den blieb auf dem Boden liegen.

„Den?"

„Also bitte, tötet mich sofort. Was ist das? Noch eine Kontrollkonsole." Den streckte einen Arm aus und drückte eine Taste knapp unter dem Rahmen des Bettes, wo sie für jemanden leicht zu erreichen war, der auf dem Boden lag.

Die dicke Einfassung der Liege fuhr heraus und knallte Den gegen die Stirn. Hinter dem Rahmen lag jetzt ein Geheimfach offen, das im Boden des Bettes eingebaut war.

„Au!", rief Den und rieb sich die Stirn.

Obi-Wan kam schnell zu ihm. „Was ist das?"

Den reckte den Hals, um in das Fach sehen zu können. Er stieß einen leisen Pfiff aus.

„Irgendjemand hat seinen Reichtum nicht den Schatzkammern des Schiffes anvertraut, so viel ist sicher“, sagte er. „Seht euch nur all das kristalline Vertex an. Das kann man überall in der Galaxis zu Geld machen.“ Den hielt seine zu einer Kuhle geformten Hände hoch und zeigte ihnen den wertvollen Stoff. „Stellt euch mal sein Gesicht vor, wenn all das Zeug verschwunden ist.“ Den versuchte, sein Gesicht so lang und dünn wie das von Vox zu machen und blickte dann völlig erschrocken drein.

„Leg es wieder zurück“, sagte Obi-Wan streng.

„Witz, oder?“, fragte Den hoffnungsvoll.

„Darf ich dich daran erinnern, dass du ein *ehemaliger* Dieb bist?“, sagte Obi-Wan.

Den seufzte und ließ das Vertex durch seine Finger zurück in die Schublade rieseln. „Ich probiere mal den nächsten Knopf aus“, sagte er. „Aber jetzt bleibe ich auf Abstand.“ Den sprang sicherheitshalber auf die Liege. Er drückte den nächsten Knopf und wieder ging ein verstecktes Fach auf.

Obi-Wan ging näher heran. „Da drin ist auch ein Holoprojektor. Jetzt wird die Sache langsam interessant.“ Obi-Wan schaltete den Apparat schnell an und sah das angezeigte Dateiverzeichnis durch.

„Mal schauen“, murmelte er. „Hier ist eine Liste der Stopps, die die *BioCruiser* in den nächsten sechs Monaten machen wird.“

„Das ist aber eigenartig“, sagte Den. „Ich hätte nicht gedacht, dass die Stopps im Voraus geplant würden. Wir kreuzen so lange umher, bis wir ein Problem haben und suchen dann den nächst gelegenen Planeten. Oder zumindest sollen wir das glauben."

„Hier ist ein Evakuierungsplan für das Schiff." Obi-Wan öffnete die Datei. „Das scheinen mir Routineanweisungen zu sein. Aber weshalb sollte sich Vox so für Sicherheitsprozeduren interessieren?"

„Keine Ahnung. Ich war damals in dem Komitee, das den Plan entwickelt hat. Er erschien nie bei den Sitzungen. Was ist das?" Den zeigte auf ein Symbol am Ende des Planes. Obi-Wan tippte es an und eine neue Datei öffnete sich. Sie hieß ‚Zerbrochener Kreis', war aber leer.

„Das könnte etwas Codiertes sein", sagte Den. „Holodateien können leer angezeigt werden, wenn man das Passwort nicht kennt. Aber keine Sorge, meine Freunde. Mir ist noch kein Code begegnet, den ich nicht knacken konnte. Ich brauche nur etwas Zeit." Er warf einen Blick auf den Chrono auf Vox' Schreibtisch. „Wir sollten gehen. Die Zusammenkunft ist vorbei. Aber lasst uns den da noch mitnehmen." Er griff in das Geheimfach, holte den winzigen Holoprojektor hervor und schob ihn in seine Tasche.

„Aber Vox wird bemerken, dass er fehlt", sagte Anakin.

„Na und?" Den grinste. „Wenn er dahinter kommt, seid ihr beide schon auf halbem Weg nach Coruscant."

Sie waren auf dem Weg zum Ausgang, als Obi-Wan ein

blinkendes Licht auf Vox' Hauptkonsole bemerkte. „Was ist das?“

Den ging hin und sah es sich genauer an. „Ein Schiff nähert sich der Dockstation. Könnte das euer Transport sein?“

„Wenn ja, sollten wir zu unserer Unterkunft zurückkehren“, sagte Anakin.

Im gleichen Augenblick hörten sie draußen Schritte.

Kapitel 19

Obi-Wan gab ihnen mit einem Zeichen zu verstehen, dass sie sich in den Wandschrank zurückziehen sollten. Er wollte einer Konfrontation aus dem Weg gehen. Es hatte absoluten Vorrang, dass sie den Holoprojektor aus dem Raum schafften, damit Den den Code knacken konnte.

Sie zwängten sich in Vox' großen Schrank zwischen die vielen Roben und Tuniken aus kostbaren Stoffen. Obi-Wan ließ die Tür einen Spalt offen.

Vox kam ins Zimmer, ging sofort zu seiner Liege und öffnete das Geheimfach mit dem kristallinen Vertex. Obi-Wan hörte Den gedämpft stöhnen, als Vox das wertvolle Material in einen Beutel schüttete.

Vox steckte den Beutel in seine Tunika. Er sah sich noch einen Moment in den komfortablen Räumen um, dann ging er hinaus. Die Tür schloss sich hinter ihm.

Sie verließen den Schrank wieder.

„Wenn er das ganze Vertex abholt, liegt etwas in der Luft", sagte Den.

„Kannst du uns ungesehen zu Garen bei der Dockstation

bringen?", fragte Obi-Wan. „Ein weiterer Jedi könnte jetzt hilfreich sein."

„Kriecht ein Nachtkriecher?", fragte Den grinsend.

Den kannte die Korridore des Schiffes, die niemand benutzte. Hier wurden nur Nahrungsmittel und Versorgungsgüter von einem Bereich zum anderen verschoben. Er konnte die Jedi ungesehen zur Dockstation bringen.

Sie blieben in der Nähe der Ausblasrohre in Deckung und sahen sich um. Garens Schiff war gelandet und der Jedi meldete sich gerade bei den Technikern der *BioCruiser*.

„Wenn sie jetzt noch nicht wissen, dass wir nicht mehr in unserem Quartier sind, dann werden sie es bald bemerken", sagte Obi-Wan. „Wir müssen irgendwie Garens Aufmerksamkeit erregen."

Anakin konzentrierte sich. Er griff nach der Macht in all den Dingen, die um ihn herum waren. Er griff damit nach Garen und bemerkte, wie die junge Mann aufsah. Der Jedi-Pilot ließ seinen Blick über die Dockstation schweifen und suchte nach ihrem Versteck.

„Er weiß, dass wir hier sind", sagte Anakin.

Den sah ihn erstaunt an. „Wie hast du das gemacht?" Er schüttelte voller Staunen den Kopf. „Ist es wirklich zu spät für mich, ein Jedi zu werden? Ich könnte ein paar dieser Fähigkeiten gut gebrauchen. Ganz abgesehen von euren Jedi-Lichtschwertern."

„Ja, es ist zu spät", sagte Obi-Wan, den Blick auf Garen gerichtet.

Garen sprach jetzt höflich mit einem der Techniker der *Bio-Cruiser*, wobei er in dem riesigen Hangar umher deutete. Obi-Wan wusste, dass sein alter Freund gerade das Schiff und seine Machart lobte. Der Techniker nickte, zeigte ebenfalls auf ein paar Dinge in der großen Halle und ging schließlich davon. Garen begann, ungezwungen in dem Hangar umherzugehen und so zu tun, als würde er die Technik bewundern.

Er kam näher und blieb in ihrer Nähe stehen, anscheinend ohne sie zu beachten. „Was ist los?"

Obi-Wan sprach leise. „Die Lage hat sich etwas verändert. Du musst dich wegschleichen und mit uns kommen."

„Mit Vergnügen." Garen sah sich nach den Technikern um. Sie waren mit einer Konsole beschäftigt, also zog er sich schnell in den Schatten der Rohre zurück.

Obi-Wan erläuterte kurz die Situation. „Wir müssen herausfinden, was Vox Chun im Schilde führt, bevor wir das Schiff verlassen", schloss er seinen Bericht ab. „Ich habe so ein Gefühl, als wären die Leute auf der *BioCruiser* in Gefahr."

Garen nickte bedeutungsschwer.

„Ich kenne einen Ort, an dem wir uns verstecken können, bis ich den Code geknackt habe", sagte Den. „Ist nicht weit von hier."

Sie schlichen sich auf demselben Weg zurück, auf dem sie gekommen waren. Als sie den Wartungskorridor erreichten, der aus dem Hangar führte, zuckte Den plötzlich zusammen und gab ihnen ein Zeichen, zurückzubleiben. „Kern“, sagte er. „Warum geht er zur Dockstation?“

Sie drückten sich in die Schatten der Säulen, die den Hangar umgaben. Kern ging mit gehetztem Gesichtsausdruck an ihnen vorbei.

Garen runzelte die Stirn. „Wer ist das?“

„Wir glauben, dass er mit Vox gemeinsame Sache macht“, sagte Obi-Wan. „Wir haben allerdings noch keinen Beweis dafür.“

Garen nickte, machte jedoch einen geistesabwesenden Eindruck. „Er kommt mir irgendwie ... bekannt vor.“

„Los“, drängte Den.

Er führte sie durch ein Labyrinth von Wartungskorridoren bis zum Gewächshaus, in dem er bei der Aufzucht der Pflanzen von Telos arbeitete. Beim Anblick der vielen lilafarbenen Blüten musste Obi-Wan unwillkürlich an eine Landgleiterfahrt über die Wildnis der telosianischen Berge vor vielen Jahren denken. Und doch war all die natürliche Schönheit schließlich zerstört worden. Offworld hatte diesen Prozess unter dem Namen Uni-Fy begonnen. Andere hatten dort weitergemacht, wo Offworld aufgehört ...

Plötzlich schoss es Obi-Wan wie ein Blitz in den Sinn. „Zerbrochener Kreis“, sagte er zu Den. „Was geschah mit Offworld, nachdem man die Firma von Telos vertrieben hatte?“

„Ich nehme an, sie haben sich aufgemacht, um den Rest der

Galaxis auszubeuten", gab der ehemalige Dieb zurück. „Ich habe gehört, dass sie sich unter einem anderen Namen neu organisiert haben sollen. Aber man hat ihnen nicht gestattet, sich jemals wieder auf Telos niederzulassen."

„Xanatos hatte eine Narbe auf seiner Wange", sagte Obi-Wan. „Er hatte sie sich zugezogen, als er sich selbst den glühenden Ring seines Vaters auf die Haut presste. Der Ring war durch Qui-Gons Lichtschwert zerbrochen. Ein zerbrochener Kreis."

„Glaubst du, dass der ‚Zerbrochene Kreis' in Wirklichkeit Offworld ist?", fragte Garen.

„Es würde einen Sinn ergeben", sagte Obi-Wan. „Vox war im Geheimen mit Xanatos und Offworld verbündet. Was wäre, wenn er diese Verbindung niemals gelöst hätte? Und Offworld hatte ohnehin ständig andere Firmen, die sie als Tarnung vorschoben."

„Also könnte Vox tatsächlich niemals aufgehört haben, für sie zu arbeiten!", sagte Den aufgeregt. „Ich werde jetzt diese codierte Datei knacken."

Den stellte schnell den Holoprojektor auf. Er tippte ‚Offworld' als Passwort ein, aber nichts geschah.

„Versuch es mit UniFy", schlug Obi-Wan vor.

Den tippte das Wort ein. „Wir sind drin", sagte er zufrieden. Die anderen kamen näher und sahen ihm über die Schulter.

„Wir hatten Recht", sagte Obi-Wan. „Dies sind Aufzeichnungen einer Rohstoffminen-Operation."

Anakin machte ein langes Gesicht. „Aber das ist doch nur eine Liste von planetaren Unternehmungen. Das bringt uns nicht sonderlich viel weiter."

Obi-Wan tauschte einen Blick mit Den aus. „Es sei denn ..."

Den nickte grimmig. Er rief die Datei auf, in der die geplanten Anlegestationen der *BioCruiser* gelistet waren.

„Jeder Stopp, den die *BioCruiser* bisher vorgenommen hat, war auf einem Planeten, den Offworld im Fadenkreuz hat", bemerkte Obi-Wan. „Und Vox Chun war jedes Mal bei der Landecrew."

„Und er hatte nichts Gutes im Sinn, dessen bin ich mir sicher", sagte Den. „Bestechung oder Bedrohung, wer weiß das schon. Und seht euch nur an, wie erfolgreich er war. Die *BioCruiser* verlässt einen Planeten und nur ein paar Wochen später kommt Offworld vorbei und beginnt mit den Arbeiten. Ein klug aufgezogenes System. Kern sitzt im Kontroll-Tech-Center. Er löst den Bedarf nach Treibstoff oder Reparaturen aus. Das wird nicht oft gemacht, um keinen Verdacht zu erwecken. Wir gehen in den Orbit um einen Planeten und Vox geht nach unten, um für Offworld die dreckige Vorarbeit zu leisten. Kein Wunder, dass seine Geheimschublade prall mit kristallinem Vertex gefüllt war. Er benutzt das Zeug wahrscheinlich für Bestechungen."

„Glaubt Ihr, dass Uni darüber Bescheid weiß?", fragte Anakin.

„Das kann man nicht sagen", gab Den zurück. „Ich glaube

es allerdings nicht. Ich bin mir mit Uni vielleicht nicht eins, aber ich glaube nicht, dass er so ein Schwindler ist wie sein Vater."

„Ich auch nicht", sagte Obi-Wan.

„Aber warum war Kern unterwegs zur Dockstation?", fragte Den. „Will er etwa das Schiff verlassen?"

Obi-Wan beugte sich noch einmal vor und studierte die Liste der Planeten, auf denen Offworld Minen betrieb. „In welchem System befinden wir uns jetzt, Garen?", fragte er.

„Tentrix", gab der zurück. „Es ist nur ein paar Stunden entfernt."

„Das muss dann TRX sein. Es ist das einzige System, dessen Name codiert ist." Obi-Wan tippte den Namen an, woraufhin eine neue Datei erschien. Wieder beugten sich alle vor, um sie zu lesen.

Einen Augenblick später atmete Den langsam und hörbar aus. „Tötet mich sofort", sagte er. „Das glaube ich einfach nicht. Ich muss noch einmal einen Blick auf den Evakuierungsplan werfen."

Den öffnete die entsprechende Datei. Er sah sich die schematischen Darstellungen minutenlang an.

„Dieser Plan unterscheidet sich von der offiziellen Version", sagte er schließlich. „Der offizielle Plan legt eine ansteigende Reihe von Notfall-Codes fest, damit keine Panik ausbricht. Wir brauchten eine sehr gute Organisation und Kontrollinstanzen, um so viele Leute von Bord zu schaffen. Dieser Plan sieht aber vor, dass sofort Code Fünf ausgelöst wird. Das bedeutet, dass das Schiff auseinander bricht und alle so schnell wie möglich von Bord gehen müssen. Und der Code wird im Kontroll-Tech-Center ausgelöst – und nicht auf der Brücke."

„Kern", sagte Anakin.

„Das ist sehr clever", sagte Obi-Wan. „Es wird ein falscher Code Fünf ausgelöst. Ein falscher Notruf wird abgesetzt. Und wer wird ihn beantworten?"

„Schiffe von Offworld", sagte Garen grimmig.

„Dem Plan des Zerbrochenen Kreises zufolge sollen alle Wesen evakuiert werden", fuhr Obi-Wan fort. „Droiden von Offworld werden an Bord gehen und dort bleiben – sie werden allerdings nicht bei den Rettungsarbeiten helfen, sondern die Schatzkammern leer räumen. Dann wird Offworld die *BioCruiser* sprengen. Niemand von Unis Anhängern wird herausfinden, dass das Schiff absichtlich vernichtet wurde. Offworld wird heldenhaft dastehen und niemand wird erfahren, dass sie das gesamte Vermögen gestohlen haben."

„Wie wird Offworld das Schiff sprengen?", fragte Anakin.

„Es muss bereits dafür vorbereitet sein", sagte Den. Er war auf einmal leichenblass. „Es wurde bereits sabotiert."

„Wir haben herausgefunden, dass sich Kern ziemlich gut mit Raumschiffantrieben auskennt", sagte Anakin.

„Kern!", stieß Garen hervor. „Ich weiß jetzt wieder, wo ich ihn schon einmal gesehen habe. Sein Name war Tarrence Chenati. Er hat vor zwölf Jahren die Raumjäger der Jedi sabotiert. Er ist damals spurlos verschwunden."

„Und hat eine neue Identität bekommen", sagte Obi-Wan. „Es ist doch eigenartig, dass in beiden Fällen Vox in der Nähe war, oder nicht?"

„Glaubst du, er hat auch hinter der Sabotage der Raumjäger gesteckt?", fragte Garen mit düsterer Miene.

„Wenn nicht, dann wäre das doch ein großer Zufall", gab Obi-Wan zurück. „Vox wollte die Jedi diskreditieren und verwirren ..." Er runzelte die Stirn. „Das erinnert mich an etwas, was mir Qui-Gon sagte, als Xanatos den Tempel sabotierte. Die Schlüssel zur Zerstörung von etwas sind Behinderung, Demoralisierung und Ablenkung." Er tauschte mit Garen einen Blick aus. „Vox wollte aus der Anhörung als Sieger hervorgehen. Er hat es auf jeden Fall geschafft, uns abzulenken und zu behindern. Ich glaube, wir haben das Rätsel gelöst, wer hinter der Sabotage der Raumjäger steckte."

„Können wir bitte wieder in die Gegenwart zurückkehren?", fragte Den. „Äh, ich hasse es, euch daran erinnern zu müssen, aber das Schiff könnte in die Luft fliegen."

„Wir müssen sofort zu Kad gehen", sagte Obi-Wan „Er muss über diese Dinge informiert werden. Den, du versuchst Kern aufzuspüren."

„Glaubt Ihr, dass Kad auf Euch hören wird?", fragte Anakin zweifelnd. „Ihr seid sein größter Feind."

„Das ist unwichtig", gab Obi-Wan zurück. „Wir müssen es versuchen."

Kapitel 20

Kad war kreidebleich. Er war so wütend, dass er kaum ein Wort hervor brachte. „Wie kannst du es wagen, meinen Vater derart zu beschuldigen?"

„Wir haben die Holodateien", gab Obi-Wan zurück. „Und dein Vater besitzt einen Beutel voller Vertex. Du müsstest nur einen Blick darauf ..."

Vox Chun hatte während der Anschuldigungen der Jedi regungslos dagesessen. Jetzt stand er auf und zeigte mit einem zitternden Finger auf sie. „Lügner und Diebe! Nichts hat sich verändert, mein Sohn!"

„Bist so sehr darauf aus, meine Familie zu zerstören?", fragte Kad Obi-Wan mit heiserer Stimme. „Hasst du uns so sehr?"

„Nicht der Hass hat mich hierher gebracht", sagte Obi-Wan ernst. „Es ist Sorge um Gerechtigkeit und um die Sicherheit derer, die du an Bord der *BioCruiser* versammelt hast. Wir werden jeden Augenblick von Offworld-Schiffen umringt sein."

„Ich nehme an, dass dies dein Pilot ist", sagte Kad und zeigte auf Garen. „Ich befehle euch, mein Schiff zu verlassen. Ihr habt zum letzten Mal meinen Frieden gestört. Geht jetzt!" Die letzten Worte schrie er und sein blasses Gesicht war jetzt rot angelaufen.

Im gleichen Augenblick ertönte eine Ansage aus Kads Konsole. „Achtung! Achtung!“, sagte eine Stimme. „Wir werden von Schiffen umringt, die einen Notruf von uns empfangen haben wollen. Wir können den Ruf nicht nachvollziehen. Bitte um Anweisungen.“

Kad bewegte seinen Kopf nur ruckweise, so als bereitete es ihm Schmerzen. Schließlich sah er seinem Vater direkt in die Augen.

„Hast du das getan?“, fragte er krächzend.

Vox gab keine Antwort.

„Antworte!“ Kads Stimme hatte plötzlich an Kraft gewonnen.

Vox ging einen Schritt auf seinen Sohn zu. „Du kannst mit mir kommen. Sie werden sich um uns beide kümmern, das haben sie versproch…“

„Nein!“ Kad hielt sich einen Moment die Ohren zu wie ein kleines Kind, doch dann ließ er die Hände wieder sinken. „Du hast mich verraten, du hast unsere Sache verraten …“

„*Deine* Sache“, korrigierte Vox ihn wütend. „Hatte ich überhaupt eine andere Wahl? Ich bin ein alter Mann.“

„Offensichtlich hast du aber dafür gesorgt, dass dein eigenes Nest gut gepolstert ist“, sagte Kad verächtlich. „Habe ich dir nicht alles gegeben, was du wolltest? Die besten Räumlichkeiten im Schiff, die Möglichkeit, andere Welten zu besuchen?

Du hattest hier ein gutes Leben. Du brauchtest kein Geld. Ist deine Habgier so groß?"

„Ich will kein Geld", gab Vox zurück und raffte seinen Umhang zusammen. „Ich will Macht. Du hast mit deiner Philosophie in einem Punkt Recht, mein Sohn. Die Galaxis verändert sich. Überall herrscht Korruption. Und davon will ich profitieren! Du hast nie begriffen, dass man nur gewinnen kann, wenn man skrupellos ist. Ja, ich würde vor nichts Halt machen, um zu bekommen, was ich haben will. Vor zehn Jahren wollte ich Gerechtigkeit. Und du auch. Wenn ich die Sabotage der Jedi-Raumjäger arrangiert hätte, was würde das denn schon bedeuten?"

Kad richtete sich auf und sah seinen Vater mit festem Blick an. „Das ist jetzt vorbei. Ich werde die Offworld-Schiffe in Kenntnis setzen, dass die *BioCruiser* nicht in Gefahr ist. Dann kannst du dir einen Planeten aussuchen und ich werde dich dorthin bringen. Ich werde dich nie mehr wieder sehen."

Der kalte Tonfall seines Sohnes schien Vox zu treffen. „Dem muss ich mich wohl fügen." Er verließ ohne einen Blick zurück den Raum.

Kad wandte sich einen Augenblick von den Jedi ab, um sich wieder zu fangen. Als er sich wieder umdrehte, war sein Blick ungetrübt.

„Ich hatte keine Ahnung", sagte er.

„Das wissen wir", gab Obi-Wan zurück.

Plötzlich wurde das Schiff von einer Explosion erschüttert.

Obi-Wan und Garen stemmten ihre Füße in den Boden und balancierten sich gegen die Wucht des Stoßes aus. Anakin strauchelte.

Der Comlink, den Obi-Wan von Den bekommen hatte, piepte. Er aktivierte ihn. Dens aufgeregte Stimme plärrte daraus hervor.

„Kern hat das Schiff sabotiert! Es bricht auseinander!“

Kapitel 21

Obi-Wan, Anakin und Garen rannten zur Dockstation. Kad versuchte Schritt zu halten, schaffte es aber nicht ganz. Als die Jedi den Hangar erreicht hatten, sahen sie Den, der verzweifelt versuchte, Kern und Vox in Schach zu halten, die in eine Rettungskapsel steigen wollten. Kern hatte einen Blaster gezogen. Der unbewaffnete Den hatte einen Hydrospanner zu seiner Verteidigung in der Hand. Der Versuch war ebenso verrückt wie mutig.

Obi-Wan griff nach der Macht. Er streckte eine Hand aus und ließ ein paar Fässer aus einem Stapel zwischen Kern und der Luke der Rettungskapsel auf den Boden poltern. Das sollte Den Deckung verschaffen.

Vox packte Kern am Arm. „Du hast das Vermögen gestohlen! Das war nicht der Plan! Was wird Offworld mit mir anstellen?"

Kern schüttelte ihn ab und versuchte, auf Den zu zielen. „Lass mich los, alter Mann!" Da sah er die Jedi. Er richtete seinen Blaster direkt auf sie und schoss.

Garen und Obi-Wan lenkten das Feuer im Laufen mit

schwingenden Lichtschwertern ab. Der schwache Vox sammelte all seine Kräfte und sprang um die Fässer herum auf die Rettungskapsel zu. Er öffnete die Luke und sprang hinein.

Kern machte einen unbeholfenen Satz über die Fässer hinweg, wobei er einen ständigen Feuerregen gegen die Jedi aufrecht hielt. Obi-Wan sprang ab und legte mit Hilfe der Macht eine beachtliche Strecke zurück. Er landete hinter Den.

Kern drehte sich schnell um, feuerte auf Vox und zerrte ihn wieder aus der Kapsel. Der verwundete alte Mann fiel zu Boden.

„Vater!", schrie Kad. Er war gerade im Hangar angekommen und lief zu seinem Vater.

Kern machte einen Hechtsprung zurück in die Rettungskapsel und richtete seinen Blaster auf Kad. Anakin machte einen Satz nach vorn und lenkte den Schuss ab, während Obi-Wan nach der sich schließenden Luke sprang. Es war zu spät. Die Luke schloss sich hinter Kern und die Rettungskapsel schoss davon.

Kad sank neben seinem Vater auf die Knie. Garen fühlte Vox' Puls und sah Obi-Wan kopfschüttelnd an. Vox lag im Sterben.

Das Schiff erbebte unter einem weiteren Donnerschlag. Von überall her strömten Techniker in die Dockstation und versuchten, die Rettungskapseln zu erreichen. Kad bekam davon nichts mit. Er nahm seinen sterbenden Vater in den Arm.

Vox' Lippen waren fast weiß. „Vergib mir, mein Sohn."

Tränen rollten von Kads Wangen auf das Gesicht seines Vaters. Kad wischte sie voller Zärtlichkeit ab.

„Ja Vater“, sagte er. „Ich vergebe dir.“

Vox schaffte es kaum noch, zu nicken. Dann, den Blick noch immer auf seinen Sohn gerichtet, starb er.

Kad ließ den Kopf sinken. Obi-Wan gab den anderen ein Zeichen zurückzutreten.

„Wir müssen sofort alle vom Schiff bringen“, sagte er. „Wenn Kern Vox verraten und den Schatz geraubt hat, dann hat er zweifelsohne das Schiff so sabotiert, dass es explodieren wird.“

In diesem Augenblick lief Andra in den Hangar. Sie rannte so schnell sie konnte zu ihnen. Mit einem Blick sah sie, wie Kad über seinen toten Vater gekrümmt dasaß. Noch eine Explosion erschütterte das Schiff.

„Was geht hier vor?“, fragte sie mit weit aufgerissenen Augen.

„Wir müssen das Schiff evakuieren“, sagte Den. „Kern hat es sabotiert.“

„Und wir werden angegriffen“, sagte Andra. „Die Schiffe, die wegen des falschen Notrufs gekommen sind, schießen jetzt auf uns. Die Abwehrschilde wurden sabotiert.“

Anakin kam nach vorn. „Wir müssen sie aus der Luft bekämpfen.“

Obi-Wan wusste, dass sein Padawan Recht hatte. Und er wusste auch, dass Anakin an diesem Kampf teilnehmen wollte.

Sein Bedürfnis, Anakin zu beschützen und sein Wissen um dessen außergewöhnliche Fähigkeiten als Pilot kämpften gegen einander. Anakin sah Obi-Wan eindringlich an. Doch es war kein bittender Blick. Es war der feste Blick eines Jedi, nicht der eines Jungen.

Obi-Wan wandte sich an Andra. „Gibt es hier einen schnellen Kampfjäger?"

Sie nickte. „Wir sind zwar friedlich, aber nicht dumm."

„Anakin wird ihn fliegen."

„Ich fliege mein eigenes Schiff", sagte Garen. „Los, Anakin."

„Ich organisiere mit Andra die Evakuierung", sagte Den. „Wir dürfen keine Zeit verlieren."

Kad stand auf. „Ich werde auf der Brücke gebraucht. Wir müssen den nächst gelegenen Raumhafen finden."

Kads Comlink piepte und eine aufgeregte Stimme erklang. „Eine Gruppe von Kampf-Droiden ist an Bord gekommen. Sie …"

Aus dem Comlink erklang ein Gewitter aus Blasterfeuer und die Stimme verstummte.

Kapitel 22

„Ich kümmere mich um die Droiden“, sagte Obi-Wan. Er steckte sein Lichtschwert an den Gürtel und rannte los.

Er lief die Korridore des sich aufbäumenden Schiffes entlang. Während er lief, ging er im Geiste alle Fakten durch, die ihm jetzt bekannt waren. Etwas stimmte nicht und danach suchte er. Er hatte von Qui-Gon gelernt, dass man sogar mitten im schwersten Kampf nicht vergessen durfte nachzudenken.

Vox hatte Kern beschuldigt, das Vermögen des Schiffes gestohlen zu haben. Weshalb aber schickte Offworld noch Kampf-Droiden an Bord, wenn sie wussten, dass Kern den Schatz vor Verlassen des Schiffes stehlen würde?

Die einzige logische Antwort war, dass Offworld eben *nicht* wusste, dass der Schatz fehlte. Entweder hatte Kern Offworld ebenfalls betrogen oder er war ein Doppelagent, der noch nie für Offworld gearbeitet hatte.

Doch darum musste sich Obi-Wan später kümmern. Jetzt ging er davon aus, dass die Droiden dem ursprünglichen Plan folgten und zum Kontroll-Tech-Center und zu den Schatzkammern unterwegs waren. Er hoffte, dass er Recht hatte.

Er lief in das Tech-Center. Die Droiden waren schon da. Auf dem Boden lagen zwei Techniker, offensichtlich von Blasterschüssen betäubt. Ein weiterer Arbeiter hatte hinter einer Schaltkonsole Deckung gesucht. Die Kampf-Droiden schoben sich mit konstantem Feuer aus ihren Brüsten und Händen nach vorn.

Obi-Wan war sofort bei ihnen. Sein Lichtschwert war in ständiger Bewegung. Bei diesen Droiden brauchte er sich keine Sorgen um Strategien zu machen. Sie hatten nicht die sekundenbruchteil-genaue Reaktion eines lebenden Wesens. Sie waren lediglich gnadenlos und ihre Feuerkraft war durch Dauerhaftigkeit geprägt.

Obi-Wan hätte jemanden brauchen können, der seine Flanke sicherte, doch er nutzte die Deckung, die ihm die Konsolen und Säulen des Raumes boten. Mit langen Hieben streckte er zwei der Droiden nieder. Dann durchschnitt er den Kopf eines Droiden, nachdem er das vordere Kontrollfeld eines anderen zerlegt hatte.

Er drehte sich um und trat aus. Damit schickte er einen Droiden gegen die Wand, doch ein anderer hatte sich schon seitlich an ihn herangeschlichen. Er spürte das Brennen von Blasterfeuer an seinem Arm, blieb aber in Bewegung und zerschnitt den Droiden in zwei Hälften.

Er war getroffen, wusste aber nicht, wie schwer. Sein linker Arm brannte und war nicht mehr zu gebrauchen. Obi-Wan konzentrierte seine Angriffskraft jetzt stärker auf Bodenhöhe, wobei er mit einer Folge von kräftigen Aufwärtshieben den Rest der Droiden zerlegte.

Endlich hielt er inne. Schweiß rann ihm das Gesicht herab und tränkte seine Tunika. Der Boden lag voller Droiden. Ihm war schwindlig von seiner Wunde.

Der Techniker, der sich hinter der Konsole versteckt hatte, tauchte wieder auf. Obi-Wan erkannte an den vier Armen und dem mattblauen Fell, dass es ein Pho Ph'eahianer war. „Ihr seid getroffen."

Obi-Wan zuckte zusammen und betrachtete seine Wunde. „Es ist nicht schlimm."

„Wartet, wir haben ein Medpack hier." Der Techniker brachte das Medpack schnell zu Obi-Wan. „Keine Sorge, ich habe ein wenig medizinische Kenntnisse." Dank seiner vier Arme konnte er die Wunde reinigen und gleichzeitig eine Binde abwickeln. Er gab etwas Bacta auf die Wunde, bot Obi-Wan einen Schluck Wasser an und verband den Arm.

„Ihr solltet zur Dockstation gehen", sagte Obi-Wan zu dem Techniker, nachdem der fertig war. „Das Schiff wird evakuiert."

„Wo ist Uni?", fragte der Arbeiter.

„Auf der Brücke. Er wird das Schiff nicht verlassen, bevor nicht alle in Sicherheit sind. Und er hofft, dass er die *BioCruiser* sicher in einen Raumhafen bringen kann."

„Dann werde ich auch bleiben. Er braucht jemanden im Kontroll-Tech-Center, der die Technik im Auge behält."

Obi-Wan nickte ihm zu. Er bewunderte die Tapferkeit des Mannes. „Wie heißt Ihr?"

„Rhe Pabs."

„Vielen Dank, Rhe Pabs. Ich gehe jetzt zur Brücke. Ich werde Uni sagen, dass Ihr hier seid."

Rhe Pabs nickte. Da wurde das Schiff plötzlich von einem erneuten Stoß erschüttert. Obi-Wan schwankte und schlug mit seinem verletzten Arm gegen die Konsole. Er stieß einen überraschten Schmerzensschrei aus.

„Ihr solltet schnellstmöglich zu einem richtigen Mediziner gehen", sagte Rhe Pabs.

„Und Ihr solltet das Schiff verlassen", gab Obi-Wan zurück.

Sie grinsten sich kurz an und Obi-Wan rannte zur Tür hinaus. Der Korridor war jetzt voller Bewohner der *BioCruiser*. Ein paar von ihnen trugen ihre persönlichen Habseligkeiten mit sich, ein paar waren voller Panik und einige waren verwirrt. Über das Lautsprechersystem konnte er Andras ruhige Stimme hören.

„Panik verzögert nur alles. Gebt auf Euren Nachbarn Acht. Geht zu den Ladedocks. Wir haben genug Platz für alle. Sicherheit ist das oberste Gebot. Helft Euren Nachbarn."

Obi-Wan rannte durch die Menge zur Brücke. Als er dort ankam, saß Kad an den Hauptsteuerelementen.

„Weißt du, wie man so etwas fliegt?", fragte Obi-Wan.

„Ja." Kads Gesicht war angespannt. „Ich habe die anderen zu den Rettungsschiffen geschickt. Ich werde die *BioCruiser* nicht verlassen."

„Das Kontroll-Tech-Center ist noch immer in Betrieb. Rhe Pabs hat sich bereit erklärt, da zu bleiben."

„Gut." Kad suchte den Raum vor der Panorama-Cockpitscheibe ab. „Deine Jedi sind gut. Zwei der Offworld-Schiffe sind schon außer Gefecht."

Obi-Wan sah, wie Anakins Raumjäger heranschoss und auf ein Offworld-Kampfschiff zielte, dessen Waffen auf die *BioCruiser* gerichtet waren. Das gewaltige Schiff erzitterte unter einer Explosion. Anakin tauchte nach unten ab und feuerte seine Protonen-Torpedos ab. Da löste sich ein anderer Offworld-Jäger von seinem Angriff auf die *BioCruiser* und zischte auf Anakin zu.

„Ich hoffe, dein Jedi hat hinten Augen am Kopf", murmelte Kad.

Obi-Wan hoffte es auch.

Anakin fühlte sich allein im Sitz eines Raumjägers einfach am wohlsten. Da waren nur er und das Schiff und die unendlich vielen Möglichkeiten zu manövrieren.

Obwohl es im Jedi-Tempel bekannt war, dass Anakin überdurchschnittliche Fähigkeiten als Pilot hatte, hatte er nicht sonderlich viele Gelegenheiten zu fliegen. Deshalb war er auch so frustriert gewesen, als er erfahren hatte, dass er ein Pilot in Clee Rharas Programm hätte werden können, wenn er die Zeit um zehn Jahre hätte zurückdrehen können.

Er wusste, dass hinter ihm ein Offworld-Jäger war. Er musste nicht einmal hinsehen. Aber er nahm auch kein Ausweichmanöver vor. Noch nicht. Er wusste, dass der Jäger hinter ihm warten würde, bis Anakin außer Reichweite des anderen Offworld-Schiffs war. Sie würden nicht wollen, dass das Wrack von Anakins Schiff in den Genossen hinein flog.

Im allerletzten Augenblick riss er den heulenden Jäger nach rechts und dann senkrecht zur Flugrichtung nach oben. Dann drehte er sich auf den Rücken und kam genau hinter dem zweiten Schiff heraus.

„Das hast du nicht erwartet, oder?“, rief er, als er seine Protonen-Torpedos abfeuerte. Das Offworld-Schiff löste sich in einem Regen aus Feuer und Licht auf. Anakins Blutdruck stieg bei diesem Anblick. Er wusste, dass er keinen Triumph empfinden sollte, und doch tat er es. Er war gegen die Schiffe von Offworld vielleicht in der Unterzahl, doch sie würden ihn niemals in die Enge treiben.

Aus dem Comm Unit erklang Garens Stimme. „Zwei Schiffe sind hinter den Rettungsschiffen her. Ich übernehme das linke.“

„Verstanden“, sagte Anakin und tauchte mit seinem Schiff ab. Die Steuerelemente fühlten sich in seinen Händen warm an, obwohl er wusste, dass sie das nicht waren. Ein Schiff war für ihn wie ein lebendes Wesen, wie ein Wesen, das er kontrollieren konnte. Er hatte dieses Gefühl schon beim ersten Mal gehabt, als er seine Hände ans Steuer eines Raumschiffs gelegt hatte. Damals war er noch ein kleiner Sklavenjunge mit einem selbst gebauten Podrenner auf Tatooine gewesen.

Vor sich sah er Garen ungefähr in Höhe seiner Sichtlinie. Garen drehte nach links ab und Anakin ging weiter nach rechts. Vier Offworld-Schiffe schossen auf die Rettungsschiffe zu. Er konnte deutlich das Logo mit dem unterbrochenen Kreis auf den Tragflächen der feindlichen Schiffe erkennen.

Anakin griff nach der Macht. Er hatte das Gefühl, eins mit seiner Maschine zu sein. Sein Wille war eins mit dem Schiff. Er fühlte sich sogar mit Garen verbunden.

Die beiden Jedi holten alles aus ihren Antrieben heraus. Sie flogen im Zickzack auf die größeren Schiffe zu. Die sahen sie kommen und lenkten sofort ihr Sperrfeuer auf die beiden wendigen Raumjäger um.

„Zeit zu steigen", murmelte Anakin und zog an den Steuerelementen. Das Schiff zischte nach oben, wo er die Flugrichtung umkehrte und damit einem Schuss auf sein Steuerbord-Triebwerk auswich.

Er ließ seinen Jäger einen Salto schlagen und kam von der Seite auf eines der anderen Schiffe herab. Er feuerte seine Torpedos, durchlöcherte damit die Tragfläche des anderen und sah, dass er Glück gehabt hatte: Einer der Schüsse hatte den Treibstofftank getroffen. Das Schiff explodierte in einer gewaltigen Glutwolke, die Schockwellen auf ihn zusandte. Sein Raumjäger tanzte.

„Gut gemacht!", rief Garen durch den Comm Unit. „Lass uns Nummer zwei in die Zange nehmen."

„Verstanden. Auf jeden Fall ..." Anakin tauchte nach links

ab, während Garen nach rechts ging. Sie erwischten das Schiff mit ihren Torpedos genau zwischen ihnen. Es begann mit totem Antrieb in einer Spiralbahn davonzutorkeln.

Anakin war bereits hinter dem dritten Schiff her. Während die beiden Jedi in den Kampf verwickelt gewesen waren, hatte dieser dritte Jäger die Tragfläche eines der Rettungsschiffe beschädigt. Anakin kam von oben auf das Offworld-Schiff zu. Er flog mit Höchstgeschwindigkeit, so als wollte er geradewegs in dessen Brücke rasen. Aber in diesem Winkel war er für die Kanonen des Schiffes unerreichbar. Es wich seitlich aus und er folgte ihm.

Als er eine saubere Schusslinie hatte, zielte er auf das linke Triebwerk. Torpedos zuckten und der Antrieb verglühte. Das Offworld-Schiff kehrte schwer verwundet zum Mutterschiff zurück.

Garen hatte sich in der Zwischenzeit um das letzte Schiff gekümmert. Anakin sah sich um. Der Himmel war leer.

„Ich habe gerade mit Obi-Wan gesprochen", sagte Garen. „Er und Kad bleiben an Bord der *BioCruiser*. Kad will versuchen, Tentrix zu erreichen, aber das Navigationssystem ist beschädigt. Wir sollen sie eskortieren."

Anakin hörte an Garens angespannter Stimme, dass das Schiff in großen Schwierigkeiten steckte. Er konnte es sogar sehen: Das Schiff hing zu einer Seite und aus den Antriebsöffnungen quollen dichte Rauchwolken. Die *BioCruiser* war eine Todesfalle.

Das Letzte, was Anakin wollte, war, hier draußen zu bleiben, während sein Meister auf einem dem Untergang geweihten Schiff gefangen war. Er wollte an der Seite seines Meisters sein.

Aber er war ein Jedi. Er lernte, dass er Dinge tun musste, die seinen natürlichen Bedürfnissen widersprachen. Er drehte das Schiff nach links und folgte Garen.

„Ich bekomme eine Anzeige, der zufolge das sekundäre Energiezellensystem ausfällt", sagte Rhe Pabs. Seine Stimme war ruhig, aber Obi-Wan und Kad tauschten bedeutungsvolle Blicke aus. Wenn das sekundäre Energiezellensystem ausfiel, würde das Schiff geradewegs der endgültigen Katastrophe entgegengehen. Dann würden sie keine Zeit mehr haben, zu einer Rettungskapsel zu gelangen.

„Rhe Pabs, es ist Zeit für Euch, zu gehen", sagte Kad. Er ließ sich nichts anmerken.

„Nein Sir. Ich glaube, ich werde hier durchhalten."

Kad seufzte erschöpft. „Also gut. Haltet uns auf dem Laufenden." Er wandte sich an Obi-Wan. „Ich muss jetzt abwägen. Ich könnte langsamer fliegen, was das Energiezellensystem entlasten würde. Aber wir müssten dann das Schiff länger in Betrieb halten. Außerdem fallen auch andere Systeme aus." Er machte eine Pause. „Ich werde die Energiezufuhr erhöhen, damit wir Tentrix schneller erreichen", entschied er.

Obi-Wan nickte. „In Ordnung."

Kad drehte sich wieder zu den Steuerkonsolen um. „Dies ist ein guter Zeitpunkt für dich, das Schiff zu verlassen."

„Ich bleibe", sagte Obi-Wan.

„Dies ist nicht dein Kampf."

„Jetzt schon", gab Obi-Wan zurück.

Es war eine ungewisse Reise. Die Kontrollelemente des Schiffes waren fehlerhaft. Warnlichter leuchteten an beinahe jedem Kontrollfeld auf.

Obi-Wan behielt die beiden Schiffe im Auge, die sie flankierten. Sie waren so dicht bei ihnen, dass er Anakins angespannten Gesichtsausdruck sehen konnte – und die Mühe, die er hatte, seinem Meister ein aufmunterndes Lächeln und einen hoch gestreckten Daumen zu zeigen.

„Warum willst du die *BioCruiser* so unbedingt retten?", fragte Obi-Wan Kad.

„Weil ich alle diese Wesen dazu eingeladen habe, zu mir zu kommen", sagte er grimmig. „Sie haben ihre Heimat verlassen. Sie haben ihre Besitztümer verloren. Dieses Schiff ist das Einzige, was sie noch haben. Ich werde es nicht aufgeben."

Garens Stimme kam verzerrt aus dem Comm Unit. „Tentrix liegt direkt vor uns. Die orbitale Landeplattform ist in acht Minuten in Position."

„Wir schaffen es", murmelte Kad.

Jetzt konnte Obi-Wan den riesigen Planeten Tentrix sehen. Der Raumhafen im Orbit war nur ein winziger Fleck in der Ferne, ein wenig größer als ein Stern. Er wurde größer und größer, als sie näher kamen und die Plattform sich in ihrem Orbit an sie heran schob.

„Beinahe da“, keuchte Kad.

Plötzlich erwachte der Comm Unit und Rhe Pabs aufgeregte Stimme warnte sie. „Noch immer Kampf-Droiden an Bord! Ich habe gesehen, dass sie in Richtung Brücke unterwegs sind!“

Obi-Wan wirbelte mit gezogenem Lichtschwert herum, als sich schon die Türen zur Brücke öffneten. Eine Schwadron Kampf-Droiden kam mit feuernden Blastern herein. Die Schüsse prallten von den Konsolen ab und zuckten in die Überbauten der Kommandokonsolen.

Obi-Wan sprang über die Konsole, als zwei der Droiden Kad ins Kreuzfeuer nahmen. Er lenkte das Feuer ab, während er auf die Droiden zuflog. Er schlug mit dem Lichtschwert nach dem Kontrollfeld des einen und trat mit dem Bein nach dem des anderen. Beide Droiden fielen scheppernd in sich zusammen. Er wirbelte herum und hackte den nächsten Droiden in zwei Teile. Während er sich voran schob, lenkte er beständig das Blasterfeuer ab. Irgendwann hatte er die Maschinen in die Ecke gedrängt und hackte ihnen mit einem Hieb die Beine ab. Sie sanken zu Boden. Obi-Wan trennte ihnen die Köpfe ab. Sie rollten über den Boden, stießen mit einem metallischen Klacken zusammen und blieben schließlich liegen.

„Wir beginnen mit dem Andockvorgang“, sagte Kad mit zitternder Stimme. Er warf Obi-Wan einen dankbaren Blick zu. „Wir schaffen es. Und das haben wir dir zu verdanken.“

Kapitel 23

Auf Tentrix ging die Sonne spät auf. Anakin und Obi-Wan gingen nach ihrer Morgenmahlzeit zur Hauptlandeplattform, um zu beobachten, wie die Sonne das Deck in orangefarbenes Licht tauchte und den Planeten dort unten erhellte. Anakin fühlte sich gestärkt. Es war ein gutes Gefühl, den halben Weg durch die Galaxis von Coruscant und dem Tempel entfernt zu sein und nach einer erfolgreich abgeschlossenen Mission auf einen fremden Planeten hinabzuschauen. Zum ersten Mal fühlte er sich wirklich wie ein Jedi.

„Es ist mir gleichgültig, was Yoda sagt", erklärte Anakin voller Überzeugung Obi-Wan. „Ich finde, dass die Entdeckung einer Sabotage, die Mithilfe bei einer Evakuierung und die Eskorte eines schwer beschädigten Schiffes sehr wohl als Mission zählt."

Obi-Wan lächelte. „Es *war* eine Mission, Anakin."

„Gut", sagte Anakin zufrieden. „Und doch gibt es ein paar Dinge, die ich nicht ganz verstehe."

„Das ist nach einer Mission normal."

„Wie konnte Kad seinem Vater vergeben?", platzte es aus

Anakin hervor. „Er hatte ihn verraten. Er hätte für zahllose Tote verantwortlich sein können."

„Ja, er hat viele üble Dinge getan", sagte Obi-Wan zustimmend. „Aber er hat seinen Sohn um Vergebung gebeten, als er im Sterben lag. In ihm muss auch Gutes gewesen sein. Ich glaube, dass es ein gutes Zeichen für Kads Charakter ist, dass er in der Lage war, seinem Vater zu vergeben."

Anakin schüttelte den Kopf. „Ich verstehe das trotzdem nicht."

„Würdest du Yoda vergeben, wenn er dir etwas Furchtbares antäte?", fragte Obi-Wan.

„Yoda würde niemals etwas Furchtbares tun", sagte Anakin überzeugt.

„Ja, das glaube ich auch", gab Obi-Wan zurück. „Aber du darfst nie vergessen, wie stark die Dunklen Seite der Macht ist, Anakin."

Obi-Wans Padawan presste die Lippen zusammen. Er verstand noch immer nicht. Deshalb beschloss er auch, das Thema zu wechseln. „Ich wünschte, wir könnten Kern aufspüren."

„Vielleicht schafft Garen es." Der Jedi-Pilot hatte sich freiwillig gemeldet, sich auf die Suche nach der Rettungskapsel zu machen. Sie hofften, dass die Schätze der *BioCruiser* gefunden wurden.

„Ich verstehe noch immer nicht, was Kern eigentlich getan hat", sagte Anakin. „Hat er nun für Offworld gearbeitet oder nicht?"

„Das bezweifle ich", sagte Obi-Wan. „Ich glaube, dass er für eine andere Vereinigung arbeitet. Oder vielleicht hat Vox ihn im Namen von Offworld kontaktiert und er hat danach beschlossen, dass er doch für sich selbst arbeitet. Dieser Schatz war eine große Verlockung. Und Kad hat mir erzählt, dass Kern alle Datenbanken der *BioCruiser* gestohlen hat. Er hat detaillierte Aufzeichnungen über sämtliche technischen Innovationen, die dort gemacht wurden.

„Was denkt Ihr, hat er damit vor?"

„Er wird sie verkaufen", sagte Obi-Wan. „Ein Schiff, das dauernd unterwegs ist, mit einer solch großen Bevölkerung könnte von einer Organisation, die zu mehr Macht in der Galaxis kommen will, leicht als Bedrohung angesehen werden. Was oder wer auch immer Kern unter Kontrolle hatte – sie waren sowohl daran interessiert, Kads Bewegung zu zerschlagen als auch den Schatz zu stehlen. Wenn wir Kern finden, erhalten wir vielleicht auch ein paar Antworten."

„Es klingt, als würdet Ihr nicht glauben, dass Garen ihn findet."

Obi-Wan sah zu den Sternen hinaus, die angesichts der gleißenden Sonne zu verblassen begannen. „Es gibt viele Orte in der Galaxis, an denen man sich verstecken kann. Und Kern weiß zu täuschen. Aber für deine erste Mission ist es ein guter Ausgang, Anakin. Manchmal entkommen böse Wesen. Wir tun, was wir können."

„Aber ich will immer gewinnen", sagte Anakin.

Obi-Wan runzelte die Stirn. „Bei Missionen geht es nicht darum, zu gewinnen oder zu verlieren. Es geht darum, Gutes zurückzulassen."

Hinter ihnen hörten sie Schritte. Kad kam zu ihnen.

„Tentrix ist eine schöne Welt", sagte er und sah auf den blauen Planeten hinab.

„Wirst du hier eine Weile bleiben?", fragte Obi-Wan.

„Ich befürchte, die Reparaturen werden einige Zeit dauern", gab Kad zurück. „Wir halten Versammlungen ab, um unsere nächsten Schritte zu diskutieren. Es ist noch nicht klar, wie es weitergehen wird. Ich zögere etwas, eine Entscheidung zu treffen. Einige wollen einen neuen Planeten kolonisieren oder eine Welt irgendwo am Outer Rim finden, die uns willkommen heißen würde. Wir werden sehen. Ich habe all diese Wesen aus ihrer vertrauten Umgebung entfernt und kann ihnen jetzt keine neue Zukunft geben."

„Ich bin mir sicher, dass der Weg noch deutlich wird", sagte Obi-Wan.

Kad nickte. „Ich möchte, dass du eines weißt. Wenn ich mir auch nicht über die Zukunft im Klaren bin, so habe ich doch endlich meine Vergangenheit begraben. Und ich hoffe, dass sie auch für dich begraben ist. Du hast mir das Leben gerettet, aber das ist nicht der Grund, weshalb ich sie begraben kann. Ich weiß jetzt, dass du am Tod meines Bruders keine Schuld hattest. Unsere Familie war schon immer voller Bitterkeit. Ich weiß jetzt, dass sie auch in meinem Bruder war. Sie war in meinem Vater. Und am schwersten ist die Erkenntnis, dass sie auch in mir selbst steckt. Ich habe ein ganzes Lebenssystem auf Ablehnung aufgebaut. Ich habe mich dem Leben abgewandt. Was anderes als ein Herz voller Bitterkeit kann dafür ein Motiv sein? Eigenartig, dass mir diese Erkenntnis letztlich Frieden gebracht hat."

Anakin beobachtete die beiden aufmerksam. Sein Meister und Kad sahen einander tief in die Augen. Etwas geschah zwischen ihnen. Sie tauschten etwas aus. Er spürte, wie von seinem Meister eine Last abfiel, wie er sich entspannte.

„Dann hat dir das Leben ein Geschenk gemacht", sagte Obi-Wan. „Du kannst noch einmal von vorn anfangen."

„Ich habe gehört, dass du einen Rücktransport nach Coruscant veranlasst hast", sagte Kad. „Möchtest du dich noch von Andra und Den verabschieden? Sie warten auf dich."

„Natürlich", sagte Obi-Wan. „Anakin?"

„Ich komme gleich nach", sagte Anakin. Er wollte die Landeplattform noch nicht verlassen. Ihn beschäftigten noch viele Fragen und neue Erkenntnisse. Er wollte Obi-Wan über alles befragen, tat es aber nicht.

Was auch immer in Obi-Wans Vergangenheit geschehen war, es war eine Wunde, die tief saß. Das konnte er verstehen. Er hatte seine eigenen Wunden. Vielleicht würde er eines Tages als Erwachsener dastehen – wie jetzt Obi-Wan – und spüren, wie eine Last von ihm abfiel.

Er dachte wieder an Kad; wie er seinen Vater in den Armen

gehalten hatte, wie er geweint hatte. Dieses plötzliche Mitgefühl verstand er nicht. Wie konnte jemand Hass in Gnade wandeln?

Anakin war frustriert. Obi-Wan versuchte, ihn zu verstehen. Dafür liebte er seinen Meister. Aber eigentlich konnte niemand verstehen, was ihn beschäftigte. Seine Mitschüler nicht, seine Lehrer nicht, nicht einmal Yoda, der so viel zu begreifen schien. Würde Anakin sich aufgrund seiner Vergangenheit immer wie ein Sonderling fühlen? Und würde dieses Gefühl des Andersseins bedeuten, dass er niemals ein großer Jedi-Ritter wie Qui-Gon oder Obi-Wan werden konnte? Das war seine größte Angst.

Anakin drehte sich um und ging in den Schutz des Raumhafens zurück – zu Freunden, Wärme, Licht und seinem Meister. Die Zukunft würde kommen, sagte er sich. Und im Augenblick war er froh, Obi-Wan zu haben, der ihm den Weg zeigte.

STAR WARS™

JEDI-PADAWAN

DIE DUNKLE GEFOLGSCHAFT

Band 20

Jude Watson

PANINI BOOKS

Kapitel 1

Das Hologramm flimmerte und die geisterhaften Gestalten von Bant Eerin und ihrem neuen Jedi-Meister Kit Fisto erschienen im Kartenraum des Tempels. Qui-Gon Jinn betrachtete Bants Abbild genau; er schaute in ihre silbern schimmernden Augen. Er war froh, die sensible Padawan-Schülerin von Mon Calamari zu sehen. Nicht nur weil sie eine gute Freundin von seinem mittlerweile achtzehn Jahre alten Padawan Obi-Wan Kenobi war, sondern auch weil er sich seit dem Jahre zurückliegenden Tod ihrer früheren Meisterin Tahl irgendwie für sie verantwortlich fühlte.

Bant und Qui-Gon hatten beide gelitten, als Tahl gestorben war. Und sie spürten beide noch immer den Verlust. Qui-Gon wusste, dass Bant ihre Ausbildung trotz ihrer Trauer fortgesetzt hatte.

Aber sie scheint sich noch immer nicht gefangen zu haben, dachte Qui-Gon im Stillen.

Als er noch genauer hinsah, fiel ihm an ihrem Blick auf, dass etwas nicht in Ordnung war. Doch es war nicht die tiefe Traurigkeit, die er stets im Tempel bei Bant bemerkt hatte, als sie

Tahls Tod betrauert hatte. Dies war etwas anderes. Es dauerte eine Sekunde, bis Qui-Gon das Gefühl benennen konnte.

Es war Angst. Bant fürchtete sich vor irgendetwas. Die Frage war nur: wovor?

„Hallo, Meister Qui-Gon Jinn. Hallo Obi-Wan". Kit Fisto begrüßte das Team mit einer leichten Verbeugung, sodass ein paar seiner gelbgrünen Tentakel über seine Schultern fielen. „Ich habe von meinem Padawan eine Menge über Euch gehört. Es ist mir ein Vergnügen, Euch endlich sprechen zu können. Ich befürchte allerdings, dass es keine erfreulichen Nachrichten sind."

Qui-Gon und Obi-Wan waren am Tag zuvor vor den Rat gerufen worden. Niemand hatte ihnen gesagt, weshalb sie Bant und Kit Fisto treffen sollten. Da letzterer sie jetzt von dem größtenteils verwüsteten Planeten Korriban kontaktierte, hatte Qui-Gon zunächst angenommen, dass es sich mehr oder weniger um eine Routinesache handeln würde.

Er musste nur einem Blick auf Bants Gesicht werfen, um zu sehen, dass dies nicht der Fall war.

Die Sith. Qui-Gon hatte seit seiner Kindheit immer wieder Geschichten über die Sith gehört. Jede Generation von Neulingen im Tempel kannte Geschichten und Legenden über sie. Die Schüler erzählten sie sich, um einander Angst einzujagen, wenn sie eigentlich längst schlafen sollten. Qui-Gons Generation war da keine Ausnahme gewesen.

Obwohl die Geschichten gruselig genug gewesen waren, um den jungen Qui Gon mehr als eine Nacht wach zu halten, hatte er doch immer angenommen, dass sie größtenteils erfunden waren. Mythen, die dazu dienten, jemanden zu erschrecken, nicht, um ihn zu informieren. Sogar nachdem er etwas über die Geschichte der Sith gelernt und dabei erfahren hatte, dass sie tatsächlich existiert hatten, war er immer skeptisch geblieben.

Doch die Unterhaltung mit dem Jedi-Meister Kit Fisto zwang Qui-Gon, seinen Glauben – beziehungsweise Unglauben – an die Sith noch einmal zu überdenken.

„Meister, glaubt Ihr wirklich ...“, begann Obi-Wan, zögerte dann aber.

„Ob ich an die Sith glaube?“ Qui-Gon vervollständigte die Frage seines Padawans, bevor er sie beantwortete. Kit Fistos Bericht hatte zweifellos auch bei Obi-Wan Fragen aufgeworfen.

„Ja natürlich. Du und ich, wir haben beide genug über die Bedrohung durch die Sith gelernt, um zu wissen, dass sie einmal sehr real war. Doch wir wissen auch, dass ihre Kultur nicht überlebensfähig war. Sie haben sich vor langer Zeit selbst ausgelöscht. Die Frage, die sich uns jetzt stellt, ist, ob von ihnen noch immer eine Bedrohung ausgeht oder nicht.“ Jetzt zögerte Qui-Gon.

„Wie kann von ihnen eine Bedrohung ausgehen, wenn sie gar nicht mehr existieren?“, fragte Obi-Wan.

„Die Gefahr liegt nicht in den Sith selbst, sondern in ihren Lehren und deren Potenzial, andere zu Bösem anzuhalten. So lange die Lehren der Sith überleben, sind sie eine potenzielle Bedrohung."

„Und wenn irgendjemand diese Lehren verbreitet ..." Obi-Wans Stimme verstummte. Qui-Gon wusste, dass sein Padawan an das dachte, was Kit Fisto und Bant auf Korriban gefunden hatten. Wie konnten sie jemals den Ausdruck des Schreckens auf Bants Gesicht vergessen, als sie von den furchtbaren Dingen erzählt hatte, die sie und ihr Meister in dem Tal gefunden hatten. Oder Kit Fistos düsteren Blick, als er ihnen von dem Wohnbau erzählt hatte, den sie gefunden hatten ... und von dem schrecklichen Inhalt, der ihnen das Blut in den Adern hatte gefrieren lassen?

In der einfachen Hütte hatten sie Schreine mit alten Sith-Überlieferungen und Modelle von altertümlichen Waffen gefunden. Es schien so, als hätte irgendjemand jeden noch so kleinen Schnipsel über die Sith zusammengetragen, ob Mythos oder Wahrheit. Und an die Wand war die grobe Zeichnung eines Sith-Holocron mit einem Hinweis im Sith-Code geritzt. *Standort bekannt. Folge dem Anführer.*

Ein einfacher Holocron musste nicht unbedingt etwas Gefährliches sein. Diese Kristall-Speichereinheiten wurden sogar von den Jedi benutzt. Handflächengroß und leicht zu transportieren, waren sie geradezu ideal, um riesige Mengen an Wissen zu speichern.

Doch die Jedi-Holocrons, die Qui-Gon einst gesehen hatte, waren rechteckig gewesen. Der Holocron in der Zeichnung auf Korriban war pyramidenförmig – eine Form, die allein die Sith benutzten. Und das Wissen, das in einem Sith-Holocron gespeichert war, war unendlich viel gefährlicher. Es drehte sich nur um dunkle Kräfte, wie man sie erlangte, benutzte und sie manipulierte.

Wenn ein solcher Sith-Holocron tatsächlich existierte und in die falschen Hände geraten würde, könnte er mehr als tödlich sein.

„Wir wissen von mehreren Sith-Sekten, die in der Galaxis operieren", berichtete die Jedi-Archivarin Jocasta Nu. „Wir beobachten sie, doch bis jetzt haben sie uns keinen Anlass zur Beunruhigung gegeben. Sie haben nie viele Anhänger gewinnen können und ihre Aktivitäten unterscheiden sich nicht signifikant von denen anderer kleiner krimineller Vereinigungen. Sie waren immer eher ein Ärgernis als eine Bedrohung."

Es hatte zwar eine Weile gedauert, aber Qui-Gon hatte sich an die Arbeit mit Jocasta Nu gewöhnt. Eigentlich mochte er die üblichen Wege der Jedi, Informationen zu erhalten, nicht. Doch mittlerweile hatte er Jocastas direkte Art zu schätzen gelernt. Sie hatte Qui-Gon noch nie enttäuscht, wenn es darum ging, ihn mit der benötigten Information zu versorgen.

„Erst vor kurzem gab es vermehrte Aktivitäten an einer der höheren Lerneinrichtungen hier auf Coruscant", sagte Jocasta.

„Unseren Quellen zufolge ist ein Professor namens Murk Lundi dafür verantwortlich." Sie ließ ein Bild des quermianischen Professors auf einem der Bildschirme erscheinen.

Es war nicht das erste Mal, dass Qui-Gon von Professor Lundi hörte. Der bekannte Galaxis-Historiker war beliebt bei seinen Studenten und wurde von seinen Kollegen geschätzt. Qui-Gon hatte sogar gehört, wie er einst als einer der besten lebenden Historiker bezeichnet wurde. Er wusste allerdings nicht, was Lundi mit der Hütte zu tun haben sollte, die man auf Korriban gefunden hatte.

„Lundi hat in den letzten Jahren sein Forschungsgebiet eingeschränkt", erläuterte Jocasta Nu. „Jetzt drehen sich all seine Nachforschungen und Vorlesungen um die Dunkle Seite der Macht. Und je enger sein Forschungsgebiet wurde, desto größer wurde seine Zuhörerschaft."

Jocasta schob Qui-Gon und Obi-Wan ein paar Texte von Studenten zu. Es waren auch Abbildungen von Postern für Sith-Demonstrationen und handgezeichnete Bildergeschichten von Sith-Kämpfen dabei. „Seine Vorlesungen gehören zu den beliebtesten. Seine Schriften sind so gefragt, dass Studenten sie sich nur schwer beschaffen können." Sie hielt einen Moment inne. „Aber unter den Dingen, die man auf Korriban gefunden hat, waren einige seiner Schriften."

Das ist es also, dachte Qui-Gon. *Der Rat nimmt an, dass einer von Dr. Lundis Anhängern die Informationen gesammelt hat, die auf Korriban gefunden wurden.*

Qui-Gon schaute auf und stellte fest, dass Obi-Wan ihn bereits mit wissendem Blick ansah. Keiner der beiden Jedi musste noch ein Wort sagen – der nächste Schritt war bereits deutlich.

Es war Zeit für einen Crash-Kurs in Sith-Ideologie.

Kapitel 2

Obi-Wan bahnte sich seinen Weg durch die Menge der Studenten in den hinteren Teil des Raumes, ohne sich Gedanken darüber zu machen, dass er vielleicht gesehen wurde. Man konnte in dem Gewühl nur allzu leicht die Orientierung verlieren.

Die Studenten auf Coruscant waren so unterschiedlich, dass man gar nicht schnell genug hinsehen konnte, um sie alle auseinander halten zu können. Obi-Wan und sein Meister waren die einzigen, die nicht verzweifelt vorwärts drängten und versuchten, vor Vorlesungsbeginn ein Wort mit Professor Lundi wechseln zu können.

Von seinem Platz an der Wand konnte Obi-Wan in der Menge gerade noch den kleinen Kopf des Quermianers ausmachen. Der lange, dünne Hals des Professors bewegte sich ständig langsam hin und her. Abgesehen von seinem hohen Alter und dem kleinen schwarzen Gerät, das eines seiner Augen bedeckte, sah Murk Lundi dem Jedi-Meister Yarael Poof ähnlich. Er gehörte derselben Rasse an und hatte die dieselbe imposante Erscheinung. Doch etwas unterschied Dr. Lundi stark von

Yarael Poof; es war allerdings etwas, das Obi-Wan noch nicht genau definieren konnte.

Auf der anderen Seite des Raumes stand Qui-Gon und beobachtete den Professor ebenfalls konzentriert mit fast zusammengekniffenen Augen. War ihm noch etwas anderes aufgefallen? Obi-Wan zog in Erwägung, seinen Meister per Comlink für einen Gedankenaustausch zu kontaktieren. Doch im selben Augenblick hob Dr. Lundi ein paar seiner Arme und gab somit das Zeichen, dass die Vorlesung beginnen würde.

Viel schneller als Obi-Wan es sich hatte vorstellen können, nahmen die zahlreichen Studenten Platz und im Saal wurde es still. Der Vorlesungssaal war riesengroß und doch war jeder Platz belegt. Einfach jeder Platz – ob zum Stehen, Sitzen oder Anlehnen – war von Studenten besetzt und mindestens ein Dutzend Hovercams nahmen jedes Wort des Professors für diejenigen auf, die nicht mehr in den Saal gepasst hatten.

Obi-Wan sah sich in der Menge um. Nicht nur die Zahl der Zuhörer war beeindruckend, sondern auch der Umstand, wie aufmerksam jeder einzelne Student der Vorlesung folgte. Auch nachdem die erste halbe Stunde vorbei war, hörten alle noch konzentriert zu; niemand schien abgelenkt zu sein oder zu dösen. Obi-Wan hatte gehofft, ein paar Studenten zu sehen, die den Ausführungen des Professors besonders andächtig lauschten oder die sonst irgendwie verdächtig aussahen. Doch ihm wurde schnell klar, dass er selbst der Verdächtige war, da er sich doch während der Ausführungen des Professors so auffällig umsah.

Vorne im Saal ging Dr. Lundi in dem schmalen Bereich auf und ab, den die Studenten nicht in Beschlag genommen hatten. Er machte mit seinen langen Beinen kleine Schritte und so schien sein Körper zu schweben, während er sprach. Immer wieder hielt er kurz inne und genoss offensichtlich seine Fähigkeit und seine Position, sein Publikum mit angehaltenem Atem auf seinen nächsten Satz warten zu lassen.

Murk Lundi war nicht wie all die Lehrer, die Obi-Wan im Tempel gehabt hatte. Dort waren die Lehrer wie Partner beim Lernen; wie Führer, die einen dazu anhielten, die Dinge selbst zu entdecken und die einem nicht einfach nur die eigene Meinung vermitteln wollten.

Obi-Wan mochte die Art des Unterrichts nicht, die er heute sah. Und doch, je länger er Dr. Lundi zuhörte, desto mehr wollte er wissen. Es dauerte nicht lange, da wartete auch er auf das nächste Wort des Professors.

„Außer den Sith selbst hat noch kein anderes Wesen einen Sith-Holocron gesehen. Ja, es gibt Gerüchte. Es gibt auch Zeichnungen und Legenden und Mythen. Trotz allem gehen aber Wissenschaftler davon aus, dass sich die Sith in einem solch hohen Maße schützen wollten, dass sie den Holocron selbst zerstörten, ehe er in die Hände von Unwürdigen hätte fallen können. Wir reden hier immerhin von Wesen, die ihre eigenen Meister umbrachten, wenn sie alles von ihnen gelernt hatten, was es zu lernen gab." Lundi schwieg einen Augenblick und sah seine Studenten lächelnd an. „Sollte ich mir etwa Sorgen über den Tag der Abschlussprüfung machen?" Dann fuhr er fort.

„Ein paar Wissenschaftler gehen davon aus, dass die Sith keine Holocrons benutzt haben und dass sie nicht so dumm gewesen wären, so viel Macht in einem Kristall zu speichern, den ich in meiner Hand halten könnte." Der Professor hielt kurz inne und sah eine seiner ausgestreckten Handflächen an. „Mehr Macht, als sie die Galaxis seit langer, langer Zeit gesehen hat", sagte er nachdenklich.

„Wie auch immer, wenn ich im Verlauf meiner lebenslangen Studien eines gelernt habe, dann dies: Jeder Mythos beruht auf einem kleinen Funken Wahrheit. Man muss nur tief genug graben, um diese Wahrheit zu finden. Aber sie ist da und wartet unter der Oberfläche darauf, entdeckt zu werden."

Obi-Wan war sich nicht sicher, wie viel Zeit vergangen war, bevor er die Augen schloss und sich zwang, seinen Verstand wieder auf die vor ihm liegende Aufgabe zu konzentrieren. Murk Lundi ließ die Sith realer erscheinen als jede Mitternachts-Geistergeschichte; doch deswegen war Obi-Wan nicht hier. Er musste sich konzentrieren.

Nachdem er sich eine Weile hatte mitreißen lassen, verstand Obi-Wan, weshalb Murk Lundi seine Studenten so im Griff hatte. Dr. Lundis faszinierendes Thema wurde durch seine Intelligenz und sein Charisma noch faszinierender. Lundis Macht über seine Studenten war beeindruckend. Und nicht nur das: Sie war auch gefährlich. Lundis Studenten schienen alles, was ihr Lehrer sagte, zu glauben, ohne es zu hinterfragen. Und es klang verlockend, wie er über die Dunkle Seite sprach. Konnte er sie etwa dazu inspirieren, tiefer nachzuforschen?

Obi-Wan konzentrierte sich wieder auf die Studenten. Einer von ihnen – oder einer wie sie – musste die Sith-Sammlung auf Korriban zusammengestellt haben.

Eine kleine Gruppe in der ersten Reihe erregte Obi-Wans Aufmerksamkeit. Die vier Studenten saßen genau in der Mitte und lauschten leicht vorgebeugt allem, was der Professor sagte.

Der erste, ein dunkelhaariger Humanoider, nickte nach jeder einzelnen Feststellung, die Lundi machte. Neben ihm saß ein rothaariger Junge, der so konzentriert war, dass er die Hände wie eingefroren knapp über der Tischplatte vor sich hielt, so als hätte er sie gerade im Schoß falten wollen, aber inne gehalten, als der Professor zu reden begonnen hatte. Der dritte Junge übertrug jedes Wort in ein Datapad, obwohl er seine eigene kleine Hovercam hatte, die die Vorlesung aufzeichnete. Und dann war da noch ein Mädchen, das einen Mantel und eine Dokumentenmappe an sich klammerte, von denen Obi-Wan annahm, dass sie Dr. Lundi gehörten.

Plötzlich leuchtete über dem Pult des dunkelhaarigen Jungen in der ersten Reihe eine gelbe Lampe auf. Obi-Wan erkannte schnell, dass das Licht den Professor darauf hinwies, dass ein Student eine Frage stellen wollte.

Dr. Lundi hielt mitten im Satz inne. Er drehte seinen Kopf und seinen langen Hals und Obi-Wan sah ein wütendes Glitzern im unbedeckten Auge des Quermianers. Doch die Wut war sofort verschwunden, als der Professor erkannte, wer ihn unterbrochen hatte. Der Humanoide war offensichtlich einer seiner Lieblingsstudenten. Dr. Lundi nannte ihn sogar beim Namen.

„Ja, Norval?", fragte er.

Norval stand auf. „Bitte entschuldigt die Unterbrechung, Professor. Ich möchte nur wissen, ob es stimmt, dass die Sith mächtiger waren als die Jedi."

Dr. Lundi lachte leicht, so als wäre Norvals Frage kindisch. „Natürlich", sagte er. „Gewalt und Rache sind stärkere Motive, als der Frieden es jemals sein könnte. Die Sith hätten mit Leichtigkeit die Galaxis beherrschen können, wenn sie nicht den einen entscheidenden Fehler gemacht hätten ..."

Dr. Lundi wurde von einer Tonfolge unterbrochen, die das Ende des Unterrichts verkündete.

Die Studenten blieben ruhig in ihren Stühlen sitzen in der Hoffnung, dass der Professor seinen Gedanken zu Ende führen würde. Aber Dr. Lundi nahm bereits seinen Mantel und seine Mappe von dem Mädchen in der ersten Reihe entgegen.

„Nächste Woche gibt es keine Vorlesungen", gab der Professor bekannt. Die Studenten stöhnten verhalten auf. Lundi lächelte angesichts ihrer Enttäuschung. „Ich werde eine kleine Auszeit nehmen."

Über fast allen Pulten im Vorlesungssaal gingen gelbe Lichter an.

„Wenn ich wiederkomme, gibt es vielleicht aufregende Neuigkeiten, die ich mit euch teilen kann." Dr. Lundi lächelte geheimnisvoll. „Bis dahin wird meine Assistentin Dedra alle Fragen beantworten."

Das Mädchen, das dort vorn auf die Sachen des Professors Acht gegeben hatte, stand auf. Obi-Wan fand, dass sie beinahe überwältigt hinterhersah, als Dr. Lundi schnell aus dem Saal ging, gefolgt von Norval und dem rothaarigen Jungen, den Norval Omal genannt hatte. Obi-Wan fiel auf, dass der Junge mit den roten Haaren wache Augen hatte. Er war offensichtlich aufgeregt und unterhielt sich mit Norval über die Vorlesung.

Obi-Wan und Qui-Gon tauschten einen Blick aus, bevor sie sich ebenfalls auf den Weg zur Tür machten und aus dem Saal gingen. Es sah ganz danach aus, als würden sie ebenfalls eine kleine Auszeit nehmen.

Kapitel 3

Qui-Gon wäre gern geblieben, um noch mit den Studenten aus Dr. Lundis Kurs zu reden, doch die überraschende Ankündigung des Professors änderte alles. Dr. Lundi hatte etwas vor und das Wichtigste war jetzt, herauszufinden was es war und wohin er ging.

Der Quermianer bewegte sich für jemanden seines Alters bemerkenswert schnell, doch die Jedi hielten mit Leichtigkeit Schritt. Qui-Gon folgte Lundi in ein Raumhafen-Terminal und beobachtete, wie er ein Schiff mittlerer Größe bestieg. Da die Jedi nicht wussten, wohin der Transporter ging, blieb ihnen nichts anderes übrig, als dem Professor an Bord zu folgen.

Als sie erst einmal an Bord waren, wurde ihnen klar, dass es sich um einen privaten Charterflug ohne sonderlichen Luxus handelte. Der Rumpf war bis auf den letzten Zentimeter mit engen Sitzreihen ausgestattet. Sowohl die Sitze als auch die Passagiere sahen aus, als hätten sie schon bessere Tage gesehen.

„Wollt Ihr nach Lisal?“, brummte eine Stimme aus einer dunklen Ecke in der Nähe des Eingangs.

„Ja“, gab Qui-Gon schnell zurück. Der Zielort des Schiffes kam ihm irgendwie bekannt vor.

„Tickets?“, fragte sie die Stimme.

„Zwei, bitte“, gab Qui-Gon zurück.

„Es ist zu spät, sie jetzt noch zu kaufen.“ Der unfreundliche Captain tat einen Schritt aus der Dunkelheit, um den Jedi seinen schlechten Atem riechen zu lassen und seine verfaulten Zähne zu zeigen. „Wenn Ihr keine Tickets habt, müsst Ihr den doppelten Preis bezahlen.“

„Wir bezahlen gern den normalen Preis“, gab Qui-Gon zurück und sah dem Mann ruhig in seine Glubschaugen.

„Zwei zum normalen Preis also“, sagte der Captain. Er griff in die Tasche seiner Pilotenweste und holte zwei dreckige Fahrkarten hervor. „Ihr müsst hinten sitzen.“

Obi-Wan gab dem Captain ein paar Credits, während Qui-Gon die Menge nach Murk Lundi absuchte. Er saß nicht bei den anderen Passagieren. Aber nun, da so viele Augen auf sie gerichtet waren, wagten die Jedi es nicht, den Rest des Schiffes nach ihm abzusuchen. Zumindest noch nicht.

Obi-Wan und Qui-Gon quetschten sich in die letzte Reihe und setzten sich. Qui-Gon musste auf geradezu komische Weise seine Knie gegen die vordere Bank drücken – der Platz reichte für den großen Jedi nicht aus. Einige der bunt gemischten Passagiere drehten sich um und starrten sie an.

Dies ist keine normale Reisegruppe, dachte Qui-Gon. Die Passagiere auf diesem Charterflug erschienen ihm missmutiger, als die, die eine Vergnügungsreise nach Coruscant unternahmen. Jocasta Nu hatte ihnen gesagt, dass jeder ein Mitglied der Sith-Sekte sein könnte und dass man diese in einer Gruppe auch nur schwer ausmachen konnte. Qui-Gon fragte sich plötzlich, ob sie mitten in eine Gruppe von Sith-Anhängern geraten waren. Weshalb war ihm der Name Lisal nur so bekannt vorgekommen?

Der Captain mühte sich damit ab, die Einstiegsluke des Schiffes zu schließen. Nachdem er ein paar Mal an der Tür gezerrt und auf die Knöpfe am Bedienfeld geschlagen hatte, riss er es einfach ab und begann, an den Funken schlagenden Kabeln herumzufummeln.

„Ich hoffe, dass der Antrieb in besserem Zustand ist", sagte Obi-Wan und brachte ihnen damit noch weitere böse Blicke ein.

Qui-Gon wünschte, er hätte etwas mehr Zeit gehabt, darüber nachzudenken, wie sich diese Mission entwickeln würde und worin er und sein Padawan vielleicht verwickelt werden würden. Alles geschah einfach zu schnell. Heute Morgen hatte man sie noch darum gebeten, ein Auge auf einen einflussreichen Professor zu werfen und jetzt befanden sie sich schon auf dem Weg vom Planeten.

Qui-Gon hatte das eigenartige Gefühl, dass diese Reise nicht das war, was sie zu sein schien. Er hatte plötzlich eine düstere Vorahnung. Dies könnte auch eine Falle sein.

Qui-Gon stand auf. Vielleicht hatten sie noch Zeit, das Schiff zu verlassen. Doch noch bevor er etwas entscheiden konnte, schwoll das Fluchen des Captains zu wütendem Geschrei an. Irgendjemand schrie Dr. Lundis Namen und versuchte, sich durch die halb geschlossene Tür zu zwängen.

Es dauerte nur einen Sekundenbruchteil, da hatte Qui-Gon bereits den jungen Mann wiedererkannt, der an Bord kommen wollte. Es war Norval, der dunkelhaarige Student aus der ersten Reihe.

Der Captain gab sich alle Mühe, den Eindringling durch die halb geschlossene Luke wieder nach draußen zu schieben. Ein paar Passagiere waren aufgestanden und hatten sich um die beiden versammelt. Es war nicht ganz klar ersichtlich, ob sie Norval oder dem Captain helfen wollten. Dann öffnete sich die Tür plötzlich unter einem Funkenregen aus dem Bedienfeld. Norval und ein paar der Passagiere fielen zu Boden.

„Du zahlst den dreifachen Preis!“, bellte der Captain und spuckte dabei Norval und ein paar der Passagiere an.

„Er bleibt nicht“, sagte eine leise, vertraute Stimme hinter dem Captain. Es war der Professor. In all dem Chaos hatte Qui-Gon ihn nicht näher kommen sehen.

„Bitte nehmt mich mit Euch“, bettelte Norval. Er klammerte sich an einem Zipfel von Dr. Lundis Robe fest. „Ihr braucht mich“, wimmerte er. „Niemand kennt Eure Schriften so gut wie ich. Ich habe jedes einzelne Wort studiert. Ihr müsst mir zeigen, wie der …“

„Wachen!", stieß Lundi hervor. „Wachen, entfernt diesen Jungen sofort."

Zwei ziemlich große Hangarwachen tauchten auf der Rampe auf und zogen Norval auf die Beine.

„Ihr seid zu alt, um ihn allein zu benutzen!", kreischte Norval, als sie ihn aus dem Schiff und die Rampe hinunter zerrten. „Ihr braucht mich!"

Murk Lundi zeigte keine Regung. Auch nachdem Norvals Flehen verstummt war und der Captain endlich die Luke geschlossen hatte, starrte er noch die Durastahl-Tür an.

Qui-Gon nutzte die Gelegenheit, um seinen Platz zu verlassen. Er zwängte sich hinter den abgelenkten Passagieren vorbei, wobei er Obi-Wan hinter sich her zog. Sie würden dieses Schiff nicht verlassen. Die Mission war viel bedeutender, als er anfänglich angenommen hatte.

Es sah ganz danach aus, als gäbe es noch einen Sith-Holocron und als wäre Murk Lundi auf der Suche danach.

Kapitel 4

Obi-Wan versuchte, die Tür zu öffnen, obwohl er eigentlich erwartete, dass er kein Glück haben würde – so wie bei den anderen Türen in diesem Korridor zuvor. Er war überrascht, als sich diese Tür sofort in die Wand zurückschob. Der schale Geruch, der aus dem Raum drang, machte deutlich, dass diese Tür – obwohl unverschlossen – seit einiger Zeit nicht mehr geöffnet worden war. Dieser modrige Raum war geradezu perfekt.

Nachdem er seinem Meister ein Zeichen gegeben hatte, ging Obi-Wan hinein und sah sich um. Es hatte den Anschein, als hätte er einen verlassenen Wäscheraum entdeckt. Auf dem Boden lagen haufenweise Uniformen herum und es gab zwei Becken mit abgestandenem Wasser.

Qui-Gon rümpfte die Nase, als er eintrat. „Gute Arbeit, Obi-Wan", sagte er leise, als er die Tür hinter sich schloss. „Hier wird niemand nach uns suchen." Der Jedi-Meister holte seinen Comlink vom Gürtel und kontaktierte den Tempel.

„Recht ihr habt, ihm zu folgen", sagte Yoda, nachdem er Qui-Gons Bericht gehört hatte. „Finden den Holocron wir müssen."

Und Lundi ist unsere einzige Verbindung damit, dachte Obi-Wan.

Bant und Kit Fisto hatten ihnen keinerlei Hinweise geben können, wo der Holocron vielleicht zu finden sein könnte. Die besten Chancen hatten sie, wenn sie Lundi folgten. So konnten sie dem Professor den Holocron vielleicht abnehmen, wenn er ihn entdeckt hatte.

Qui-Gon beendete die Übertragung. Obi-Wan spürte, dass sein Meister dasselbe dachte. Wenn sie nicht wussten, wohin die Reise ging, würde es unmöglich sein, den Holocron als Erste in die Hände zu bekommen.

„Wir brauchen mehr Informationen", murmelte Qui-Gon und aktivierte wieder seinen Comlink. Einen Augenblick später hallte Jocasta Nus Stimme durch den kleinen Raum.

„Es gibt Gerüchte über Sith-Holocrons an ein paar Orten in der Galaxis. Lisal, Korriban, Kodai, Doli. Die meisten dieser Hinweise haben Jedi-Teams geprüft, es wurde jedoch nie etwas gefunden."

„Vielen Dank, Jocasta", sagte Qui-Gon. „Wie immer wart Ihr sehr hilfreich."

„Ich bin immer für Euch da, um Euch mit Informationen zu unterstützen", gab Jocasta zurück. „Bitte kontaktiert mich jederzeit, wenn Ihr noch etwas wissen wollt."

„Gern", sagte Qui-Gon. Er schaltete den Comlink ab und wandte sich an seinen Padawan. „Lundi muss auf der Suche nach dem Lisal-Holocron sein", sagte er.

Das wäre zu einfach, dachte Obi-Wan. „Wir müssen mehr wissen", sagte er. „Ich werde Lundi suchen." Er legte die Tunika ab, die er sich übergeworfen hatte, um unter den Studenten nicht aufzufallen.

„Geduld, Obi-Wan", sagte Qui-Gon ruhig. „Es dauert seine Zeit, bis die Dinge deutlicher werden."

Obi-Wan wusste, dass sein Meister Recht hatte. Aber in ihm stieg Frustration hoch. Er wühlte mit einem Bein in einem der Wäschehaufen und fand eine Uniform, die ihm passen könnte. Er hielt sie vor sich und zog sie schließlich an. Sie passte gut.

„Wir werden heute Abend nichts mehr herausfinden", sagte Qui-Gon. „Wir müssen Lundi Zeit geben, sich zu entspannen – Zeit, damit seine Wachsamkeit nachlässt. Die Reise nach Lisal dauert zwei Tage. Wir haben Zeit." Qui-Gon machte es sich auf einem der etwas saubereren Wäschehaufen bequem und legte sich zum Schlafen.

Obi-Wan seufzte und tat es ihm nach. Er musste davon ausgehen, dass Qui-Gon Recht hatte. Aber für ihn war das Warten oft der schwierigste Teil einer Mission. Er wurde dadurch ungeduldig. Und wenn er ungeduldig war, konnte er nicht gut schlafen.

Obi-Wan schreckte plötzlich hoch. Etwas war nicht in Ordnung. Er setzte sich aufrecht hin und griff hinaus nach der Macht, um die Quelle der Gefahr zu finden, die er spürte. Erst als er sicher war, dass sich außer seinem Meister und ihm selbst niemand in der Wäschekammer befand, nahm er die Hand wieder vom Griff seines Lichtschwerts.

Qui-Gon lag neben ihm und atmete ruhig. Entweder schlief er tief oder er meditierte. Was auch immer Obi-Wan beunruhigt hatte, es schien seinen Meister nicht zu berühren.

Obi-Wan legte sich wieder hin, schloss die Augen und versuchte, vor seinem geistigen Auge das Bild wiederzufinden, das ihn beunruhigt hatte. War es ein Traum gewesen? Nur ein Gefühl? War jemand in der Nähe?

In seinen Gedanken schwebten pyramidenförmige Holocrons umher. Es war sicherlich beunruhigend, dass es viele dieser mächtigen Kristalle in der Galaxis gab. Aber er hatte nicht das Gefühl, als wäre er deshalb aufgewacht.

Die Holocrons verschwanden langsam und ein anderes Bild nahm deren Platz ein. Eine Gestalt. Obi-Wan ließ zu, dass seine Angst zusammen mit dem Bild wuchs. Dann entspannte er sich und ließ die Angst los, damit er sich auf die Gestalt konzentrieren konnte. Doch so sehr er sich auch anstrengte, er konnte kein Gesicht erkennen. Es blieb im Dunkeln. Aber ein Gefühl wurde immer deutlicher – das Gefühl, dass irgendjemand sie entdeckt hatte.

Als Obi-Wan aus seiner Meditation aufwachte, sah er, dass Qui-Gon wach war. Er hatte die Aufregung seines Padawans bemerkt. „Das ist eine Warnung“, sagte Qui-Gon, nachdem Obi-Wan ihm von seinen Gefühlen berichtet hatte. „Wir müssen ab sofort besonders umsichtig vorgehen und schnell herausfinden, wohin wir unterwegs sind."

Obi-Wan lachte, als Qui-Gon in den Korridor trat. Der Jedi-Meister trug jetzt die Uniform eines Mechanikers. Die Hose reichte nicht weiter als bis zur Oberkante seiner Stiefel und die Ärmel der Jacke hatte er hochgekrempelt, um die Tatsache zu verbergen, dass sie mindestens zehn Zentimeter zu kurz waren. Obi-Wan musste jedoch zugeben, dass auf diese Weise niemand Qui-Gon als einen Jedi-Meister erkennen würde.

„Du siehst auch nicht besser aus", wies Qui-Gon seinen Padawan zurecht.

Obi-Wan wusste, dass das stimmte. In der dreckigen Uniform, die er am Abend zuvor aus dem Wäschehaufen gefischt hatte, *roch* er sogar wie ein Mechaniker.

„Ich nehme an, dass sich Lundi eine Privatunterkunft organisiert hat", sagte Qui-Gon und kam damit wieder zum ernsten Teil der Mission. „Lass uns getrennt losgehen und das Schiff durchsuchen. Gib Acht, dass dich der Captain nicht sieht."

Obi-Wan nickte und ging schnell den Korridor entlang, in die entgegengesetzte Richtung von Qui-Gon. Er probierte alle möglichen Türen aus und tastete sich mit seinen Sinnen voran. Lundi besaß eine solch starke Persönlichkeit, dass Obi-Wan glaubte, der Professor wäre leicht zu finden.

Nach ein paar Minuten sah Obi-Wan die offenen Türen der Schiffsbrücke. Er drückte sich gegen die Korridorwand, blieb stehen und horchte. Der Captain war natürlich selbst an den Kontrollen. Aber es war noch jemand anderes da.

Es dauerte nur einen Augenblick, bis Obi-Wan erkannte, dass es Lundi war. Aber was suchte der Professor am Steuer des Schiffes?

Obi-Wan sah sich um und fand schnell eine Wartungsleiter. Sie führte zu einem Laufsteg hoch, der quer über die Brücke hinweg zu einer Reihe von Hyperantriebs-Kontrollfeldern reichte. Wenn er sich auf dem Bauch über den Steg ziehen würde und der Captain und Lundi nicht nach oben sehen würden, könnte er nahe genug herankommen, um zu hören, worüber sie sprachen. Obi-Wan kletterte nach oben.

„Ihr scheint mich nicht zu verstehen, Captain", sagte Lundi in einem ruhigen, aber bedrohlichen Tonfall. „Ich *bitte* Euch nicht, auf Nolar zu landen. Ich weise Euch dazu an."

„Und Ihr scheint nicht verstehen zu wollen, dass dieses Schiff nicht nach Nolar fliegt", bellte der Captain. „Ich fliege nach Lisal!" Er schlug mit einer seiner fleischigen Fäuste auf das Kontrollpult, woraufhin ein kleines Metallteil davonflog.

„Ich muss aber nicht nach Lisal", sagte Lundi beharrlich.

Obi-Wan zog sich zentimeterweise auf dem Laufsteg entlang, bis er sich direkt über Lundi und dem Captain befand.

Lundis Kopf wiegte sich langsam vor und zurück, während er an etwas unter seiner Robe hantierte. Der Captain folgte den Bewegungen des kleinen Kopfes des Quermianers mit den Augen.

„Ich werde es nur noch einmal sagen“, erklärte Lundi mit einem sich noch immer wiegenden Kopf. „Die Ausrüstung, die ich brauche, bekomme auf Nolar. Der Umweg wird sich für Euch *sehr* lohnen, das könnt Ihr mir glauben.“

Der Captain konnte seinen Blick kaum vom Gesicht des Quermianers nehmen, sah aber hinab zu den Falten in der Robe des Professors.

Obi-Wan konnte gerade noch etwas in Lundis Hand aufblitzen sehen – es hätte etwas sehr Wertvolles sein können. Was auch immer es war, der Captain schien daraufhin seine Meinung zu ändern.

„Ich werde landen, aber nicht warten“, stieß er schließlich hervor.

„Ihr werdet es nicht bereuen“, gab Lundi missmutig zurück.

Kapitel 5

Eine Stunde später landete das Schiff auf Nolar. Obi-Wan hatte kaum Zeit gehabt, seinen Meister zu suchen und ihn darüber zu informieren, was er auf der Brücke gehört hatte.

Nachdem Lundi auf Nolar schnell ausgestiegen war, drängten sich Qui-Gon und Obi-Wan an dem verdutzten Captain vorbei. Die Jedi folgten dem Professor, als dieser zu einem kleinen angrenzenden Hangar ging. Darin stand ein kleines Schiff und Lundi sprach kurz mit dem Piloten, bevor er den Hangar wieder verließ.

„Es sieht so aus, als hätte er gerade die nächste Reise gebucht", sagte Obi-Wan nachdenklich, als sie Lundi in die Stadt folgten. „Dabei hatte ich den Eindruck, als wäre Nolar seine Endstation. Wohin, glaubt Ihr, geht er?"

Qui-Gon atmete langsam aus. „Das werden wir bald sehen."

Die Hauptstadt von Nolar war dicht bevölkert. Es gab viel Verkehr – sowohl in der Luft als auch am Boden. Nolari wurde von den verschiedensten Wesen aus der Galaxis bewohnt.

Obi-Wan versuchte, mit seinem Meister Schritt zu halten. Qui-Gon bewegte sich entschlossen durch die Menge.

Es war nicht schwer, Murk Lundi zu folgen. Sein langer Hals, seine vielen Arme und sein kleiner Kopf machten ihn zu einem leicht sichtbaren Zielobjekt, selbst in einer dicht bevölkerten Stadt wie Nolari. Aber es dauerte nicht lange, da überkam Obi-Wan ein ungutes Gefühl. Er spürte, dass irgendjemand *ihnen* folgte. Aber wer?

Ohne langsamer zu werden, wandte sich Qui-Gon an seinen Padawan. „Bleib dicht hinter mir", sagte er. „Ich glaube, wir werden verfolgt."

„Ich spüre diese Gegenwart ebenfalls, Meister", gab Obi-Wan zurück. „Aber ich habe keine Ahnung, wer es sein könnte."

Qui-Gon lief jetzt etwas schneller durch die Menge. Obi-Wan war an die langen, mächtigen Schritte seines Meisters gewöhnt, fand es jedoch schwierig, ihm entsprechend schnell zu folgen, ohne Verdacht zu erwecken. Trotz der bunt gemischten Bevölkerung schien die stinkende Mechanikeruniform doch aufzufallen.

Obi-Wan warf einen flüchtigen Blick über seine Schulter und sah ihren Verfolger – eine humanoide Gestalt mit einem langen Umhang und einem Helm.

„Ich sehe ihn, Meister", sagte Obi-Wan leise. „Vielleicht vierzig Schritte rechts hinter uns."

Qui-Gon nickte knapp. „Wir werden uns wohl trennen

müssen“, sagte er. „Ich folge Murk. Du musst unseren neuen Freund von uns weglocken und dann hinter ihn kommen, um zu sehen, wer es ist.“

Obi-Wan nickte. Er warf noch einen Blick über seine Schulter. Als er wieder nach vorn sah, war Qui-Gon schon in der Menge verschwunden.

Obi-Wan bog scharf nach links ab. Aus dem Augenwinkel konnte er jetzt sehen, wie sein Verfolger einen Moment stehen blieb, so als wüsste er nicht, in welche Richtung er weitergehen solle. Einen Augenblick später folgte er Obi-Wan.

Der junge Jedi ging erleichtert weiter. Er bewegte sich im Zickzack über einen dicht bevölkerten Marktplatz, wobei er immer wieder einen kurzen Blick auf die vielen köstlichen Früchte und Speisen warf, die an den Ständen verkauft wurden. Ein paar der Marktleute schrien ihm hinterher und versuchten aggressiv, ihre Waren zu verkaufen. Obi-Wans Magen knurrte, doch unglücklicherweise hatte er keine Zeit für einen Imbiss.

Am anderen Ende des Marktplatzes duckte sich Obi-Wan hinter einem Stapel Körbe. Sein Verfolger ging schnell an ihm vorbei, doch als sich Obi-Wan wieder hinter seinem Versteck erhob, war er in der Menge verschwunden. Obi-Wan suchte schnell die Menge ab und ging weiter. Doch er fand niemanden, der einen Helm trug und durch die Straßen ging.

Obi-Wan begann sich schon Sorgen zu machen, dass er seine Aufgabe nicht erfüllt hatte, als er irgendwo vor sich einen flatternden grauen Stoff sah. Er lief schneller und sah, wie die Gestalt um eine Ecke verschwand.

Er sieht definitiv humanoid aus, dachte Obi-Wan. *Aber männlich oder weiblich?*

Obi-Wan ging ebenfalls schnell um die Ecke und stieß beinahe mit einer Gruppe verwahrloster Wesen zusammen. Zwei davon sahen Obi-Wan böse an, offensichtlich genervt durch diese Störung. Ein Dritter zog einen Blaster und richtete ihn auf Obi-Wans Brust.

„Falsch abgebogen“, knurrte er. Sein Arm war oberhalb des Handgelenks dick verbunden, doch der schwere Blaster lag fest in seiner Hand.

Obi-Wan sah dem Mann tief in die Augen, als er sein Lichtschwert vom Gürtel holte. War der Mann in Dr. Lundis Vorlesung auf Corsucant gewesen? Oder auf dem Schiff? Der junge Jedi war sich ziemlich sicher, dass er und Qui-Gon die Einzigen gewesen waren, die mit dem Professor auf Nolar aus dem Schiff gestiegen waren.

„Ich befürchte, dies ist nicht dein Glückstag“, sagte ein Anderer von den Dreien.

Obi-Wan ging etwas nach vorn und zündete sein Lichtschwert. Das allein genügte normalerweise schon, um einen Angreifer zu verschrecken. Doch die Schläger zogen sich nicht zurück. Im Gegenteil: Jetzt waren zwei Blaster auf ihn gerichtet.

„Ah, ein Lichtschwert“, sagte einer der bewaffneten Männer

voller Spott. „Aber benutzt er es weise für Macht und Rache oder töricht für die Wahrung des Friedens?"

Die anderen Schläger grinsten und Obi-Wan schoss etwas durch den Kopf. Er hatte diese Worte schon einmal gehört – vor noch gar nicht so langer Zeit. Es war in Dr. Lundis Vorlesung gewesen. Diese Herumtreiber waren offensichtlich vertraut mit Lundi und seiner Arbeit. War dies ein Hinterhalt? Obi-Wan wollte fragen, doch einer der Männer feuerte plötzlich seinen Blaster ab, bevor er etwas sagen konnte.

Obi-Wan schwenkte seine Klinge. Zu spät. Der Blasterschuss streifte seine Schulter und er spürte einen stechenden Schmerz in seinem Arm. Er ignorierte das wilde Pochen und sprang nach vorn, um einen zweiten Hieb anzubringen. Dieses Mal landete er einen Treffer und schnitt einem der Schläger in den Finger.

Der Mann heulte vor Schmerz auf. „Du kannst nicht gewinnen, Jedi", knurrte er. Er hielt sich die verwundete Hand und lief in die Gasse hinein. Seine Kumpanen folgten ihm mit weit aufgerissenen Augen.

Obi-Wan deaktivierte sein Lichtschwert, hängte es an den Gürtel zurück und sah sich seine Schulter an. Das Pochen hatte fast aufgehört. Die Wunde war nicht tief und würde schnell wieder heilen.

Doch als er in die Gasse gekommen war, hatte er seinen Verfolger aus den Augen verloren. Er blieb einen Moment vollkommen regungslos stehen und versuchte, seine Energien wieder auf die Frage zu konzentrieren, in welche Richtung er gehen sollte. Die Antwort war nicht eindeutig.

Obi-Wan ging in eine andere Richtung, weg vom geschäftigen Marktplatz. Das Stadtzentrum machte schon bald einem großen Komplex aus Lagerhäusern Platz. Obi-Wan stellte zufrieden fest, dass sein Verfolger lange verschwunden war, als er Qui-Gons Gegenwart spürte. Obi-Wan blieb vor einem der Lagerhäuser stehen. Dann ging er rückwärts zur Tür und hinein.

Obi-Wan spürte sofort, dass sein Meister nicht allein in dem Lagerhaus war. Murk Lundi war ebenfalls hier. Obi-Wan arbeitete sich vorsichtig im Schutz von großen Gitterboxen und Maschinenteilen zur Mitte der riesigen Halle vor. Es dauerte nicht lange, da hörte er, wie zwei Männer miteinander sprachen.

„Ich brauche sofort eine Bohrplattform vom Typ Nolarian 6000“, sagte eine der Stimmen. Obi-Wan erkannte Dr. Lundi.

Als er hinter einer der Kisten hervorspähte, sah Obi-Wan, dass Lundi mit einem Maschinenhändler im Gespräch war. Der Mann hatte einen großen Schraubenschlüssel in der Hand und ölverschmierte Unterarme.

„Habe keinen“, gab der Mann emotionslos zurück. „Lieferengpässe. Und so wie das Schürf-Komitee uns beobachtet hat, wird es auch noch eine Weile dauern.“

„Ich brauche einen Sechstausender. *Heute* noch“, wiederholte Lundi.

Der Händler seufzte, so als würde er öfter nach solchen Unterwasser-Bohrplattformen gefragt. „Hört Ihr mir überhaupt zu?", wollte er genervt wissen. „Ich sagte, ich habe keinen. Und ich habe keine Ahnung, wann ich wieder einen bekommen werde."

Lundi starrte den Mann an und ballte seine vielen Hände rhythmisch zu Fäusten. Sein Gesicht verzerrte sich zu einer Grimasse.

Obi-Wan überkam hinter seiner Maschinenbarrikade plötzlich ein leichtes Schwindelgefühl. Sein Blick verschwamm und die Stimmen um ihn herum schienen nur noch als Echos an sein Ohr zu dringen. Irgendwie spürte er, dass Dr. Lundis Zorn sein Unwohlsein hervorrief. Yoda hatte Obi-Wan erzählt, dass Hass und Zorn den Verstand vernebelten, er hatte sich jedoch noch nie so matt angesichts des Zornes einer anderen Person gefühlt. Der Jedi-Meister Yarael Poof hatte erstaunliche Fähigkeiten, andere Wesen mit Hilfe der Macht zu beherrschen. Vielleicht besaßen alle Quermianer eine solche telepathische Veranlagung?

Indem er sich fest konzentrierte, gelang es Obi-Wan, wieder klar sehen und denken zu können. Er konzentrierte sich darauf, was vor ihm geschah. Lundi schrie den Maschinenhändler jetzt an.

„Törichter Schwächling", wütete er. „Nur ein Narr würde sich durch solch lächerliche Umstände ein Geschäft entgehen lassen."

Der Händler stand da und starrte Lundi regungslos an.

Der Professor drehte sich um und rannte zur Tür des Lagerhauses. „Ich habe die Macht, um ihn auch ohne deine dumme Maschine zu finden“, sagte er vor sich hin. Seine vielen Arme wedelten aufgeregt umher. „Es ist nur eine Frage des Timings. Ja. Ich muss den Zeitpunkt richtig wählen.“

Was bedeutet das?, fragte sich Obi-Wan, als er Lundi aus dem Lagerhaus folgte. Sein Meister war nicht weit hinter ihm und die beiden Jedi betraten die Straße, als wären sie die ganze Zeit zusammen gewesen.

Lundi hingegen war verschwunden.

Kapitel 6

Qui-Gon bemerkte sofort Obi-Wans Verletzung und sein schmerzverzerrtes Gesicht, als der Junge die Straße absuchte. Es war niemand zu sehen. Er fragte sich ebenso wie Obi-Wan, wohin Lundi so schnell hatte verschwinden können. Er hatte jedoch auch schon erlebt, wie Wesen auf noch rätselhaftere Art verschwunden waren.

Obi-Wan drehte sich wieder zu seinem Meister um. Er hatte den Mund zwar schon leicht geöffnet, so als wollte er etwas sagen. Doch im gleichen Augenblick rannte eine Gestalt in die entgegengesetzte Richtung. Die beiden Jedi nickten sich nur kurz zu und liefen los.

Die Gestalt rannte in eine Gasse und verschwand in einem Durchgang zwischen zwei Gebäuden. Die Jedi folgten und liefen beinahe in eine Durabeton-Wand. Eine Sackgasse.

Qui-Gon ließ seine Finger über die Oberfläche der Mauer gleiten, um festzustellen, ob es sich dabei nur um eine vorübergehende Barriere handelte. Die Mauer schien aber dauerhaft und fest zu sein und doch war die schemenhafte Gestalt nirgendwo zu sehen.

„Diese Mission macht mich wahnsinnig!", stieß Obi-Wan erschöpft hervor. „Wir kommen keinen Schritt voran!"

Qui-Gon sah seinem Padawan direkt in die Augen. Dann beugte er sich vor und warf einen genaueren Blick auf dessen verwundete Schulter.

„Eine Bande hat mich umstellt", sagte Obi-Wan jetzt etwas ruhiger, doch er konnte seine Frustration nicht vollständig verbergen. „Sie haben regelrecht Streit gesucht und als sie herausfanden, dass ich ein Jedi bin, wollten sie mich noch länger aufhalten." Obi-Wan sprach immer lauter, während er langsam rückwärts von seinem Meister wegging. „Ich verstehe nicht, weshalb so viele Leute hinter uns her sind, wo wir doch selbst nicht genau wissen, wonach wir suchen!"

Die Reaktion des Jungen war natürlich alles andere als angemessen. Ein Jedi-Ritter gab sich keinen Temperamentsausbrüchen dieser Art hin. Doch diese Mission war in der Tat frustrierend. Und überdies wurde Qui-Gon plötzlich klar, dass Obi-Wan nicht nur von einer Bande von Schlägern erniedrigt worden war, sondern dass er auch Wut spürte, die von der Nähe zur Dunklen Seite der Macht genährt wurde. Jetzt war es wichtig, dass er seinen Padawan mit Geduld behandelte und ihn in die richtige Richtung lenkte. Wenn er das nicht tun würde, könnte der Junge einen schicksalhaften Weg einschlagen und Qui-Gon würde ihn für immer verlieren.

„Du darfst nicht zulassen, dass dich diese Mission so durcheinander bringt", sagte Qui-Gon ruhig. „Ich weiß, dass das schwer ist. Wir haben es hier mit einem mächtigen Bösen zu tun. Aber wütend zu werden, bringt dich nur einen gefährlichen Schritt näher an die Dunkle Seite heran."

Obi-Wan sah zu seinen Füßen hinab, so als schämte er sich für seinen Zorn.

„Zorn und Wut der Dunklen Seite sind der leichtere Weg", fuhr Qui-Gon fort, als hätte Obi-Wan über seine Scham gesprochen. „Es ist nicht schwer, negativen Gefühlen die Beherrschung über sich selbst zu überlassen. Es ist allerdings sehr schwer, sie durch sich hindurch zu lassen, ohne auf sie zu reagieren. Und doch ist es genau das, was du machen musst."

Obi-Wan nickte und Qui-Gon spürte, dass der Junge verstand, was er ihm sagte. Doch er wusste auch, dass er es mit dem Kopf verstand, dass es für sein Herz allerdings viel schwerer war.

Qui-Gon drehte sich ohne ein weiteres Wort um und ging aus der Sackgasse wieder hinaus auf die Straße. „Lass uns noch einmal rekapitulieren, was wir bis jetzt in Erfahrung gebracht haben", sagte er. In Wirklichkeit war er sich nicht so sicher über ihr weiteres Vorgehen, wie er jetzt vorgab. Doch er wollte seinem Padawan das Gefühl geben, dass sie eine Richtung hatten, in die sie gehen konnten.

„Wir wissen, dass Dr. Lundi eine große und treue Gefolgschaft unter den Studenten hat – und unter vielen anderen. In der ganzen Galaxis gibt es Sith-Sekten, die höchstwahrscheinlich in Kontakt miteinander stehen. Das wäre eine Erklärung dafür, weshalb so viele Leute so erpicht darauf sind, uns aufzuhalten. Wir wissen auch, dass Lundi hinter einem Sith-Holocron her ist und dass er eine schwer zu beschaffende Bohrausrüstung benötigt, um an ihn heranzukommen. Oder zumindest hätte er die Ausrüstung gern gehabt, um an den Holocron zu kommen. Wir wissen auch, dass die Frage des richtigen Timings eine Rolle bei all dem spielt und die Frage, ob Lundi den mächtigen Holocron überhaupt allein beherrschen kann."

„Das ist nur die wütende Aussage eines überspannten, eingebildeten Studenten", sagte Obi-Wan. „Von einem, der unbedingt auf das Schiff wollte."

Qui-Gon blieb kurz stehen und ging dann weiter. „Das ist wahr", sagte er. „Aber wir haben auch schon aus viel eigenartigeren Quellen zuverlässige Informationen erhalten."

Obi-Wan ging nicht darauf ein und Qui-Gon drängte ihn auch nicht dazu. Der Junge brauchte Zeit, um seine Emotionen zu beherrschen.

Die Jedi beschlossen, zum Hangar zurückzugehen. Wenn sie schnell genug wären, könnten sie sich vielleicht vor dem Start an Bord von Dr. Lundis neu angemietetem Schiff schmuggeln.

Während sie über den Marktplatz gingen, holte Qui-Gon seinen Comlink vom Gürtel. Es war an der Zeit, den Rat der Jedi zu kontaktieren. Diese Mission war alles andere als einfach und er wollte Yoda über die jüngsten Entwicklungen auf dem Laufenden halten.

Er war allerdings überrascht, welche Informationen Yoda für *ihn* bereit hielt.

„Informationen über eine zweite, größere Sammlung von Sith-Gegenständen wir haben", sagte Yoda mit bedeutungsschwerer Stimme. Er klang gefasst, doch Qui-Gon spürte, dass Yoda beunruhigt war. „Ein anonymer Informant es war."

Qui-Gon hörte sich aufmerksam alles an, was Yoda zu sagen hatte, wobei er immer wieder kurz stehen blieb. Obi-Wan verlangsamte seinen Schritt jeweils mit ihm und sah ihn ebenso wissbegierig wie besorgt an. Als die Übertragung beendet war, seufzte Qui-Gon tief. Ihn überkam langsam ein schlechtes Gefühl bei dieser Sache.

„Sie haben noch mehr Sith-Artefakte gefunden", begann Qui-Gon zu berichten.

„Ich dachte mir schon, dass es so etwas war", gab Obi-Wan mit einem ernsten Nicken zurück. „Was haben sie gefunden?"

„Ein ganzes Lagerhaus voller teilweise fertig gestellter Waffen und Geräte. Und Schriften von Dr. Lundi. An die Wand war das Erkennungszeichen der Sith gemalt."

Obi-Wan schwieg einen Augenblick, als sie weiter zum Hangar gingen. „Wo war das Lagerhaus?", fragte er schließlich.

„Umgul, im Mid Rim", gab Qui-Gon zurück. Er beschleunigte seinen Schritt etwas. Je schneller sie zum Hangar zurück kommen würden, desto besser.

Obi-Wan hielt mit seinem Meister Schritt. „Weit entfernt von der ersten Fundstelle", sagte er nachdenklich.

„Genau." Qui-Gon nickte zustimmend. Obwohl sein Padawan und er erst vor kurzem auf die Sith-Anhänger aufmerksam geworden waren, waren sie nun schon ein fester, bedrohlicher Bestandteil ihres Lebens geworden.

Qui-Gon ging an einem Wesen vorbei, das elektronisches Spielzeug verkaufte und an einer humanoiden Frau, die einen Wagen voller Obst vor sich her schob.

Sind sie Anhänger der Sith-Ideologie?, fragte sich Qui-Gon.

Plötzlich tauchte vor ihm eine kleine Gruppe von Leuten auf und er verlor seinen Padawan kurz aus den Augen. Normalerweise hätte ihn das nicht beunruhigt. Er konnte seinen Padawan unmöglich die ganze Zeit im Auge behalten. Aber aus irgendeinem Grund war er dieses Mal beunruhigt.

Noch bevor er sich durch die Menge wühlen konnte, brach plötzlich Blasterfeuer aus.

Kapitel 7

Obi-Wan hatte in weniger als einer Sekunde sein Lichtschwert aktiviert. Doch wegen der schreienden Horde von Menschen um ihn herum war es schwer zu sagen, woher die Schüsse kamen. Er konzentrierte all seine Energie und blieb eine Nanosekunde lang ruhig stehen. Dann schlug er mit dem Lichtschwert zu. Den Schmerz in seiner Schulter ignorierte er. Als das Schießen aufhörte, hatte er drei Schüsse erfolgreich abgeblockt.

Um ihn herum wurden Panikschreie laut. In dem nun herrschenden Chaos war es beinahe unmöglich auszumachen, woher die Schüsse gekommen waren. Obi-Wan deaktivierte sein Lichtschwert unter noch mehr Geschrei und unter aufgebrachten Blicken. Glücklicherweise schien niemand verletzt zu sein.

Plötzlich stand Qui-Gon wieder neben ihm. Sein Meister wusste auch ohne ihn zu fragen, dass eine Verfolgung des Schützen zwecklos war. Viel wichtiger war es, die schnellste Fluchtroute zu finden.

Qui-Gon ging durch die Menge voran zu einem etwas abgeschlossenen Bereich außerhalb des Marktplatzes. Sie versuchten gerade, sich zu orientieren, als erneut Blasterfeuer um ihre Köpfe zuckte. Einer der Schüsse traf Obi-Wan beinahe am Ohr. Obi-Wan ging in die Knie und richtete sich sofort wieder auf. Es war definitiv an der Zeit, wieder zum Hangar zurückzukehren.

Während sie die Straßen entlang rannten, fragte sich Obi-Wan, ob Nolar immer so gefährlich war oder ob man es nur besonders auf die Jedi abgesehen hatte. Wenn ja, wer steckte dahinter? Die Schläger aus der Gasse? Wie groß konnte das Netzwerk der Sith-Sekten sein? Und wer versorgte sie mit Informationen?

Wieder zischte ein Blasterschuss an ihnen vorüber, doch er verfehlte die Jedi um beinahe einen Meter. Sie liefen los.

Obi-Wan rannte seinem Meister hinterher. Er schien sich im Kreis zu bewegen, wahrscheinlich wollte er so ihren Verfolger abhängen. Tatsächlich ließen sie auf dem ständig wechselnden Weg durch die Stadt ihren Verfolger hinter sich zurück.

Irgendwann erreichten sie endlich wieder den Hangar. Obi-Wan rannte hinein und blieb rutschend stehen, doch das Schiff, das Lundi gemietet hatte, war verschwunden. Sein Pilot lag zusammengebrochen auf dem Boden des Hangars.

Die Jedi liefen zu dem Piloten. Sein großer, rostfarbener Kopf lag in einem eigenartigen Winkel auf dem Boden. Am Hinterkopf hatte er eine hässliche Beule und einer seiner langer Arme lag über seinen Augen.

Qui-Gon kniete sich neben dem Mann nieder und fühlte

dessen Puls. „Er ist schwach und langsam, aber noch zu spüren", sagte er.

„Glaubt Ihr, dass man ihn betäubt hat?", fragte Obi-Wan mit einem Blick auf den Piloten. Seine zweizehigen Füße standen in ungewöhnlichen Winkeln von seinem Körper ab.

„Es sieht ganz danach aus", gab Qui-Gon zurück. „Und man hat ihn auf den Kopf geschlagen." Er stand seufzend auf. „Es kann Stunden dauern, bevor er überhaupt ansprechbar ist."

Obi-Wan unterdrückte seinen Ärger. Wieder eine Verzögerung. Sie befanden sich auf einer wichtigen Mission und hatten weder einen Hinweis darauf, wohin sie gehen mussten, noch darauf, was sie überhaupt tun sollten. Und – als wäre das noch nicht genug – sie saßen auf einem Planeten mit jemandem fest, der sie wahrscheinlich für immer aufhalten wollte.

In dem Versuch, sich nicht vollständig von seiner Frustration übermannen zu lassen, drehte Obi-Wan dem Piloten den Rücken zu, setzte sich hin und wartete.

Zwei Stunden später stöhnte der Pilot und richtete sich auf. Er sah sich um und erblickte die beiden Jedi sowie den leeren Platz, an dem noch ein paar Stunden zuvor sein Schiff gestanden hatte. Einen Augenblick lang herrschte eine schwere Stille, bevor er in wütendes Gebrüll ausbrach. Er versuchte auf die Beine zu kommen, musste sich aber schnell wieder setzen. Als er vorsichtig seinen Hinterkopf abtastete und die Beule fand, brüllte er noch lauter.

„Versucht, ruhig zu bleiben", sagte Qui-Gon in einem besänftigenden Tonfall. Der Pilot fluchte, versuchte aber nicht wieder aufzustehen.

„Euer Schiff wurde gestohlen?", fragte Qui-Gon. Er stand auf und ging mit großen Schritten durch den Hangar.

„Na ja, ich glaube nicht, dass ich es irgendwo *stehen gelassen* habe", gab der Pilot hitzig zurück. Seine Stimme klang seltsam, was aber nicht verwunderlich war, denn sie drang aus zwei Mündern zugleich. Er beäugte Qui-Gon misstrauisch. „Wer seid Ihr?"

„Ich bin Qui-Gon Jinn und dies ist mein Padawan, Obi-Wan Kenobi", gab der Jedi zurück. „Wir glauben, dass ein Wesen, das wir verfolgen, Euer Schiff gestohlen hat. Könnt Ihr uns sagen, was geschehen ist?"

Der Captain rieb sich vorsichtig die Beule am Hinterkopf. „Ich habe an meinem Schiff gearbeitet – ein paar kleine Einstellungen am Hyperantrieb. Da kam irgendjemand von hinten und schlug mir auf den Kopf." Der Pilot zuckte zusammen, als er sich wieder an seine Wunde fasste.

„Habt Ihr den Angreifer gesehen?", wollte Obi-Wan wissen.

Der Pilot schüttelte den Kopf. „Ich haben niemanden gesehen. Nicht einmal gehört. Es hätte jeder Dieb oder Herumtreiber sein können. Davon gibt es hier genug."

„Glaubt Ihr, es war derjenige, der vor ein paar Stunden Euer Schiff gemietet hat? Der Quermianer?"

„Woher wisst Ihr über diesen Quermianer Bescheid?", fragte der Captain. Doch noch bevor die Jedi eine Antwort geben konnten, winkte er desinteressiert ab. „Ist ja auch vollkommen egal. Aber ich frage mich, weshalb er den Piloten niederschlagen sollte, den er noch zuvor darum gebeten hatte, ihn an sein Ziel zu bringen."

„Vielleicht wollte er das Schiff selbst fliegen", meinte Qui-Gon.

„Oder den Preis für den Flug sparen", fügte Obi-Wan hinzu.

Der Pilot seufzte. „Auf Nolar gibt es viele Diebe. Dinge wie diese passieren hier immer wieder." Er schaute sich in dem leeren Hangar um und sah plötzlich sehr wütend aus. „Bloß mir nicht."

Obi-Wan wusste, wie sich der Pilot fühlte. Er war auf dieser Mission so ziemlich von Anfang an frustriert gewesen.

Aber im Augenblick brauchten er und Qui-Gon jede noch so kleine Information, die sie bekommen konnten. Er musste ruhig und konzentriert bleiben.

„Könnt Ihr uns sagen, wohin Ihr den Quermianer bringen solltet?", fragte er.

„Natürlich", gab der Pilot zurück. Obi-Wan fiel auf, dass der Pilot auf einmal sehr hilfsbereit wirkte. Vielleicht dachte er, dass er auf diese Weise sein Schiff zurückbekommen würde. „Ich hatte gerade die Koordinaten in meinen Navcomputer eingetippt. Ich erinnere mich noch daran, weil es ein Planet ist, zu dem zu fliegen ich nicht oft gebeten werde. Eigentlich ist es sogar so, dass ich noch nie dort gewesen bin."

„Und der Name des Planeten?“, fragte Qui-Gon.

„Kodai“, gab der Pilot zurück. „Wir sollten nach Kodai fliegen.“

Kapitel 8

Qui-Gon dankte dem Piloten und stand auf. Er konnte natürlich nicht wissen, ob das Schiff wirklich nach Kodai flog oder nicht. Dr. Lundi war mit Sicherheit schlau genug, sie auf eine falsche Spur oder gar in eine Falle zu locken. Doch sie hatten keinen anderen Hinweis, dem sie nachgehen konnten. Je schneller sie nach Kodai gelangten, um weitere Nachforschungen anzustellen, desto besser.

„Braucht Ihr Hilfe, um irgendwohin zu kommen?", fragte Qui-Gon den Piloten.

Der Mann stand auf. Obwohl er erst vor ein paar Minuten aufgewacht war, war er schon wieder bemerkenswert gut beisammen. „Nein, ich komme schon zurecht", gab er zurück. „Aber wenn Ihr mein Schiff findet, wisst Ihr ja, wo ich bin."

„Natürlich", sagte Qui-Gon. „Wir tun, was wir können."

Obi-Wan und Qui-Gon verließen schnell den kleinen Hangar und gingen auf der Straße zu einem größeren. Er stand voller Schiffe der verschiedensten Größen und Piloten aus allen Teilen der Galaxis unterhielten sich miteinander oder arbeiteten an ihren Schiffen. Es schien einfach zu sein, einen von ihnen anzuheuern.

Qui-Gon ging zu einem der Piloten und fragte, ob er sie nach Kodai bringen könnte. „Kodai?“, fragte der Pilot. „Da habt Ihr Euch den Falschen ausgesucht. Ich könnte Euch hinbringen, aber ich werde nicht landen. Zumindest nicht vor nächster Woche.“

Qui-Gon fragte noch ein halbes Dutzend Piloten, bevor er endlich eine Frau fand, die bereit war, die Reise zu unternehmen. Es war eine Humanoidin, die ihnen ihren Nachnamen nicht sagen wollte. „Nennt mich einfach Elda“, sagte sie, bevor sie sich einverstanden erklärte, sie auf Kodai abzusetzen und sofort wieder aufzubrechen. Sie konnten sie nicht dazu überreden, auf die Rückreise zu warten.

Die Jedi konnten es sich nicht erlauben, sonderlich wählerisch zu sein. Sie stiegen sofort ein und machten es sich bequem, während die Pilotin den Flug vorbereitete.

„Derzeit wollen nicht gerade viele Leute nach Kodai“, sagte Elda, als sie die Koordinaten in ihren Navcomputer eintippte.

Qui-Gon hob eine Augenbraue. „Das habe ich schon bemerkt“, sagte er. „Woran liegt das?“

Die Pilotin drehte sich um und sah ihn an, als wollte sie sagen: „Wenn Ihr es nicht wisst, sage ich es Euch auch nicht.“

Qui-Gon bohrte nicht nach. *Es macht nichts,* dachte er. *Ich kann mir die Informationen auch vom Tempel besorgen.*

Qui-Gon ging vom Cockpit in den Schiffsrumpf und aktivierte seinen Comlink. Er hatte schon von Kodai gehört und war der Meinung, dass der Planet irgendwo im Territorium des Outer Rim lag. Wenn er sich nicht irrte, war die Oberfläche zum größten Teil von einem riesigen Meer bedeckt.

Sein Comlink erwachte knisternd zum Leben und einen Augenblick später erklang die Stimme der Tempel-Archivarin Jocasta Nu in dem Schiffsrumpf.

„Es ist gut, von Euch zu hören, Qui-Gon", sagte sie. „Wie läuft die Mission?"

„Das ist im Augenblick schwer zu sagen", gab der Jedi zurück. „Ich hoffte, Ihr könntet mir Informationen über den Planeten Kodai geben."

„Kodai im Outer Rim?", fragte sie. Es herrschte einen Moment Stille, als Jocasta die Anfrage in den Computer im Tempel eingab. „Ich glaube, mich an etwas wie ein großes Meer zu erinnern, das einst alles überflutet hat."

Qui-Gon hörte, wie Jocasta Tasten und Knöpfe an einem Computer drückte. Dann sprach sie.

„Kodai wird tatsächlich von einem riesigen Meer bedeckt", berichtete sie. „Ein Meer, dessen Pegel vor ein paar hundert Jahren so stark anstieg, dass es die meisten Landbewohner des Planeten ertränkte. Heute gibt es nur noch eine kleine Landfläche mit einer einzigen Stadt, die von ein paar tausend Kodaianern bewohnt wird. Sie verbringen die meiste Zeit damit, ihr Leben an Land zu sichern, obwohl viele von ihnen davon ausgehen, dass das Meer irgendwann wieder ansteigen und sie alle töten wird." Jocasta schwieg einen Augenblick. Qui-Gon nahm an, dass sie schon still weiterlas.

„Interessant", murmelte sie. „Es sieht so aus, als hätte es in den letzten hundert Jahren keine weiteren Flutwellen gegeben. Das Gegenteil scheint der Fall zu sein. Alle zehn Jahre, wenn die beiden Monde des Planeten in Konjunktion stehen, herrscht eine extrem niedrige Ebbe."

„Ich verstehe", sagte Qui-Gon und speicherte all diese Informationen in seinem Hinterkopf.

„Das ist noch nicht alles", fuhr Jocasta fort. „Besonders faszinierend ist der Umstand, dass die beiden Monde *übermorgen* in diese Konstellation kommen werden."

„Interessanter Zeitpunkt", sagte Qui-Gon. Es war jetzt offensichtlich, dass Lundis Reise nach Kodai zu diesem speziellen Zeitpunkt und seine Suche nach einer Bohrausrüstung keine Zufälle waren. Doch ihm war noch immer nicht klar, weshalb sie solche Schwierigkeiten gehabt hatten, einen Flug nach Kodai zu bekommen.

Jocasta schwieg einige Sekunden, während Qui-Gon diese neuen Informationen verdaute. Da sie die Übertragung nicht beendete, ging Qui-Gon davon aus, dass sie noch mehr zu sagen hatte.

„Noch etwas?", fragte er schließlich.

„Ja", gab Jocasta langsam zurück. „Man hat noch eine Sammlung mit Sith-Material gefunden, dieses Mal auf dem Planeten Tynna in der Expansionsregion. Und auf dem friedlichen Planeten Nubia hat es eine unerklärliche Explosion gegeben. Bislang hat sich noch niemand dazu bekannt, aber an einer der Außenwände des zerstörten Gebäudes hat jemand die einfache Zeichnung eines Sith-Holocron hinterlassen."

Qui-Gon schloss einen Moment die Augen. Die Entdeckung einer weiteren Sith-Sammlung überraschte ihn nicht. Aber eine Explosion – das war etwas Neues, Tödliches. Die Lage spitzte sich zu und er fühlte sich mit der Aufgabe, sie zu entschärfen, enorm unter Druck gesetzt.

„Vielen Dank für die Informationen", sagte Qui-Gon zu Jocasta. „Wir melden uns wieder, wenn wir mehr wissen."

„Natürlich, Qui-Gon. Ich bin hier, wenn Ihr mich braucht."

Als Jocasta ihren Comlink abschaltete, durchfuhr Qui-Gon ein Gefühl der Trauer. Er wünschte sich, dass diese Abschiedsworte von der Frau im Tempel gekommen wären, die ihm in der Vergangenheit immer bei seinen Nachforschungen geholfen hatte – Tahl. Qui-Gon hatte Tahl von ganzem Herzen geliebt und obwohl ihr Tod nun schon viele Monate zurücklag, schmerzte ihn ihre Abwesenheit doch wie ein Schwert in seiner Brust.

Qui-Gon legte seinen Comlink weg und setzte sich auf den Boden, um zu meditieren, bis der Weg wieder klar zu sehen war. Er spürte gerade, wie sich sein Körper zu entspannen begann, als Obi-Wan in den Raum lief.

„Meister!", rief er. „Es ist eine Bombe an Bord!"

Kapitel 9

Qui-Gon stand einen Sekundenbruchteil später wieder auf den Beinen. Er folgte seinem Padawan auf die Brücke, wo die Bombe unter einer niedrigen Konsole angebracht war. Qui-Gon beugte sich hinunter und untersuchte das Objekt vorsichtig. Es war schwarz, flach und hatte eine einfache Zeitschaltuhr an der Oberseite. In die Seite hatte jemand eine Skizze eines Sith-Holocron geritzt.

„Ich hätte mir ja so etwas denken können", knirschte Elda von ihrem Pilotensitz aus. „Ich hoffe nur, dass Eure berühmten Jedi-Kräfte das Ding entschärfen können, bevor es mein Schiff in die Luft jagt – und uns gleich mit."

„Ich gebe mein Bestes", sagte Qui-Gon trocken. „Habt Ihr ein Werkzeugset, das wir benutzen können?"

Die Pilotin zeigte auf eine kleine Kiste in der Ecke. „Alles, was Ihr braucht, solltet Ihr darin finden", sagte sie.

Obi-Wan brachte seinem Meister die Werkzeuge und kauerte sich neben ihm nieder. „Das Symbol wird mir jetzt langsam vertraut", sagte er. „Aber die Bombe selbst sieht nicht sonderlich kompliziert aus."

„Sie dürfte nicht schwer zu entschärfen sein", sagte Qui-Gon mit einem kurzen Seitenblick auf die Pilotin. „Beim Temperament unserer Pilotin wäre ich mir da allerdings nicht so sicher."

Obi-Wan lächelte. Nur Qui-Gon konnte in einer solchen Situation noch Scherze machen.

Qui-Gon öffnete das Werkzeugset und holte ein langes, dünnes Stechwerkzeug hervor. Nachdem er es vorsichtig durch die Seite in das Gehäuse der Bombe eingeführt hatte, bewegte er es ein paar Mal vorsichtig hin und her, bevor er ein Piepen hörte. Das Gehäuse öffnete sich und ein paar Stränge farbiger Kabel kamen zum Vorschein. Ein Zeit-Display hinter diesen Drähten zeigte an, dass die Bombe in weniger als einer Minute explodieren würde.

„Nicht viel Zeit", murmelte Obi-Wan ruhig.

Qui-Gon wusste, dass sein Padawan Recht hatte. Er hatte nicht derart viele verschiedenfarbige Drähte in dem Gehäuse vermutet. Das Gerät war komplizierter konstruiert, als er ursprünglich angenommen hatte.

Er konzentrierte seine Energie auf die Bombe und schnitt alle roten Drähte ab. Doch die Uhr lief weiter. Sie zeigte jetzt noch vierzig Sekunden an und zählte rückwärts.

„Vielleicht ist es das schwarze Kabel", schlug Obi-Wan leise vor.

Qui-Gon fand das nicht sonderlich wahrscheinlich. Es war das einzige schwarze Kabel und daher zu offensichtlich für eine Lösung. Doch als er das Kabel untersuchte, spürte er tatsächlich, dass es damit etwas Besonderes auf sich hatte. Er war sich allerdings noch immer nicht sicher, ob es richtig war, das Kabel durchzuschneiden.

„Zwanzig Sekunden", sagte Obi-Wan.

Qui-Gon sah sich die Bombe etwas genauer an. Ein Ende des schwarzen Kabels führte in einen Metallblock in dem Gehäuse. Am anderen Ende fehlten ein paar Millimeter der schwarzen Kunststoffummantelung. Darunter sah Qui-Gon eine Reihe hellgelber Drähte, die sauber zusammengedreht in einen Metallstecker führten.

„Zehn Sekunden."

Qui-Gon griff in das Gehäuse und legte Daumen und Zeigefinger um die gelben Drähte. Er schloss die Augen und zog sie von dem Stecker ab. Die Drähte kamen mit einem leisen Ploppgeräusch frei.

Die Zeitschaltuhr der Bombe zählte weiter rückwärts. Doch als sie eine Sekunde erreicht hatte, blieb sie plötzlich stehen.

„Ihr habt es geschafft, Meister", sagte Obi-Wan erleichtert.

Qui-Gon öffnete die Augen und sah die Zahl, die noch auf der Schaltuhr leuchtete. „Und wir hatten noch etwas Zeit", sagte er trocken.

„Ich schätze, Ihr Jedi seid tatsächlich zu etwas zu gebrauchen", knurrte Elda. Aber in ihrem Tonfall lag Humor und sie grinste breit. „Vielen Dank", fügte sie leise hinzu.

Qui-Gon legte das Werkzeug in den Kasten zurück und stand auf. „Keine Ursache", sagte er.

Als er wieder hinten in der Kabine war, schloss Qui-Gon die Augen und meditierte zum zweiten Mal an diesem Tag. Die Bombe war nun auch etwas, über das er nachdenken musste. Hatte sie sie umbringen oder nur aufhalten sollen? Und wer hatte sie angebracht? Es musste irgendjemand gewesen sein, der ihnen dichtauf gefolgt war. Irgendjemand, der hervorragend vorbereitet gewesen war. Zwischen den Planungen der Jedi für ihre Reise und ihrem Aufbruch kurz darauf war nicht viel Zeit verstrichen.

Qui-Gon begann tief durchzuatmen. Er leerte seinen Verstand und konzentrierte sich. Doch etwas störte seine Ruhe. Sein Padawan. Er ging unruhig auf und ab.

Qui-Gon öffnete ein Auge. „Warum versuchst du nicht, ein wenig zu meditieren?", fragte er.

Obi-Wan nickte und setzte sich. Doch auch als der Junge aufgehört hatte, in der Kabine umherzugehen, konnte Qui-Gon spüren, dass er noch immer aufgeregt war. Er öffnete jetzt beide Augen und sah seinen Padawan genau an. Obi-Wan saß im Schneidersitz und mit geschlossenen Augen in einem Stuhl. Aber seine Schultern waren angespannt und unter seinen Augenlidern sah Qui-Gon Bewegung.

„Alles in Ordnung, Obi-Wan?", fragte Qui-Gon leise.

Obi-Wan öffnete die Augen und erwiderte den Blick seines Meisters. „Ja", sagte er leise. Und dann, nach ein paar Sekunden: „Na ja, ich weiß nicht."

„Du hast Angst", sagte Qui-Gon geradeheraus.

Ein Ausdruck der Scham kam über Obi-Wans Gesicht, doch er leugnete es nicht. „Mein Herz ist voller Angst", gab er zu. „Ich wünschte, ich wäre auf einer anderen Mission. Ich bin mir nicht sicher, ob ich den Mut habe, mich dem Holocron zu stellen ..."

Qui-Gon lehnte sich leicht in Richtung seines Schülers. „Du hast jedes Recht, Angst zu haben", sagte er ruhig. „Gestatte dir selbst, die Angst zu spüren – spüre sie richtig. Und dann lass sie gehen. Lass das Gefühl ziehen. Wenn es wiederkommt, fühle es wieder und lass es wieder gehen. Du musst dich nicht für deine Emotionen schämen."

„Es ist kein Versagen, wenn die Angst zurückkommt?", fragte Obi-Wan. Er sah auf.

„Nein, Padawan", gab Qui-Gon zurück. „Wir können unsere Gefühle nicht kontrollieren. Wir können nur entscheiden, wie wir mit unseren Gefühlen umgehen."

Ein Ausdruck echter Erleichterung kam über Obi-Wans Gesicht und er deutete ein Lächeln an. Seine Schultern entspannten sich und er schloss die Augen wieder. Qui-Gon konnte fast sehen, wie die Angst seinen Padawan verließ. Er war froh, dass sein Ratschlag Obi-Wan ein wenig Erleichterung verschafft hatte.

Er lehnte sich zurück und schloss ebenfalls wieder die Augen. Er hoffte, dass sein Rat auch ihm selbst half.

Kapitel 10

Als das Schiff auf Kodai landete, fühlte sich Obi-Wan erfrischt und nicht mehr ängstlich. Er war bereit, mit der Mission fortzufahren. Doch unglücklicherweise war genau das alles andere als einfach.

Obwohl sich die Jedi recht sicher waren, dass sie sich auf dem richtigen Planeten befanden, war ihnen nicht klar, wohin sie gehen und was sie tun sollten. Sie wussten nur, dass ihnen die Zeit davonlief.

Ganz abgesehen davon, dass sie angegriffen wurden, wohin auch immer sie gingen. Ihre Verfolger ließen sich nicht abschütteln und wollten sie offensichtlich um jeden Preis aufhalten.

Nachdem sie die Jedi auf einer winzigen Landeplattform auf der einzigen Insel Rena abgesetzt hatte, gab Elda neue Koordinaten in ihren Navcomputer ein.

„Glaubt bloß nicht, dass ich hier bleibe, nur weil Ihr die Bombe entschärft habt", brummte sie mit einem Blick auf die verfallene Stadt. „Viel Glück Euch beiden", sagte sie kopfschüttelnd. „Ich habe so ein Gefühl, als könntet Ihr es brauchen."

„Vielen Dank für Eure Unterstützung", sagte Obi-Wan trocken, als er und Qui-Gon die Rampe des Schiffes hinunter gingen. „Und für die Reise natürlich."

Draußen im grellen Sonnenschein mussten die Jedi ihre Augen schützen, bis sie sich an das Licht gewöhnt hatten, das von dem endlosen Meer reflektiert wurde. Die Stadt war klein und schien nur wenige Einwohner zu haben. Es gab ein paar Cantinas, ein einziges Hotel und einen Marktplatz, auf dem Einwohner Nahrungsmittel verkauften und tauschten. Das meiste davon hatten sie im Meer gefangen. Gewaltige Mauern säumten die Straßen – ein Versuch, die eventuell kommenden Fluten zurückzuhalten, dachte Obi-Wan.

Obwohl die Einwohner sie nicht anstarrten – es sah sie eigentlich überhaupt niemand an – hatte Obi-Wan das deutliche Gefühl, dass man Notiz von ihnen nahm. Die Kodaianer bemühten sich zu sehr, sie *nicht* anzusehen. Immer wenn die Jedi sich ihnen näherten, richteten sie ihre gelben Augen auf den Boden oder drehten ihre schlanken Hälse, um den Horizont anzustarren oder in die andere Richtung zu schauen.

„Hast du auch das Gefühl, als wünschten sie, wir wären unsichtbar?", fragte Qui-Gon. „Unsere Gegenwart scheint ihnen Schmerzen zu bereiten."

„Genau", gab Obi-Wan zurück. Es war ein eigenartiges Gefühl.

„Lass uns einen Blick in das Hotel werfen", schlug Qui-Gon vor. „Wir brauchen eine Unterkunft und außerdem könnte Lundi ebenfalls dort sein."

Obi-Wan nickte zustimmend und sie schlenderten in eine renovierungsbedürftige, aber saubere Eingangshalle. Ein dünner Kodaianer saß auf einem Hocker hinter der Rezeption. Als er die – in der Zwischenzeit nicht mehr verkleideten – Jedi sah, stand er nervös auf.

„Kann ich Euch irgendwie behilflich sein?“, fragte er, wobei er nervös mit seinen kurzen Fingern fummelte und zu Boden sah. Obi-Wan fragte sich, ob der Mann angesichts von Gästen immer so aufgeregt war.

„Wir würden gern eines Eurer Zimmer mieten“, sagte Qui-Gon. „Habt Ihr etwas frei?“

Der Kodaianer schloss einen Augenblick seine goldfarbenen Augen, überrascht von der Anfrage. Obi-Wan nahm an, dass nicht sonderlich viele Gäste auf Kodai übernachteten. Nachdem er Qui-Gons Credits eingesteckt hatte, legte der Kodaianer eine Karte mit einem Türcode auf die Theke. Die Nummer lautete 4R.

„Wir suchen außerdem einen quermianischen Gast, von dem wir annehmen, dass er im Augenblick bei Euch wohnt. Dr. Murk Lundi.“

Der Kodaianer zuckte bei der Erwähnung von Lundis Namen zusammen. Er zeigte, ohne die Jedi anzusehen, auf einen alten Turbolift am Ende der Eingangshalle. „Seine Räume befinden sich im zweiten Stock. Nummer 2F.“

Der Kodaianer schaute sich um, um nachzusehen, ob irgendjemand in der Nähe war. Dann lehnte er sich nach vorn und sprach in Richtung von Obi-Wans Stiefeln. „Er ist ein guter Gast. Er hat seit seiner Ankunft mit niemandem gesprochen. Ist noch nicht einmal aus seinem Zimmer gekommen."

Obi-Wan hielt das für eine interessante Information. Er war eigentlich zu der Erkenntnis gelangt, dass der Professor gern Publikum um sich hatte – welcher Art auch immer.

„Vielen Dank", sagte Qui-Gon und nahm den Schlüssel.

Die Jedi gingen ans Ende der Eingangshalle und stiegen in den Turbolift. Es war ein älteres Modell und klapperte schon auf der kurzen Strecke in die zweite Etage.

Dr. Lundis Zimmer lag am Ende des Ganges. Das Zimmer daneben war ebenfalls vermietet. Ohne einzubrechen oder an der Tür zu lauschen, hatten sie keine Möglichkeit festzustellen, was dort drinnen vor sich ging.

Obi-Wan legte ein Ohr an die Tür und konzentrierte sich auf seinen Hörsinn, was ihm eigenartigerweise sehr schwer fiel. Er hatte beinahe den Eindruck, dass irgendetwas seine Verbindung mit der Macht blockierte. Er konnte auf der anderen Seite nichts hören.

„Was meint Ihr? Warum ist er so eilig hierher gekommen, nur um sich dann einzuschließen und nichts zu tun?", fragte Obi-Wan seinen Meister.

„Wir wissen nicht, was er tut", gab Qui-Gon zurück. „Es ist unmöglich zu sagen, was dort drinnen vor sich geht."

Wieder eine Sackgasse. Obi-Wan ließ einen langen Seufzer hören. Wieder einmal begannen Angst und Frustration in ihm aufzusteigen. Er schloss die Augen und entspannte seine Muskeln, bis er spürte, wie ihn diese Emotionen wieder verließen. Es war nicht einfach, doch er schaffte es.

Qui-Gon lächelte Obi-Wan sanft an und nickte ihm zu, als er die Augen wieder öffnete. „Gut gemacht, Padawan." Er zeigte auf den Turbolift. „Vielleicht können wir ein paar Informationen erhalten, wenn wir uns mit den Kodaianern unterhalten", fügte er hinzu und wandte sich von der geschlossenen Tür ab.

Obi-Wan folgte ihm. „Ja genau", sagte er voller Sarkasmus. „Nachdem wir sie dazu bringen konnten, uns tief in die Augen zu sehen."

„Ich bin ja so froh, dass du dir deinen Humor bewahrt hast", gab Qui-Gon zurück, als sie wieder in den Turbolift stiegen.

Als sie draußen waren, wurde ihnen schnell klar, dass es beinahe unmöglich war, die Kodaianer zum Sprechen zu bewegen.

„Entschuldigt", sagte Qui-Gon höflich, als er auf eine kodaianische Frau zuging.

Die Kodaianerin blieb stehen, sah aber nicht zu den Jedi auf. Sie trat von einem Bein auf das andere, so als könnte sie nicht still stehen. „Ja?", flüsterte sie.

„Wir suchen nach Informationen über einen quermianischen Besucher. Einen Professor. Er möchte ein Artefakt vom Meeresgrund ausgraben ..."

Bei der Erwähnung des Meeresgrunds sah die Frau auf. Sie

war jetzt offensichtlich aufgeregt. Ihre Augen waren plötzlich so groß wie Untertassen und ihre Hände begannen zu zittern. „Ich kann Euch nicht helfen", sagte sie. „Ich muss jetzt gehen."

Als die Frau davonlief, fragte sich Obi-Wan, ob ihre Angst mit der Begegnung mit Fremden zu tun hatte, mit der Erwähnung des Meeres, mit dem aktuellen Stand der Monde oder mit der damit zusammenhängenden Ebbe. Vielleicht lebten die Kodaianer ganz einfach in dauernder Angst aufgrund ihrer schwierigen Vergangenheit. Was auch immer der Grund war, die Bewohner dieses Planeten wollten ihn offensichtlich niemandem mitteilen.

Obi-Wan sah sich nach jemand anderem um, der sich vielleicht mit ihnen unterhalten würde und erblickte einen kleinen Jungen, der sie aus ein paar Metern Entfernung beobachtete. Anders als die anderen Kodaianer sah er sie direkt an – und er schien auch keine Angst zu haben.

„Hast du einen Besucher mit einem langen Hals und vielen Armen und Händen gesehen?", fragte Obi-Wan, als er zu dem Jungen ging.

Der Junge nickte und zeigte auf das Hotel. „Er ist da drin. Ist nicht herausgekommen. Wenn Ihr Informationen wollt, dann geht in die Cantina und fragt nach Reis. Er kann Euch alles erzählen, was Ihr wissen wollt."

Obi-Wan lächelte den Jungen an. „Danke", sagte er. Er war dankbar für den Hinweis.

Es war nicht schwer, Reis zu finden. Er saß in einer kahlen Ecke der Cantina und nippte an einer Tasse Drale. Außerdem war er der einzige anwesende Humanoide. Seine grauen Haare klebten an seinem Kopf und sein Gesicht war unrasiert. Doch seine dunklen Augen sahen die näher kommenden Jedi scharf an.

„Dürfen wir uns zu Euch setzen?", fragte Qui-Gon.

Reis schaute die beiden Jedi abwechselnd genauer an. Sein Blick ruhte auf den Lichtschwertern, die an ihren Gürteln hingen. „Gern", sagte er. „Ich habe immer Zeit für eine kleine Unterhaltung mit Jedi. Ich nehme mal an, Ihr wollt alles über den Holocron wissen, hä?"

Obi-Wan durchfuhr bei der Erwähnung des Wortes *Holocron* ein Schock. Wenigstens hatte es jetzt jemand anderes zuerst gesagt. Vielleicht erhielten sie nun die Antworten, die sie so dringend brauchten.

Die Jedi setzten sich und Reis lächelte. „Ich dachte mir schon, dass Euch das interessieren würde", sagte er. Er nahm einen langen Zug von dem Drale.

„Er ist tatsächlich hier", sagte er und setzte die Tasse ab. „Schon seit tausenden von Jahren. Das Problem ist nur, dass keiner seiner habhaft werden kann. Sie probieren es immer wieder, sterben aber entweder oder drehen durch."

„Und doch werden noch immer Versuche unternommen, ihn zu bergen?", fragte Qui-Gon.

„Natürlich", gab Reis mit einem Winken seiner fleischigen

Hand zurück. „Die Leute können die Finger von dieser Art Macht nicht lassen." Er beugte sich etwas nach vorn und Obi-Wan konnte den Drale-Gestank in seinem Atem riechen. „Ich habe gehört, dass irgendjemand eine unglaublich hohe Summe für die Bergung des Holocron geboten hat. Niemand weiß, wer es ist. Und doch wird dadurch die Suche nach dem Ding zu einer ziemlich lohnenden Angelegenheit ..."

Obi-Wan hörte plötzlich nicht mehr zu, als eine vertraute Gestalt in die Bar kam. Das sah ganz nach Omal aus, der auch in Dr. Lundis Vorlesung auf Coruscant gewesen war. Obi-Wan kniff die Augen zusammen, doch die Cantina war sehr dunkel und er konnte es nicht mit Sicherheit sagen. Mit einem Anflug von Schuldgefühl wurde ihm klar, dass seine Beobachtungskünste während der Vorlesung nicht allzu stark gewesen waren. Alles war etwas vernebelt gewesen.

„Entschuldigt", sagte Obi-Wan und stand auf, wobei er Qui-Gons fragenden Blick ignorierte. Wenn dies wirklich Omal war, dann wollte Obi-Wan sich mit ihm unterhalten.

Der junge Jedi ging schnell durch die Cantina, aber nicht schnell genug. Wer auch immer an der Bar gesessen hatte, hatte Obi-Wan kommen sehen. Mit einem panischen Blick über die Schulter verschwand die Person durch die Tür der Cantina.

Kapitel 11

Obi-Wan drehte sich zum hundertsten Mal auf seiner Liege um. Er fand einfach keine Ruhe. Er war sich nicht sicher, ob die korrelierenden Monde die Ursache dafür waren oder einfach nur das eigenartige Gefühl, das er seit seiner ersten Begegnung mit Dr. Lundi nicht mehr los wurde. Wie auch immer: Er konnte nicht schlafen.

Er gab seine nutzlosen Versuche schließlich auf, verließ das Hotel und ging am Strand spazieren. Vielleicht würde ihn das gleichförmige Rauschen der Brandung zur Ruhe kommen lassen. Er musste etwas schlafen, bevor er mit seiner Wachschicht vor Lundis Tür an der Reihe war. Qui-Gons Schicht war beinahe vorüber.

Obi-Wans Schritte hallten in der stillen Nacht wider, als er in Richtung Wasser ging. Die Dunkelheit schien ihn verschlucken zu wollen. Er holte sein Elektro-Fernglas hervor, warf einen kurzen Blick hindurch und ging weiter. Er erwartete, jeden Augenblick auf das Meer zu stoßen und die Brandung zu hören.

Ich bin mir sicher, dass das Meer viel dichter an der Hauptstraße war, als es jetzt ist, dachte er. Obi-Wan war verwirrt. Es war, als ginge er auf einmal auf einem vollkommen anderen Planeten umher. War Kodai nicht von einem riesigen Meer bedeckt?

Obi-Wan blieb stehen und sah konzentriert nach vorn. Zunächst konnte er kein Wasser erkennen. Dann glaubte er etwas Flüssiges schillern zu sehen, doch es war sehr weit weg. Plötzlich wurde ihm klar, dass sich das Wasser seit heute Nachmittag um hunderte von Kilometern zurückgezogen hatte.

Als er in die andere Richtung schaute, erblickte er eine Gruppe von Kodaianern am Strand. Sie trugen Fackeln und standen um etwas herum, das wie die Ruine eines alten Bauwerks aussah. Sie gruben wie wild auf dem Meeresboden, offensichtlich in dem Versuch, Dinge zu retten, die vor hunderten von Jahren vom Meer überflutet worden waren.

Obi-Wan sah ihnen aus der Entfernung zu und wurde plötzlich von einer tiefen Traurigkeit erfüllt. Es musste furchtbar sein, so viel von der eigenen Geschichte an die tosende See zu verlieren. Und alle zehn Jahre von der Aussicht gequält zu werden, die zerstörten Reste vielleicht zu finden.

Obi-Wan wandte sich wieder dem Wasser zu – oder besser gesagt: dem zurückgewichenen Wasser. In der fast vollkommenen Dunkelheit konnte er nicht einmal sicher sein, ob die fernen Reflexionen tatsächlich vom Wasser stammten.

Da kamen Obi-Wan plötzlich ein Bild und eine Stimme in den Sinn. Lundi, wie er aus dem Lagerhaus auf Nolar gestürmt war. „Es ist nur eine Frage des Timings“, hatte er gesagt.

Obi-Wan wurde schlagartig klar, dass Lundi darauf gewartet hatte, dass sich das Wasser zurückzog, damit er an den Holocron kam. Das kodaianische Meer würde nur für eine Stunde innerhalb von zehn Jahren seinen tiefsten Punkt erreichen.

Obi-Wan rannte durch die Dunkelheit zurück zum Hotel. Draußen vor dem Gebäude sah er jemanden weglaufen. Omal? Unglücklicherweise war es zu dunkel, um das sagen zu können und er hatte keine Zeit, der Gestalt zu folgen. Er musste zu Qui-Gon gehen. Als er mit dem Comlink keine Verbindung bekam, lief er zum Zimmer des Professors.

„Meister!“, rief Obi-Wan, blieb aber abrupt stehen. Qui-Gon stand nicht auf seinem Beobachtungsposten und die Tür zum Zimmer des Professors war weit offen. Der Raum war leer.

Plötzlich stand Qui-Gon hinter ihm. Der Jedi überblickte schnell die Szenerie. „Ich war nur einen Augenblick weg“, keuchte er. „Ich habe eine Kommunikation von Jocasta Nu empfangen. Er kann nicht weit sein.“

Wieder spürte Obi-Wan Frustration in sich hochkochen. Wie sollten sie jetzt Lundi und den Holocron finden?

„Wir müssen auf unseren Instinkt bauen“, sagte Qui-Gon, so als hätte er die Gedanken seines Padawans gelesen. „Wenn wir gut auf die Macht hören, wird sie uns leiten.“

Obi-Wan wusste, dass sein Meister Recht hatte. Außerdem hatten sie ohnehin keine andere Wahl.

Obi-Wan führte Qui-Gon leise ans Wasser. Der anscheinend

endlose Strand war jetzt voller Kodaianer mit Grabewerkzeugen. Obi-Wan blieb einen Moment stehen, schloss die Augen und konzentrierte sich. Er spürte, dass es etwas weiter nördlich einen Bereich am Strand gab, der relativ verlassen war. Etwas war besonders an diesem Stück Strand.

Die Jedi legten so schnell wie möglich die wenigen Kilometer dorthin zurück. Überall sahen sie, wie Kodaianer Gegenstände ausgruben, die die Flut unter sich begraben hatte. Ein paar hielten ihre neu entdeckten Schätze lachend über ihre Köpfe, während andere weinend auf die Knie sanken. Obi-Wan fühlte mit ihnen.

Vor ihnen erstreckte sich ein wüstenhafter, etwas höher gelegener Landstreifen. Auf beiden Seiten der Erhöhung arbeiteten Kodaianer, während der Hügel selbst vollkommen leer war.

„Es scheint beinahe so, als hielte sie eine unsichtbare Barriere von diesem Bereich fern“, sagte Obi-Wan.

„Vielleicht ist das so“, bemerkte Qui-Gon und sah sich um.

Die Jedi liefen weiter. Ein paar Kodaianer hörten auf zu graben und starrten ihnen hinterher. Dieses Mal hielten sie die Augen nicht gesenkt. Ein paar von ihnen stießen sogar Warnrufe aus. Die Jedi ignorierten sie. Doch Obi-Wan spürte etwas Dunkles und Mächtiges um sich herum, je weiter sie kamen. Angst und Erleichterung prallten in seinem Innern aufeinander. Sie gingen definitiv auf den richtigen Ort zu. Der Sith-Holocron war ganz in der Nähe.

Obi-Wan ließ seine Angst davonfließen wie Wasser durch

ein Sieb und ging weiter. Er war so sehr darauf aus, Lundi und den Holocron zu finden, dass er den Spalt im Boden vor sich übersah.

„Obi-Wan, bleib stehen!“, rief Qui-Gon von hinten.

Obi-Wan kam rutschend zum Stehen, nur ein paar Zentimeter vor einem gähnenden schwarzen Abgrund. Er spähte hinunter, konnte aber nichts als Dunkelheit sehen. Eine Welle böser Energie schwappte zu ihm hoch. *Der Holocron.*

Ohne ein weiteres Wort holten die Jedi ihre Seilkatapulte hervor und verankerten die Enden sicher in dem Meeresboden rechts und links der Spalte. Obi-Wan gingen tausende Dinge durch den Kopf und er wollte sie alle seinem Meister mitteilen. Doch das war jetzt unmöglich.

Die beiden Jedi warfen sich noch einmal einen kurzen Blick zu und seilten sich dann gleichzeitig über den Rand der Spalte ab. Es dauerte nicht lange, da hatten sie die Öffnung über sich aus den Augen verloren.

Der Rand der Spalte war nass und rutschig. Obi-Wan holte tief Luft, als er sich weiter und weiter nach unten sinken ließ. Ein Teil von ihm wollte wissen, was ihn dort unten erwartete, ein anderer Teil wiederum nicht.

Da spürte Obi-Wan plötzlich, wie irgendetwas an seinem Seil zog. Eine Sekunde später flog sein Anker über die Kante und er stürzte in die Dunkelheit hinab.

Kapitel 12

Qui-Gon sah eine Gestalt über ihnen am Rand des Abgrunds stehen. Sie hatte sich einen Augenblick über die Kante gebeugt und war dann verschwunden. Noch einen Augenblick später sah Qui-Gon, wie das Seil seines Padawans sich lockerte und der Junge mit erschreckender Geschwindigkeit an ihm vorbei hinunterfiel.

Qui-Gon verschaffte sich sofort einen Halt in der Felswand und griff nach der Macht, um Obi-Wans Sturz aufzuhalten. Doch die dunkle Energie der Spalte arbeitete dagegen. Er fühlte sich seltsam erschöpft und konnte sich kaum konzentrieren.

Qui-Gon verdrängte seine Schwäche schnell und konzentrierte sich noch stärker. Er brachte seinen Padawan dazu, dasselbe zu tun.

Das kratzende Geräusch von Obi-Wans Anker an der Spalte war Musik in Qui-Gons Ohren. Nach ein paar endlos erscheinenden Sekunden fand Obi-Wan Halt und er blieb abrupt hängen. Er baumelte irgendwo unterhalb von Qui-Gon in der Luft.

„Alles in Ordnung, Obi-Wan?“, rief Qui-Gon nach unten. Seine Stimme hallte von den Wänden der Spalte wider.

„Es geht mir gut“, gab Obi-Wan zurück. „Und ich kann den Boden der Spalte sehen.“

Qui-Gon prüfte die Spannung seines Seiles. Es war noch immer sicher. Dann ließ er sich den Rest des Weges so schnell wie möglich hinuntersinken. Als er am Boden des Abgrunds ankam, hatte Obi-Wan sein Seilkatapult bereits wieder an den Gürtel gehängt und suchte die Umgebung mit einem Leuchtstab ab. Der Boden war felsig und von glitschiger Vegetation bedeckt. Sie mussten vorsichtig sein.

„Ich sehe nichts“, sagte Obi-Wan. Seine Stimme klang eigenartig hohl und Qui-Gon war sich nicht sicher, ob das an der Spalte lag, an seinem Sturz oder weil er so nahe an dem Holocron war. Qui-Gon fühlte sich selbst ebenfalls etwas geschwächt. Doch das seltsam leere Gefühl ließ Qui-Gon auch wissen, dass sie auf der richtigen Spur waren. Er fühlte sich zugleich angezogen und abgestoßen.

Qui-Gon entzündete einen zweiten Leuchtstab und die beiden Jedi suchten die Umgebung ab, bis sie einige Fußabdrücke fanden. Aufgrund der nassen Vegetation auf dem Boden war es unmöglich zu sagen, ob es sich um eine oder mehrere Spuren handelte.

Als sie sich weiter von ihrem Landepunkt entfernten, hörte Qui-Gon ein tiefes Donnern. Es klang, als würde ein Sturm aufziehen. Oder stieg etwa der Meeresspiegel wieder? Der Zeitpunkt der niedrigsten Ebbe war nun vorüber und das Wasser müsste eigentlich wieder steigen.

Ein Blitz erhellte den Himmel über der Spalte. In der kurzen Lichtflut glaubte Qui-Gon eine Gestalt erkannt zu haben, die auf sie zukam. Doch noch bevor er sicher sein konnte, begann ein gewaltiger Strom von Wasser durch ein Loch in der Felsplatte zu tosen, auf der sie standen. Das Wasser schoss mehrere Meter über Qui-Gons Kopf hinaus, blockierte ihm die Sicht und riss die beiden Jedi beinahe von den Beinen. Während das Wasser auf sie nieder regnete und in seine Stiefel geriet, musste Qui-Gon verwundert feststellen, dass es heiß war.

Mit einem plötzlichen Anflug von Angst wurde sich Qui-Gon bewusst, dass sie sich in einer Spalte befanden, dass es aber unter ihnen noch viele weitere Spalten geben konnte. Der Meeresboden war wie ein Schwamm. Sie standen keineswegs auf festem Grund.

Das Wasser drang mit bemerkenswerter Wucht aus der Spalte in der Wand. Es stand außer Zweifel, dass die Flut zurückkehrte. Als der Druck endlich nachließ, standen sie bis zu den Knöcheln in heißem Meereswasser. Ein paar Meter vor ihnen, auf der anderen Seite der Spalte, konnte Qui-Gon eine zusammengekauerte Gestalt auf dem Boden liegen sehen.

Qui-Gon lief blindlings auf die Gestalt zu. War es Murk Lundi?

Er war es. Der Quermianer lag benommen auf dem Boden, das Gesicht teilweise unter Wasser. Das Gerät, das normalerweise eines seiner Augen bedeckte, war verschwunden und gab den Blick auf eine leere Höhle frei.

Qui-Gon war beinahe bei dem Professor, als dieser plötzlich mit einem Armpaar nach ihm schlug. „Ihr könnt mich nicht aufhalten!“, rief er und hob den Kopf. Er suchte mit einer seiner beweglichen Hände etwas unter seiner Robe und holte schließlich einen Blaster hervor. Die Waffe zitterte in seiner Hand, doch er feuerte wild drauf los.

Qui-Gon duckte sich schnell weg und konnte dem Schuss trotz der Nähe ausweichen. Hinter ihm aktivierte Obi-Wan sein Lichtschwert. Die blaue Klinge durchschnitt die Luft, lenkte den Schuss ab und schlug Lundi die Waffe aus der Hand. Der Blaster schlitterte über den Boden und fiel in eine Spalte.

„Nein!“, schrie Lundi. Er mühte sich ab, um auf die Beine zu kommen, sackte aber gleich wieder im Wasser zusammen.

„Wo ist der Holocron?“, wollte Obi-Wan wissen und zerrte den Quermianer auf die Beine.

„In meiner Hand! In meiner Hand! Ich hatte ihn in meiner Hand!“ Lundi schlug mit seinen spitzen Fingern nach Obi-Wan.

„Und wo ist er jetzt?“, fragte Obi-Wan mit gefletschten Zähnen, wobei er so viele der Handgelenke des Professors zusammenhielt, wie er konnte.

„Lass mich los!“, schrie Lundi Obi-Wan ins Gesicht. „Lass mich ihn holen! Er ist nicht für Euch!“ Der Professor wand sich unter Obi-Wans Griff, hatte aber nicht die Kraft, sich zu befreien. „Ich bin der Erwählte!“

Qui-Gons Verstand raste. Er spürte, dass sie dem Holocron

nahe waren. Sehr nahe. Er versuchte sich zu konzentrieren, versuchte, ihn zu finden, doch die Dunkle Seite spielte seinem Geist Streiche. Er war so nahe und doch so weit von seinem mentalen Zugriff entfernt. Hier gab es so vieles, was er nicht verstand. Wenn Lundi den Holocron schon in der Hand gehabt hatte, wo war er dann jetzt? Hatte ihn jemand anderes? Hatte er nicht die Kraft gehabt, ihn zu kontrollieren?

In Qui-Gons Kopf tauchten noch immer Fragen auf, als sich plötzlich der Boden unter seinen Füßen bewegte. Einen Sekundenbruchteil überlegte der Jedi-Meister, ob er in das tosende Wasser springen und sich seine Antworten selbst suchen sollte. Doch nach einem Blick auf seinen Padawan kehrte seine Vernunft zurück. Wenn die Jedi den Holocron nicht bergen konnten, konnte es höchstwahrscheinlich auch niemand anderes.

„Ich trage ihn“, sagte er knapp zu seinem Padawan. Er wollte keine Kraft mit langen Erklärungen verschwenden.

Noch bevor Qui-Gon Lundi vom Boden aufheben konnte, schoss ein zweiter Schwall Wasser aus der Spalte hervor. Obi-Wan hatte ihn schon vorher gespürt und stützte seinen Meister. Er half ihm dabei, den Quermianer über seine Schulter zu legen. Doch jetzt stand ihnen das Wasser bis zu den Kniekehlen.

Obi-Wan ging voraus, wobei er seinen Leuchtstab hochhielt. Sie mussten sich vorsichtig auf dem Felsboden bis zum Rand der Spalte vorarbeiten. Das Wasser um Qui-Gons Beine machte jeden Schritt gefährlich und Lundi wedelte dauernd mit seinen Armen und schrie Qui-Gon ins Ohr.

„Der Holocron!“, brüllte er und wand sich in Qui-Gons festem Griff. „Ich muss den Holocron haben! Er gehört mir! Mir!“

Qui-Gon versuchte, den Professor zu ignorieren, was alles andere als einfach war. Irgendwann hatte er endlich die Stelle wiedergefunden, an der sie gelandet waren. Aber wie sollten sie mit einem durchgedrehten Quermianer und nur einem verankerten Seilkatapult wieder nach oben kommen?

„Ich kann nach oben klettern und Euch das Seil wieder hinunterwerfen“, schlug Obi-Wan vor.

Qui-Gon war sich nicht sicher, ob ihnen dazu die Zeit blieb, beziehungsweise ob er es mit Lundi auf der Schulter schaffen würde. Doch er sah im Augenblick keine andere Möglichkeit und konnte sowieso nicht nachdenken, so lange ihm der Professor ins Ohr schrie.

Obi-Wan hatte sich gerade an der Wand hochgezogen und wollte nach oben steigen, als am Himmel ein kleines Raumschiff erschien. Er ließ sich wieder auf den Boden fallen und presste sich mit seinem Meister gegen die Wand und in Deckung. Es gab keine Möglichkeit festzustellen, wer sich in dem Schiff befand oder was die Besatzung wollte.

Das Raumschiff senkte sich so dicht wie möglich über die Spalte und ließ eine lange Leiter bis geradewegs vor die Jedi herab. Das Schiff kam Obi-Wan irgendwie bekannt vor, doch in der Dunkelheit konnte er es nur schwer erkennen. Der Padawan warf seinem Meister einen unsicheren Blick zu. Er sah, dass sich Qui-Gon bezüglich des Schiffes auch nicht sicher war. Doch er war nicht derjenige, der angebotene Hilfe ablehnte.

Die Jedi griffen nach der Leiter und begannen zu klettern. Obwohl die Sprossen der Leiter in bequemem Abstand angebracht waren, war es mit dem zappelnden Professor auf Qui-Gons Schulter nicht einfach, sicher zu dem Schiff zu gelangen. Ungefähr auf halbem Weg wurde Lundi auch noch ohnmächtig. Als sich Obi-Wan schließlich an Bord des Schiffes zog, war er vollkommen erschöpft. Qui-Gon, der noch hinter ihm war, nahm jede Sprosse zwischen die Zähne, um seine Hand für die nächste Sprosse frei zu haben. Einmal rutschte er mit beiden Füßen ab und fiel beinahe mitsamt seiner schweren Last ins Wasser tief unten. Schließlich erreichte er die Einstiegsluke des Schiffes und zog sich und seine Last an Bord.

„Nett, Euch wiederzusehen", sagte eine raue Frauenstimme aus dem Cockpit. Qui-Gon war überrascht, Elda wiederzusehen. Sie sah ihn grinsend an.

„Habt nicht erwartet, mich wiederzusehen, stimmt's?", fragte sie.

Qui-Gon schüttelte den Kopf. „Aber es ist mir ein Vergnügen. Vielen Dank, dass Ihr gekommen seid."

Die Pilotin drehte an ihren Kontrollelementen und hob das Schiff höher in die Luft. „Ihr müsst mir nicht danken", sagte sie. „Irgendetwas, was Euch oder diesen Ort betrifft, war mir unter die Haut gegangen und so kam ich kurz nach meiner

Abreise zurück. Ich konnte Euch einfach nicht hier lassen. Immerhin habt Ihr mein Schiff vor der Zerstörung gerettet. Ihr hattet etwas bei mir gut."

„Dafür danken wir Euch", sagte Obi-Wan, als er sich in einen Sitz fallen ließ.

Qui-Gon setzte Lundi in einen anderen Sitz und machte ihn mit einem Seil fest. Er ging nicht davon aus, dass der alte Quermianer viel Kraft haben würde, wenn er aufwachte, doch er wollte kein Risiko eingehen.

Plötzlich ruckte der Kopf des Professors nach oben.

Qui-Gon tat einen Schritt zurück, doch Lundi streckte seinen langen Hals aus und drängte den Jedi gegen die Wand.

Das gesunde Auge des Quermianers rollte in seiner Höhle, als es die Jedi anstarrte. „Friedenshüter!", spottete er. „Ihr habt einen Krieg begonnen!" Lundi bewegte seinen kleinen Kopf auf seinem langen Hals vor und zurück. „Krieg! Krieg!", wiederholte er wieder und wieder, wobei seine Stimme immer lauter und schriller wurde.

Qui-Gon öffnete den Mund, um etwas zu sagen, sah jedoch, das es nur wenig Zweck hätte. Er konnte nur zusehen, wie sich der einst brillante Wissenschaftler immer tiefer in den Wahnsinn schrie. Die Dunkle Seite der Macht hatte seinen Verstand zerstört. Dem Jedi-Meister war klar, dass Lundi wahnsinnig geworden war. Sie würden ihn zum Tempel zurückbegleiten und untersuchen lassen. Qui-Gon war sich recht sicher, dass er ein Fall für die Psychiatrie war. Und die Galaktische Republik würde wissen wollen, was er denn eigentlich mit dem Holocron vorgehabt hatte.

So hatte Qui-Gon diese Mission eigentlich nicht beenden wollen. Er hatte den Holocron nicht gefunden. Sein Padawan schien aufgewühlt zu sein. Und dann war da die Frage, wer außer ihnen und dem Professor noch wusste, dass sich der Holocron dort unten befand. Wer hatte Obi-Wans Seilkatapult gelöst? War noch jemand in die Spalte eingedrungen? Sie konnten jetzt nur hoffen, dass der Holocron noch immer auf dem Grund des kodaianischen Meeres lag – zumindest, bis in zehn Jahren die Ebbe wiederkommen würde.

„Ihr könnt ihn nicht beherrschen! Ihr wisst nicht, was Ihr damit tun müsst! Ihr verdient ihn nicht!" Der Professor phantasierte weiter und weiter und weiter. Qui-Gon war sich nicht einmal mehr sicher, ob Lundi überhaupt noch ihn meinte.

Der Jedi-Meister holte tief Luft und blendete Lundis verrücktes Geschrei aus. Er versuchte seinen Verstand damit zu beruhigen, dass der Holocron nicht in Lundis Besitz war. Und doch wusste er, dass diese Mission alles andere als vorüber war.

Zehn Jahre später

Kapitel 13

„Törichte Schwächlinge!“, stieß Lundi hervor. Sein unbedecktes Auge rollte in seiner Höhle umher und Speichel tropfte an seinem Kinn herab. „Die Macht war mein. Sie lag in meinen Händen. Aber ihr ... ihr habt sie mir weggeschnappt. Ihr habt sie mir gestohlen.“

Obi-Wan sah, wie sich der verrückte Quermianer in seinen Fesseln wand. Der Hass, der in Lundi tobte, war echt und Obi-Wan war sich sicher, dass Lundi ihn töten würde, wenn er könnte. Doch abgesehen von seiner Äußerung über die beinahe erlangte und wieder verlorene Macht war alles andere, was der Professor von sich gab, unverständlich.

Professor Lundi war beinahe gestorben, als er versucht hatte, den Sith-Holocron zu finden, der auf dem Grund des unendlich großen Meeres lag. Er hatte überlebt, aber seinen Verstand verloren – das uralte Objekt, das noch immer unter den tosenden Wellen lauerte, hatte seinen Verstand zerstört.

Lundi wand sich in seinem Stuhl und versuchte freizukommen. Nach der schicksalhaften Nacht auf Kodai hatte man ihn des Verbrechens angeklagt, großes Übel über die Galaxis zu bringen. Er hatte nicht nur versucht, in den Besitz des Holocron zu gelangen, es hatte auch eindeutige Beweise dafür gegeben, dass er ihn für üble Zwecke hatte einsetzen wollen.

Das war kein Verbrechen, das die Republik auf die leichte Schulter nahm.

Lundi hatte seine Verbrechen zugegeben. Er hatte sich während der Verhandlung sogar damit gebrüstet, den Holocron für kurze Zeit in der Hand gehalten zu haben. Es war nicht einfach gewesen, ihm diese Aussage überhaupt zu entlocken. Sein Gebrüll dauerte manchmal Tage und endete erst dann, wenn der verrückte Quermianer zusammenbrach. Und auch wenn man ihn in seiner Zelle festgebunden hatte, damit er sich selbst und anderen nichts antun konnte, murmelte er wütend im Schlaf weiter.

„Schwächliches Kind", brummte Lundi und sah Obi-Wan durch die Gitterstangen seiner Zelle an. „Du bist nichts. Nichts."

Obi-Wan starrte den Professor ebenfalls an. Seine Gefühle gegenüber Murk Lundi hatten sich in den letzten zehn Jahren nicht verändert. Die kranke Boshaftigkeit des Professors stieß ihn zutiefst ab und er wäre liebend gern so weit wie möglich von Lundi entfernt gewesen. Doch er konnte die Entscheidung des Rates nicht ablehnen. Ein Auftrag war ein Auftrag.

Obi-Wan war überrascht gewesen, als er und sein Padawan Anakin Skywalker früh am Tag in den Tempel gerufen worden waren. Die Mission, auf der sie sich gerade befunden hatten, war von einem anderen Team übernommen worden. Das war Obi-Wan noch nie zuvor passiert. Wann immer er und sein verstorbener Meister Qui-Gon Jinn oder er und Anakin auf eine Mission geschickt worden waren, hatten sie sie auch vollendet. Zumindest bis jetzt.

Während sie durch den Tempel gegangen waren, war Obi-Wan aufgefallen, dass Anakin diese kurzfristige Änderung nur entnervt zur Kenntnis genommen hatte. Der dreizehnjährige Padawan hatte auf der ursprünglichen Mission offensichtlich Spaß gehabt – er hatte die Gelegenheit gehabt, ein wenig an den Waffensystemen eines Kampfjägers herumzuhantieren.

„Ich hoffe, das wird wenigstens etwas", hatte er gemurmelt.

Obi-Wan hatte sich mit dem Jungen unterhalten und ihm gesagt, dass es mit Sicherheit wichtig war, auch wenn es nichts ‚würde'. Anakin hatte nur mit den Augen gerollt, als sie den Ratssaal betreten hatten.

Das hatte Obi-Wan einen Augenblick lang verwundert. Als er selbst noch ein Padawan gewesen war, hatte er beim Betreten des Ratssaals immer schweißnasse Handflächen und Herzklopfen gehabt. Dieser Ort war so unglaublich wichtig und es war so etwas Besonderes, dorthin gerufen zu werden, dass es ihn immer leicht nervös machte. Anakin schien beim Betreten des Ratssaals nie nervös zu sein. Er ging einfach hinein, wie in das Haus eines alten Freundes.

Sobald er und Anakin den Ratssaal betreten hatten, wusste Obi-Wan, dass man sie wegen etwas Wichtigem gerufen hatte – was auch immer es war. Es waren alle Jedi-Meister zugegen und der Ausdruck auf Yodas Gesicht war überaus ernst.

„Wieder Dinge geschehen um den Sith-Holocron auf Kodai", sagte Yoda ohne Vorreden. „Jemand plant, ihn zu bergen."

Obi-Wan spürte, wie eine Welle der Angst ihn ergriff. Schon seit ein paar Nächten quälten ihn Albträume und Visionen. Zunächst war er sich nicht sicher gewesen, weshalb. Dann war ihm klar geworden, dass genau zehn Jahre vergangen waren, seitdem er und Qui-Gon Dr. Murk Lundi zu dem Sith-Holocron gefolgt waren. Die Monde von Kodai würden bald wieder in Konjunktion stehen und erneut die unglaublich niedrige Ebbe ermöglichen. Und zu jenem Zeitpunkt wurden alle Versuche gestartet, den Sith-Holocron zu bergen.

„Das ist noch nicht alles", fügte Meister Ki-Adi Mundi hinzu. Es herrschte einen Moment lang Stille in dem Saal, bevor er fortfuhr.

„Jedi in der ganzen Galaxis haben bedrohliche Hologramm-Mitteilungen empfangen, in denen dargestellt wird, wie die Sith an Macht gewinnen. Ein paar dieser Mitteilungen enthalten Bilder von brutal getöteten Jedi."

Mace Windu räusperte sich. „Zunächst nahmen wir an, dass diese Mitteilungen das Werk einfacher Krimineller waren, die damit nur Aufmerksamkeit erregen wollten", sagte er. „Aber angesichts des gefährlichen Charakters der Informationen in dem Holocron und des Umstands, dass die Sith zurückgekehrt sind, müssen wir diese Drohungen ernst nehmen."

„Sofort etwas unternehmen wir müssen", sagte Meister Yoda mit einem angedeuteten Nicken. „In die falschen Hände der Sith-Holocron nicht fallen darf. Den Sith einen solchen Sieg gestatten wir nicht dürfen."

Obi-Wan stand vor dem Halbkreis der Jedi-Meister und schloss kurz die Augen. Er spürte, wie sein Körper von Angst erfüllt wurde; er wollte, dass sie durch ihn hindurch floss. Aber das war alles andere als einfach.

Obi-Wan wusste, dass Anakin und er das ideale Jedi-Team für diese Mission waren. Immerhin war er besser vertraut mit Lundi, dem Holocron und Kodai als jeder andere lebende Jedi. Aber es war kein Auftrag, auf den er sich freute. Nein, er fühlte sich nicht einmal wohl damit. Ihm fehlte nicht nur die Hilfe und die Führung von Qui-Gon, sein Meister war auch noch durch die Hand eines Sith-Lords gestorben.

„Was ist los, Jedi?", stieß Lundi hervor. „In Erinnerungen versunken?"

Obi-Wan wurde in die Gegenwart zurückkatapultiert. Etwas spritzte in sein Gesicht. Lundis Speichel.

„Ihr solltet vorsi...", rief Anakin. Doch Obi-Wan hob schnell eine Hand, um seinen Padawan zum Schweigen zu bringen.

Er wischte sich ruhig mit dem Ärmel seiner Robe das Gesicht ab und sah wieder den Professor an. Er wollte keinen Hass oder Zorn zeigen. Und obwohl er sich wünschte, ohne dieses verrückte, böse Wesen die Mission durchführen zu können, wusste er doch, dass es nicht ging. Der sicherste Weg, jemanden von der Bergung des Sith-Holocrons abzuhalten, war, Lundis unendliches Wissen mitzunehmen – wie zerstückelt und bedrohlich es auch war.

Obi-Wan starrte in das sichtbare Auge des Quermianers und suchte nach einem Schimmer von Bedauern oder Klarheit. Eines von beidem hätte ihm wenigstens ein bisschen Hoffnung gegeben.

Aber Obi-Wan sah in Murk Lundis Blick nichts davon.

Kapitel 14

Anakin kam einen Schritt nach vorn und versuchte, dem Quermianer ins Auge zu schauen. Es war ein schwieriges Unterfangen, da der Kopf des Professors wie der eines Vogels hin und her zuckte. Anakin wusste, dass das ein Zeichen von Wahnsinn war. Als er noch ein Junge auf Tatooine gewesen war, hatte er bei ein paar Obdachlosen etwas Ähnliches gesehen.

Doch dies war anders. Anakin empfand ein Gefühl der Faszination, als er vor Lundis Zelle im psychiatrischen Hospital stand. Hier lag etwas Starkes in der Luft – etwas Mächtiges.

Anakin beobachtete, wie sich Lundis unbedecktes Auge zu einem dunklen Schlitz verengte, als er Obi-Wan ansah. Nackter Hass brannte darin. Er hatte noch nie zuvor gesehen, wie jemand Obi-Wan auf eine solche Art und Weise anblickte. Das war ein wenig beunruhigend. Natürlich zog Anakin beunruhigende und interessante Dinge jederzeit Langeweile vor. Heute hatte jemand für ihn diese Wahl getroffen.

Lundi zuckte plötzlich nach vorn und rammte seinen Kopf und den langen quermianischen Hals gegen die Gitterstäbe.

Anakin wich etwas zurück, als Lundi wieder über den Sith-Holocron zu lamentieren begann.

„Die Monde sind in Bewegung", brabbelte er. Ein paar seiner gelenkigen Arme wirbelten durch die Luft. „Die Gezeiten ändern sich. Ich wusste, dass ihr nicht fern bleiben könntet. Niemand kann das. Sie kommen alle zu mir. Weinend. Flehend. Schreiend. ‚Lehrt es mich, Professor. Zeigt mir den Weg.' Sie glauben, ich habe versagt. Aber wir wissen es besser, nicht?" Er starrte Obi-Wan wieder an und fuhr fort, so als würde er mit sich selbst sprechen. „Natürlich wissen wir es besser. Wir wissen, dass ich nicht versagt habe. In meinen Händen habe ich sie gehalten, die Macht. Das ist etwas anderes als Versagen. Aber dann wurde ich beraubt! Beraubt von Dieben auf einer Mission für den Frieden. Hier, Jedi. Nehmt ein Stück davon!"

Lundis viele Arme warfen unbeholfen sein Essen aus der Zelle. Es flog Obi-Wan ins Gesicht.

Anakin sah seinen Meister an und erwartete irgendeine Reaktion. Doch Obi-Wan zuckte nicht einmal zusammen. Er stand mit stoischer Ruhe vor Lundis Zelle.

„Wir brauchen Eure Hilfe, Professor", sagte er ruhig. „Um den Holocron zu bergen."

Professor Lundi sah plötzlich auf. Er war sichtlich überrascht. Seine Augen weiteten sich und ein zufriedenes Grinsen breitete sich auf seinem Gesicht aus, wobei zwei Reihen zerfallener Zähne zum Vorschein kamen. Er drückte wieder sein Gesicht gegen das Gitter und Anakin konnte seinen fauligen Atem riechen.

„Endlich habt ihr Jedi den rechten Weg gefunden", kicherte er.

Kapitel 15

Es kostete Obi-Wan nicht viel Zeit, um zu arrangieren, dass Lundi frei gelassen und in seine Obhut übergeben wurde. Bereits am späten Nachmittag befanden sich Obi-Wan, Anakin und der Professor auf einem Schiff nach Kodai.

Als sie es sich bequem gemacht hatten, versuchte Obi-Wan, sich mit Lundi zu unterhalten. Obwohl die Jedi wussten, dass der Holocron zum letzten Mal auf Kodai gesehen worden war, konnten sie nicht sicher sein, dass er sich noch dort befand. Doch Obi-Wan war überzeugt, dass Lundi weitere Informationen besaß, die sich auf der Suche nach dem altertümlichen Artefakt als hilfreich erweisen würden. Selbst wenn Lundi nicht vorhatte, den Jedi zu helfen, konnte vielleicht seinem nicht enden wollenden Wortschwall etwas zu entnehmen sein.

Obwohl er selten fröhlich war, schien Lundi nun glücklich zu sein, nicht mehr in Einzelhaft zu sein. Er wiegte sich in seinem Käfig hin und her und sah sich wie ein neugieriges Kind in dem Schiff um. Obi-Wan hoffte, dass dieser Tapetenwechsel Lundi kooperativer machen würde. Außerdem hoffte er, dass der Quermianer klar genug war, um Informationen zu liefern.

„Die Jedi sind nicht daran interessiert, den Holocron zur Verbreitung des Bösen zu benutzen", sagte er. Er sah Lundi dabei direkt an. „Wir möchten ihn lieber bergen, damit er dauerhaft an einem sicheren Ort untergebracht werden kann."

Lundis Augen glitzerten, dann lachte er. „Du bist nichts als ein ängstlicher Schwächling", gackerte er. „Ein feiges Bübchen. Du hast dich überhaupt nicht verändert, und die Jedi auch nicht. Ich hätte es wissen müssen, dass die Jedi den Holocron nicht würden zähmen wollen. Sie haben nicht die Stärke, es zu versuchen."

Obi-Wan sah aus dem Augenwinkel, wie Anakin auf die Beine sprang. „Beleidigt meinen Meister nicht!", rief er. „Er weiß über Mut viel besser Bescheid als Ihr!"

„Es ist in Ordnung, Anakin", sagte Obi-Wan ruhig und legte seinem Padawan eine Hand auf die Schulter. „Ich lasse solche Beleidigungen nicht an mich heran."

Obi-Wan sah, wie Anakin sich umdrehte und sich in den Copilotensitz setzte. Neben ihm hantierte der Pilot nervös an den Kontrollen des Schiffes. Er war offensichtlich durch das Gebrüll des Professors beunruhigt. Doch Lundi war jetzt ungewöhnlich schweigsam. Er starrte durch die Durastahl-Gitter seines Käfigs hindurch die Jedi an und sagte kein Wort mehr.

Obi-Wan wälzte sich unruhig auf seiner Liege. Es war schon mehr als ein Tag vergangen, seitdem sie an Bord dieses Schiffes gekommen waren und vor beinahe ebenso langer Zeit hatte Lundi zum letzten Mal gesprochen. Obi-Wan war sich jetzt fast sicher, dass der Professor wusste, wer hinter dem Holocron her war – und dass er wusste, wie man vorher herankommen könnte. Doch die Versuche des Jedi, Informationen von Lundi zu erhalten, waren erfolglos geblieben. Er, Obi-Wan Kenobi, war in einem Willenskampf mit einem Verrückten gefangen und der Verrückte hatte die Oberhand.

Obi-Wan schloss die Augen und versuchte, sich zu entspannen. Auf der anderen Seite der Kabine lag Anakin. Der Junge schlief tief und der gleichmäßige Rhythmus seines Atems hallte in dem kleinen Raum von den Wänden wider. Obi-Wan reinigte seine Gedanken. Wenn er nicht etwas Ruhe fände, würde ihm das bei ihrer Ankunft auf Kodai zum Nachteil gereichen.

Als er gerade am Eindösen war, drang eine vertraute Stimme an sein Ohr.

Da waren noch andere, Padawan, sagte die Stimme. Obi-Wan atmete langsam aus. Es war Qui-Gons Stimme. Sein verstorbener Meister war stets da gewesen, um ihm zu helfen. Und er tat es noch immer – selbst im Tod.

Es waren noch andere an Lundis Suche nach dem Holocron beteiligt. Nimm Kontakt mit ihnen auf. Vielleicht hat Professor Lundi ihnen etwas gesagt, was dir jetzt helfen könnte.

Obi-Wan öffnete die Augen. *Danke, Meister,* dachte er und setzte sich auf. Er stand aus dem Bett auf und ging durch den Raum. Er wollte so schnell wie möglich Jocasta Nu kontaktieren. Sie hatten nur noch ein paar Tage, bevor auf Kodai die Ebbe kam. Sie durften keine Zeit verlieren.

Jocasta brauchte nicht lange, um zwei der drei Studenten ausfindig zu machen, die Lundi am nächsten gestanden hatten. Omal und Dedra lebten auf demselben Planeten. Obi-Wan gab dem Piloten Anweisung, den Kurs zu ändern. Schon am nächsten Tag waren sie an ihrem neuen Ziel angekommen und Obi-Wan und Anakin machten sich auf den Weg zu Omals Wohnort.

„Omal war einer von Dr. Lundis intelligentesten Studenten“, erklärte Obi-Wan Anakin auf dem Weg, nachdem sie Lundi in sicherer Verwahrung zurückgelassen hatten. „Er war einer seiner hingebungsvollsten Studenten. Ich habe große Hoffnung, dass er uns Informationen geben kann, die uns voranbringen.“

Die beiden Jedi gingen eine Treppe mit ausgetretenen Stufen zum ersten Stockwerk hoch. Bevor Obi-Wan an die schäbige Tür klopfte, sah er sich um und prägte sich den schnellsten Fluchtweg ein. Lundis Berühmtheit hatte in den letzten zehn Jahren sicher etwas abgenommen, doch das war keine Garantie dafür, dass seine ehemaligen Anhänger den Jedi freundlich gesinnt waren.

Als Omal die Tür öffnete, war Obi-Wan sofort klar, dass er weder eine Bedrohung war, noch dass er ihnen helfen konnte. Seine Kleidung war schmutzig und zerrissen. Seine Schultern hingen herunter und seine Augen zuckten ständig wie Pfeile hin und her, so als könnte er nicht ohne Schmerzen allzu lange denselben Punkt ansehen. Aber was das Wichtigste war: Es sah ganz danach aus, als wäre sein Verstand ebenso verworren wie Lundis. Obi-Wan konnte fast fühlen, wie die Gedanken in seinem Kopf umher hüpften, einander trafen und sich dabei zu Knoten verwickelten.

„Was wollt Ihr?", fragte Omal. Als er die Roben der Jedi sah, begannen seine Hände zu zittern.

Traurigkeit und Angst überkamen Obi-Wan. Was war nur mit dem Jungen mit dem wachen Blick geschehen, den er zehn Jahre zuvor in Dr. Lundis Vorlesung gesehen hatte? Was hatte Lundi – oder vielleicht der Sith-Holocron – ihm angetan? Und was bedeutete das für die Mission?

„Wir wollen nur mit Euch reden, Omal", sagte Obi-Wan leise. „Dürfen wir hereinkommen?"

Omal gab keine Antwort, doch er wandte sich von der offenen Tür ab. Er ging wankend in ein kleines Wohnzimmer und die Jedi folgten ihm. Überall lag Müll auf dem Boden und die Möbel sahen aus, als würden sie jeden Augenblick zusammenbrechen. Die Luft war abgestanden und roch faulig. Anakin wedelte kurz mit der Hand vor der Nase, doch Obi-Wan warf ihm einen Blick zu, auf den hin der Junge die Hand wieder sinken ließ.

Obi-Wan sah sich schnell um und wandte sich dann an Omal, der jetzt unbeholfen in der Mitte des schmutzigen Zimmers saß. Der Jedi musste sanft mit dem ehemaligen Studenten umgehen, das wusste er.

„Wir befinden uns auf einer wichtigen Mission", begann er. „Wir versuchen, den Sith-Holocron zu bergen, damit er an einen sicheren Ort gebracht werden kann. Hat Professor Lundi das Artefakt Euch gegenüber noch einmal erwähnt?"

Bei der Erwähnung des Holocrons begann Omal leise zu stöhnen und sich hin und her zu wiegen. Obi-Wan wollte gerade eine weitere Frage stellen, als die Tür aufging und Dedra – eine weitere ehemalige Studentin von Lundi – mit einer Einkaufstasche hereinkam.

Obi-Wan stellte erleichtert fest, dass Dedra noch fast so aussah wie früher. Sie war zwar älter geworden und ihre Augen sahen müde aus, doch sie hatte sich offensichtlich ihre geistige Gesundheit bewahren können. Sie stützte die Tasche an der Hüfte ab und gab den Jedi ein Zeichen, in die Küche zu kommen.

„Wir sind gleich wieder da", sagte Obi-Wan und entschuldigte sich und Anakin. Die beiden Jedi folgten Dedra in die kleine Küche.

„Ich bin Obi-Wan Kenobi", sagte er. „Und das ist mein Padawan Anakin Skywalker." Obwohl er Dedra bei Lundis Vorlesung gesehen hatte, hatten sie sich niemals richtig kennen gelernt.

„Euer Name ist nicht wichtig", gab Dedra zurück. „Ich weiß, dass Ihr ein Jedi seid und ich gehe davon aus, dass Ihr auf der Suche nach dem Sith-Holocron seid."

Obi-Wan nickte. „Wir wollen ihn an einen sicheren Ort bringen – für immer."

Dedra blickte gequält drein. „Das wäre schön", sagte sie. „Er hat schon so vielen unendlichen Schaden zugefügt." Sie schaute zum Wohnzimmer. Obi-Wan wusste, dass sie nicht von der früheren Tyrannei der Sith sprach.

„Omals Geisteszustand schwankt sehr", erklärte sie. „Man sollte in seiner Gegenwart lieber nicht den Sith-Holocron oder Lundi erwähnen."

„Das dachte ich mir schon", sagte Obi-Wan mit einem leichten Schuldgefühl. „Wisst Ihr, was vorgefallen ist?"

Dedra wandte sich ab und packte ihre Einkäufe aus. Es sah so aus, als würde sie für Omal eine Mahlzeit zubereiten. „Ich weiß nur, dass er seit Professor Lundis ‚kleiner Auszeit' vor zehn Jahren nicht mehr derselbe ist", sagte sie.

Dedra holte Gemüse aus der Tasche und begann, es zu waschen. Obi-Wan fiel auf, dass ihre Hände leicht zitterten; außerdem sah sie nur auf ihre Arbeit und nicht zu den Jedi.

„Und das ist *alles*, was Ihr wisst?", wollte Obi-Wan mit einem fragenden Blick wissen.

Dedra seufzte und ließ die Hände in das Waschbecken sinken. „Nein, das ist nicht alles", gab sie zu. Obi-Wan wartete geduldig, bis sie fortfuhr.

„Omal folgte vor zehn Jahren Norval, einem anderen von Professor Lundis Star-Studenten, nach Kodai. Norval war völlig auf den Holocron fixiert und heimlich einer der Sekten beigetreten, die davon besessen waren, ihn zu bergen. Er dachte, dass der Professor sich auf die Suche danach machen würde und beschloss, ihm zu helfen. Omal wollte Norval davon abhalten, sich in Dr. Lundis Unternehmung einzumischen. Er dachte, dass die Macht, von der Dr. Lundi sprach, zu groß war, als dass Norval sie beherrschen könnte."

Dedra stellte das Wasser ab und drehte sich zu Obi-Wan um. „Ich weiß nicht, was passiert ist, aber es war offensichtlich auch zu viel für Omal", flüsterte sie. „Und da Professor Lundi seitdem in einer Anstalt sitzt, gehe ich davon aus, dass es sogar für ihn zu viel war."

Obi-Wan schwieg einen Augenblick und dachte nach. „Was ist mit Norval geschehen?", fragte er dann.

Auf Dedras Gesicht erschien ein Ausdruck der Qual. „Ich weiß es nicht", sagte sie traurig. „Aber ich kann ihm nur wünschen, dass er tot ist."

Kapitel 16

Anakins Augen weiteten sich. Es war furchtbar, so etwas zu sagen. Selbst als Sklave auf Tatooine hatte er sich niemals gewünscht, dass sein Leben ein Ende hatte. Der Tod erschien ihm so endgültig.

„Wir wussten nicht, dass Norval Dr. Lundis Schriften ausführlich studiert hatte“, sagte Dedra, als sie die verständnislosen Gesichter der Jedi sah. „Er war süchtig nach Macht und wollte sie um jeden Preis erreichen. Die Lehren des Professors haben ihn verändert.“

Anakin war sich nicht sicher, ob er verstand, was Dedra meinte. Er konnte aus eigener Erfahrung verstehen, wenn man etwas unbedingt erreichen wollte. Er hatte das Podrennen auf Tatooine gewinnen wollen. Er hatte seine Mutter Shmi befreien wollen. Er hatte ein Jedi werden wollen. Aber er fand nicht, dass ihn diese Wünsche irgendwie verändert hatten. Sie waren einfach ein Teil dessen, was ihn ausmachte.

Einen Augenblick sagte niemand etwas. Anakin spürte, dass sein Meister über alles nachdachte und einen Platz für das soeben Gehörte in seinem Geist suchte.

Plötzlich wurde die Stille in der Küche von Omals Stimme durchbrochen. Er murmelte etwas drüben im anderen Zimmer. Die Worte waren nicht zu verstehen, doch der Tonfall klang verzweifelt. Ein Ausdruck der Besorgnis huschte über Dedras Gesicht und sie ging in Richtung Wohnzimmer.

„Ich werde nach ihm sehen", sagte Anakin. Er ließ Obi-Wan und Dedra in der kleinen Küche zurück und ging ins Wohnzimmer. Omal saß noch immer auf dem Boden, doch sein Kopf war jetzt stark zu einer Seite gedreht. Tränen liefen sein Gesicht herab und seine Nase triefte.

Anakin starrte Omal sehr lange an. Er tat ihm Leid und er wünschte, dass er etwas für ihn tun konnte. Wenn es stimmte, was sein Meister gesagt hatte, dann hatte sich Omal für immer und auf furchtbare Weise verändert.

„Es ist alles in Ordnung", sagte Anakin sanft, als er wieder aus seinen Gedanken aufgewacht war. „Wir müssen nur Euer Gesicht sauber machen." Er fand einen kleinen Fetzen relativ sauberen Stoffes und nahm ihn, um Omals Gesicht abzuwischen. Der sah ihn einen Moment dankbar an. Dann begannen seine Augen wild zu zucken und er wiegte sich wieder hin und her.

Anakin beobachtete Omal noch eine Weile, doch es kam ihm wie eine Ewigkeit vor. Als er sich schließlich abwandte, spürte er das dringende Bedürfnis, mit der Mission fortzufahren. Er musste wissen, was Omals Zerfall ausgelöst hatte – was den Rat der Jedi so in Alarmbereitschaft versetzte.

Und er wollte es sofort wissen. Er wollte aus diesem Apartment verschwinden und weitermachen. Dedra hatte ihnen alles gesagt, was sie wusste. Sie konnte ihnen offensichtlich überhaupt nichts erzählen. Was tat Obi-Wan dann noch in der Küche? Gab es einen Grund dafür, dass alles so lange dauerte?

Neugierig geworden, sah Anakin sich in dem kleinen Zimmer um. Überall lagen Haufen schmutziger Kleidung, Essensreste und allerhand andere Dinge umher. Nichts davon sah irgendwie interessant oder besonders wichtig aus.

Dann fiel Anakin plötzlich etwas auf, das unter einer Tunika hervor ragte. Er nahm es in die Hand und sah, dass es ein Holoprojektor war. Anakin versuchte, ihn anzuschalten, erkannte aber schnell, dass er defekt war.

Omal, der noch immer auf dem Boden saß, begann wieder leise zu stöhnen. „Nein, Norval, nein", wiederholte er immer wieder.

Anakin hörte ihn kaum noch. Er liebte technische Dinge und konnte nicht widerstehen, am Holoprojektor zu hantieren. Er holte ein Werkzeug aus seiner Gürteltasche und begann, an dem Projektor zu schrauben. Doch das Gerät blieb stumm.

„Verdammt!", rief Anakin. Er war überrascht angesichts seiner Frustration. Normalerweise genoss er diese Art von Herausforderung.

Anakin wollte den defekten Projektor schon wegwerfen, als er zufällig die richtige Reihenfolge von Befehlen eintippte und der kleine Apparat anging. Zunächst war das projizierte Hologramm nur undeutlich zu sehen und Anakin hatte Schwierigkeiten, es richtig zu erkennen. Als ihm endlich klar wurde, was es war, klappte sein Unterkiefer nach unten.

Es war ein Jedi-Ritter, der brutal ermordet wurde.

Anakin stand wie angenagelt da und starrte das Hologramm an. Hinter ihm wurde Omals Stöhnen lauter. Irgendwann bemerkte Anakin ihn und versuchte, den Projektor abzustellen. Das Problem war nur, dass das Bedienfeld des Apparates jetzt wieder blockiert war und er ihn nicht ausschalten konnte.

Die Mordszene wurde wieder und wieder abgespielt. Der ithorianische Jedi-Ritter in dem Hologramm hob sein Lichtschwert, wurde aber von hinten von einem Blasterschuss getroffen. Der Jedi fiel tot zu Boden.

Anakins Herz begann wie wild zu klopfen. Er versuchte, nicht hinzusehen, doch irgendetwas schien ihn dazu zu zwingen. Und etwas an dem, was er da sah, kam ihm bekannt vor. Es war, als hätte er es schon einmal gesehen und als ob er es irgendwoher schon kannte. Anakin wurde schlecht.

Er presste sein Werkzeug in die Bodenplatte des Projektors und das Bild verschwand. Er warf den Apparat wieder auf den Boden und wandte sich ab. Seine Hände zitterten leicht und er hatte weiche Knie. Omals Stöhnen gab Anakins Gefühle wieder.

Anakin holte tief Luft und versuchte, wieder einen klaren Gedanken zu fassen. Er wusste, dass Nachrichten dieser Art überall in der Galaxis versandt wurden. Er war dabei gewesen, als der Jedi-Rat darüber berichtet hatte. Aber er war nicht darauf gefasst gewesen, eine solche Mitteilung zu sehen. Er war nicht darauf vorbereitet gewesen.

Und jetzt war das furchtbare Bild in seinem Verstand verankert. Anakin sah zu Omal hinüber. Der hatte aufgehört zu stöhnen, doch seine Augen zuckten zwischen Anakin und dem schadhaften Holoprojektor auf dem Boden hin und her.

Anakin wollte gerade zu ihm gehen, als Obi-Wan mit Dedra an den Fersen in das Wohnzimmer kam. „Ich habe gerade einen Ruf vom Schiff bekommen", sagte er. „Es scheint so, als hätte Dr. Lundi beschlossen, wieder zu reden. Und der Pilot denkt, dass im Hangar Saboteure auf ihn lauern. Er droht damit, Lundi zurückzulassen und zu starten."

Anakin spürte einen Anflug von Erleichterung; ihm wurde soeben klar, wie sehr ihn Omals Apartment und das Bild aus dem Projektor bedrückten. Er wollte so schnell wie möglich hier verschwinden.

„Habt Ihr ihm gesagt, dass er die Stellung halten soll?", fragte er seinen Meister, als er ihm dankbar durch die Tür folgte.

Obi-Wan nickte. „Aber ich bin mir nicht sicher, ob er lange auf uns warten wird. Er ist seit unserem Aufbruch von Coruscant etwas ängstlich."

„Das kann man wohl sagen", stimmte Anakin ihm zu. „Dieser Mann hat kein Rückgrat."

Die Jedi verabschiedeten sich von Omal und Dedra und gingen eilig zurück zum Schiff. Anakin wusste, dass er seinem Meister von dem brutalen Hologramm aus dem Projektor berichten musste, doch aus einem ihm unerfindlichen Grund wollte er es nicht. Es war seltsam, doch er fühlte sich irgendwie schuldig. Es war, als wäre er selbst verantwortlich für diese Botschaft; verantwortlich für das, was darin zu sehen war.

Aber das ergibt absolut keinen Sinn, dachte Anakin. *Ich weiß nicht einmal, wer diese Leute sind. Oder waren.*

Anakin lief seinem Meister hinterher und beschloss, über den Vorfall zu schweigen. Obi-Wan schien im Augenblick besorgt zu sein und es war ja nicht so, dass die Existenz dieser Botschaft vollkommen neu war. Er würde es ihm später sagen, wenn der richtige Zeitpunkt dafür kommen würde.

Kapitel 17

„Ich werde das Äußere des Schiffes untersuchen, um sicherzugehen, dass es nicht sabotiert wurde", sagte Anakin, als sie im Hangar waren.

Obi-Wan lächelte. Er wusste, dass sein Padawan nichts lieber tat, als etwas Technisches zu prüfen.

„In Ordnung", sagte er. „Ich gehe hinein und rede mit dem Captain – und mit Lundi."

Obi-Wan lief schnell die Rampe hinauf und ins Cockpit.

„Das wird aber auch Zeit", sagte der Pilot, und Obi-Wan erkannte, dass er erleichtert war, ihn zu sehen. „Der randaliert schon seit einer halben Stunde." Er zeigte nervös zum Schiffsrumpf hinter sich, wo Lundi in seinem Käfig saß. „Etwas über ein altertümliches Ding, das ihn ruft. Und über die Gezeiten."

„Danke", sagte Obi-Wan knapp und ging nach hinten. Er holte tief Luft. Er wollte, dass diese Unterhaltung gut verlief – wenn es überhaupt eine werden würde. Sie *musste* einfach gut verlaufen.

„Ich war gerade bei Omal und Dedra", sagte Obi-Wan mit ruhiger Stimme. Er achtete genau darauf, ob Lundi bei der Erwähnung der Namen irgendeine Reaktion zeigte, doch es war nichts zu sehen. Lundi starrte ihn nur durch den dunklen Schlitz an, der sein gesundes Auge war.

Obi-Wan redete enttäuscht weiter. „Sie erzählten ein paar interessante Dinge über Norval."

Dieses Mal bemerkte Obi-Wan eine Reaktion. Nur nicht die, die er erwartet hatte. Der Professor lächelte bösartig und ließ dabei seine gelben, verfaulten Zähne sehen. Und der Ausdruck schien auf seinem Gesicht einzufrieren. Obi-Wan konnte sich nicht erklären, was dieses Grinsen zu bedeuten hatte, so sehr er sich auch anstrengte.

Obi-Wan spürte wieder, wie Frustration in ihm aufstieg. Lundi war wie eine leere Wand. Obwohl der Professor jetzt schwächer war als noch zehn Jahre zuvor auf Corsucant, wo er ihn kennen gelernt hatte, war sein Verstand jetzt nur noch wie ein Sieb. Obi-Wan konnte Lundis Gedanken nicht erreichen, nicht einmal mit Hilfe der Macht. Wie sollte er nur herausfinden, wer hinter dem Holocron her war, wenn der Professor nicht kooperierte?

„Norval war mit Euch auf Kodai", sagte Obi-Wan laut. Das Echo überraschte sowohl ihn als auch den Professor. Lundi sah ihn an. Obi-Wan hatte plötzlich das Gefühl, vielleicht einen Weg durch die Mauer des Quermianers gefunden zu haben.

„Und Omal. Ihr wart zusammen auf der Suche nach dem Holocron."

Lundi beugte sich nach vorn, so als wollte er etwas sagen. Er presste sein Gesicht gegen die Stangen des Käfigs. Doch eine Sekunde später lehnte er sich wieder zurück und grinste hinterhältig.

„Ihr hattet das Wissen, doch Ihr habt Euch dieser Kinder bedient, um die Drecksarbeit für Euch zu erledigen. Um den Holocron für Euch zu holen. Ihr dachtet nicht, dass Ihr selbst so tief würdet tauchen können …"

Obi-Wan wartete darauf, dass Lundi ihm ins Wort fiel, dass er zu reden begann, dass er ihm widersprach. Doch der Professor schien zu wissen, dass Obi-Wan genau dies wollte. Er saß da wie ein Felsklotz und hatte die Arme über der Brust verschränkt. Er schmollte und sein Gesicht war wie eine Maske.

Obi-Wan spürte plötzlich das Verlangen, die Käfigstangen aufzubrechen und dem Professor die Maske vom Gesicht zu reißen. Obwohl er verrückt und in einem Käfig eingesperrt war, hatte der Quermianer Macht. Und in diesem Moment hasste Obi-Wan diese Macht mit jeder Faser seines Körpers.

„Wir müssen wissen, ob sich der Holocron noch immer in der Spalte befindet!", rief er. „Wir müssen ihn haben, bevor ihn …"

Obi-Wan fing sich. Er hatte in all seinem Zorn fast eine wichtige Information verraten. Nachdem Lundi beinahe zehn Jahre eingesperrt gewesen war, konnte er natürlich nicht wissen, dass die Sith zurückgekehrt waren. Er konnte nicht wissen, dass noch andere in der Galaxis das Wissen besaßen, nach dem er so lange geforscht hatte …

Lundis kleiner Kopf kippte etwas zur Seite. „Du hast Angst, Junge“, sagte er und lehnte sich wieder nach vorn. „Aber nicht vor meinen Studenten. Nein, da ist noch etwas ... da ist noch mehr. Etwas viel Größeres, viel Furchtbareres.“ Er sprach langsam, so als wollte er sichergehen, dass Obi-Wan jedes Wort verstand. „Die Sith“, sagte er und lehnte sich wieder zurück. Sein Auge weitete sich und Obi-Wan sah eine große, schwarze Pupille. „Du hast Angst vor der Rückkehr der Sith.“

Lundi lachte laut. „Die solltest du auch haben“, sagte er.

Obi-Wan sah Lundi eindringlich an. Er wusste, dass der Professor etwas von ihm hören wollte. Der Quermianer wollte, dass er seine Angst zugab. Doch diese Befriedigung würde er ihm nicht gönnen.

Im Raum war es ein paar Minuten vollkommen ruhig, als sich die beiden anstarrten. Dann sprach Lundi endlich.

„Ich kann dir sagen, wo der Holocron ist“, erklärte er, wobei er bemerkenswert klar klang. „Ich kann dir sogar sagen, wie du zu ihm gelangst. Die Frage ist, was kannst du im Gegenzug für mich tun?“

Kapitel 18

Anakin ging zum dritten Mal um das Schiff herum. Er hatte nichts Ungewöhnliches gesehen und glaubte, dass der Captain einfach nur paranoid war. Wenn man seinen Charakter in Betracht zog, war das durchaus möglich. Und, wie Anakin zugeben musste, die Gesellschaft von Dr. Lundi war alles andere als beruhigend.

Zufrieden, nichts gefunden zu haben, kehrte er an Bord zurück. Obi-Wan war auf der Brücke und programmierte gerade die Koordinaten in den Navcomputer.

„Wir fliegen sofort nach Kodai", sagte er. Anakin war froh zu hören, dass sie den Planeten verlassen und ihre Mission fortsetzen würden. Sein Meister schien ebenso erleichtert zu sein.

„Der Professor hat behauptet, dass sich der Holocron noch in seinem Unterwasserversteck befindet."

Anakin rümpfte die Nase. „Er könnte lügen", gab er zu bedenken.

Obi-Wan seufzte. „Ich weiß", gab er zu. „Er könnte versuchen, uns in Gefahr zu bringen. Oder er könnte mit uns spielen. Aber das ist die einzige Information, der wir nachgehen können und mein Instinkt sagt mir, dass sie richtig ist. Abgesehen davon dauert es nicht mehr lange bis zur Ebbe."

Anakin nickte. Jetzt, da sie den Planeten verließen, fühlte er sich wegen der Hologramm-Nachricht nicht mehr ganz so schlecht. Vielleicht war jetzt ein guter Zeitpunkt, um seinem Meister davon zu erzählen.

„Meister", begann er. „Ich habe etwas gefun..."

„Ich sage Euch, irgendjemand war da draußen", unterbrach ihn der Pilot. „Irgendjemand hat an meinem Schiff herumgefummelt."

Anakin rollte mit den Augen, bevor er sich zu dem Captain herumdrehte. Der Kerl ging ihm langsam auf die Nerven.

„Ich habe alles untersucht", sagte er. „Es sieht alles normal aus."

Der Captain sah ihn eher zweifelnd an, sagte aber nichts mehr und ließ das Schiff abheben. Schon bald sahen sie die Schwärze des Raumes vor der Sichtscheibe. Der Captain bereitete sich für den Sprung in den Hyperraum vor.

Anakin fühlte sich plötzlich müde und war dankbar für ein wenig Ruhe. Die Reise nach Kodai würde mehr als einen Tag dauern, also konnte er sich ein wenig ausruhen und seine Gedanken sortieren.

Da erschütterte plötzlich eine Explosion aus Richtung des Antriebs das Schiff und es kippte stark nach links.

„Ich habe es Euch doch gesagt!", brüllte der Captain. „Sie haben mein Schiff sabotiert. Wir müssen sofort landen!"

„Das geht nicht", sagte Obi-Wan kühl. „Das ist genau das, was die Saboteure erreichen wollen."

Die Augen des Captains weiteten sich. „Aber wir können so nicht weiterfliegen", sagte er mit lauter werdender Stimme, als vom Heck des Schiffes Rauch auf die Brücke quoll. „Die Steuerung reagiert nicht mehr. Wir werden sterben."

Anakin spürte, wie er wieder unruhig wurde. Doch dieses Mal war auch ein Schuldgefühl dabei. Offensichtlich hatte sich wohl doch irgendjemand am Schiff zu schaffen gemacht. Dabei hatte Anakin den Vermutungen des Captains keinen Glauben geschenkt.

„Niemand wird sterben", sagte Anakin ruhig. „Sagt mir nur, wo Euer Werkzeug ist."

Der Captain zeigte auf ein kleines Fach gleich außerhalb des Cockpits. Anakin holte das Werkzeugset und ging in den hinteren Bereich des Schiffes, wobei er mit den Händen versuchte, den Rauch wegzuwedeln. Die Flammen waren bereits von der automatischen Feuerlöscheinrichtung gelöscht worden und das beschädigte Triebwerk war durch eine große Luke im Boden des Korridors erreichbar. Obwohl Anakin es reparieren konnte, würde es alles andere als einfach werden, so lange sich das Schiff so unruhig bewegte.

Anakin öffnete die Luke und sah sofort, dass ein Schaltkreis durchgebrannt war. Das bedeutete, dass mehrere Schaltgruppen ersetzt werden mussten – und zwar schnell. Die Frage war nur: welche? Ein paar davon waren vollkommen unwichtig und die Reparatur einiger anderer würde das Schiff sicher bis nach Kodai bringen.

Anakin war mit diesem speziellen Schiffstyp nicht sonderlich vertraut. Er hatte noch nie ein solches Schiff geflogen, geschweige denn repariert. Er musste seinem Instinkt folgen.

Er holte ein kleines Energiewerkzeug heraus und begann, an den Kabeln der defekten Schaltkreise zu arbeiten. Es war nicht leicht, das Werkzeug gerade zu halten, da das Schiff in alle Richtungen wankte. Vorsichtig verband er ein beschädigtes Kabel nach dem Anderen. Das Schiff stabilisierte sich daraufhin schon bald und der Pilot hatte es wieder unter Kontrolle.

Anakin reparierte noch mehr Drähte und schloss die Luke. Auf seinem Weg zurück ins Cockpit kam er an Lundis Käfig vorbei.

„Gute Arbeit, Junge", sagte der Professor. „Ich hätte dich auf Kodai brauchen können."

Anakin gab sich Mühe, den Kommentar zu ignorieren, während er das Werkzeug wieder in dem Fach verstaute. Der Quermianer war nicht ganz beisammen und sagte immer wieder verrückte Dinge.

„Gute Arbeit, Padawan", sagte Obi-Wan stolz, als Anakin wieder ins Cockpit kam.

„Wir schaffen es jetzt bis Kodai", sagte Captain. „Es wird nur etwas länger dauern als ursprünglich geplant."

Die Erleichterung, die alle im Cockpit erfüllte, war spürbar. Sie waren in Sicherheit – zumindest für den Augenblick.

Kapitel 19

Obi-Wan beobachtete seinen Padawan, während dieser das Werkzeug verstaute. Der Junge war natürlich erleichtert, dass er den Antrieb hatte reparieren können. Doch Obi-Wan bemerkte auch noch ein anderes Gefühl bei Anakin.

Als Obi-Wan vor zehn Jahren mit Qui-Gon auf diese Mission gegangen war, hatte ihm die Dunkle Seite der Macht Sorgen bereitet. Er war frustriert gewesen, hatte sich verletzlich gefühlt und er hatte Angst gehabt.

Es sah nicht so aus, als würde Anakin irgendeines dieser Gefühle empfinden. Nein, es war etwas anderes.

Obi-Wan beobachtete, wie der Junge zu Lundis Käfig ging und den Quermianer anstarrte. Er zeigte keine Angst, sondern … Faszination.

Sein Padawan war extrem neugierig, was Lundi und die Umstände betraf, die ihn zu einem verrückten Kriminellen gemacht hatten. Anakin schien sich sogar von der Macht angezogen zu fühlen, die Lundi und Omal zerstört hatte.

Diese Neugierde beunruhigte Obi-Wan.

Anakin hatte die Auswirkungen der Dunklen Seite der

Macht natürlich noch nicht so erlebt wie Obi-Wan. Er hatte nicht sehen müssen, wie sein Meister von einem Sith-Lord niedergestochen wird. Er war nicht selbst beinahe umgekommen.

Nach dieser Erfahrung war es Obi-Wan klar geworden, welche Bedrohung von den Sith ausgehen würde, wenn sie die einst besessene Macht wieder erlangten. Und im Besitz des Wissens zu sein, das in einem Sith-Holocron gespeichert war, wäre sicher ein großer Schritt in diese Richtung. Es könnte verheerend für die gesamte Galaxis sein.

Obi-Wan erschauerte bei dem Gedanken, doch er verdrängte ihn schnell wieder. Er musste sich auf die Gegenwart und auf seinen Padawan konzentrieren.

Der Junge brauchte Führung, das war Obi-Wan klar. Eine Dekade zuvor war er selbst von seinem Meister in die richtige Richtung geführt worden – weg von Hass und Frustration. Das hatte Obi-Wan sicher auf dem Weg der Jedi gehalten. Als Qui-Gon gestorben war, hatte Obi-Wan sein Versprechen gehalten, Anakin dieselbe Führung zuteil werden zu lassen.

Obi-Wan erinnerte sich wieder an Anakins wütenden Ausbruch gegen Lundi, kurz nachdem sie an Bord gekommen waren. Hass war gefährlich. Vielleicht sollte er seinen Schüler vor der Dunklen Seite warnen? Ihm sagen, dass sie ein leichter Weg zur Herrschaft war, aber auch zur Selbstzerstörung?

Ja, das sollte er. Das Problem war nur, dass er nicht wusste, wie er all das in Worte fassen sollte. Er wusste nicht genau, was er sagen sollte. Und wann immer er Anakin diese Art von Führung anbot, wischte der Junge sie weg. Es war beinahe so, als ob Anakin fand, dass die Dinge, vor denen Obi-Wan ihn warnen wollte, ihn nicht betreffen würden.

Obi-Wan seufzte und wünschte, dass Qui-Gon noch lebte. Er würde genau wissen, was zu sagen und zu tun war. Er wäre in der Lage, zu Anakin durchzudringen.

„Ich glaube, wir werden verfolgt", sagte der Pilot mitten in Obi-Wans Gedankengänge. Sie waren gerade aus dem Hyperraum zurückgekommen.

Obi-Wan stand auf und ging zur Steuerkonsole. Eine Verfolgung wäre nicht ungewöhnlich, wie ihm gerade klar wurde. Wer auch immer die Bombe gelegt hatte, würde sich auch an ihre Fersen hängen können.

Obi-Wan sah sich sorgsam das Detektionssystem des Schiffes an. Er fand nichts.

Sie landeten schon bald darauf sicher auf Kodai. Nachdem er den Piloten angewiesen hatte, den Planeten keinesfalls wieder zu verlassen, ging Obi-Wan mit Anakin in die Stadt.

„Wir müssen schnell ans Wasser gehen", sagte Obi-Wan, als sie der Hauptstraße folgten. Das Wasser zog sich bereits zurück, doch sie wollten nicht warten, bis es seinen niedrigsten Stand erreicht hatte. Wenn sie das tun würden, würde es bereits zu spät sein können. Sie mussten Norval – oder demjenigen, der hinter dem Holocron her war – zuvorkommen. Dieses Mal mussten sie als Erste da sein.

Anakin sah sich um. „Hier gibt es aber nicht sonderlich viel“, sagte er.

„Nein“, gab Obi-Wan zurück. „Vor ein paar hundert Jahren hat es hier eine gewaltige Flutwelle gegeben, bei der viele Kodaianer gestorben sind. Die meisten Überlebenden verließen den Planeten. Die Zurückgebliebenen warten ständig auf die nächste Flutwelle – und damit auf den sicheren Tod.“

Anakin zog eine Grimasse. „Das ist aber ziemlich übel“, sagte er.

Obi-Wan lachte. „Ganz deiner Meinung, Padawan.“ Dann wurde er wieder ernst. „Ich würde mir auch kein solches Leben aussuchen. Aber die Kodaianer haben es nicht selbst gewählt. Es wird auch nicht einfach für sie sein, auf eine Geschichte zurückblicken zu müssen, die nur aus Verlusten besteht.“

Anakin war nachdenklich, als sie durch die Stadt gingen. „Man müsste doch annehmen, dass es überall Läden für Taucherausrüstungen gibt“, sagte er irgendwann. „Praktisch der gesamte Planet besteht aus einem Meer.“

„Das stimmt“, gab Obi-Wan zurück. „Aber die Leute hier fürchten sich davor.“

„Sie scheinen sich auch vor uns zu fürchten“, sagte Anakin. „Immer wenn ich an jemandem vorbeikomme, dreht der sich schnell weg.“

„Du bist sehr aufmerksam, Anakin“, bemerkte Obi-Wan stolz. „Kodaianer fühlen sich in der Gegenwart von Fremden nicht sonderlich wohl.“

Nachdem sie den Stand der Ebbe geprüft und herausgefunden hatten, dass es noch nicht der richtige Zeitpunkt für einen Tauchgang war, begaben sich die Jedi zurück zu ihrem Schiff. Viele Kodaianer gingen ihnen auf der Straße aus dem Weg. Andere blieben stehen und starrten sie an. Und ein paar riefen ihnen Warnungen vor dem tödlichen Meer und dem versteckten Bösen zu.

„Meister", sagte Anakin plötzlich. Sein Tonfall war zurückhaltend, beinahe zögerlich. Das war für den Jungen überaus ungewöhnlich. „Ich muss Euch etwas sagen."

Obi-Wan blieb stehen und sah seinen Padawan an. „Was denn?"

„Ich habe einen Holoprojektor gefunden, als wir in Omals Wohnung waren. Es ... es war eine Nachricht darauf. Eine der Mitteilungen, von denen uns der Jedi-Meister Ki-Adi Mundi erzählt hat."

Obi-Wans Augen weiteten sich. „Eine Aufzeichnung, die den Mord an einem Jedi zeigt?"

Anakin nickte.

Einen Augenblick wusste Obi-Wan nicht, wie er auf diese Neuigkeit reagieren sollte. Das war eine wichtige Information – keineswegs etwas, was Anakin vor seinem Meister hätte geheim halten sollen.

„Warum hast du mir das nicht früher gesagt?", fragte Obi-Wan mit leicht erhobener Stimme.

„Ich ... ich dachte, es wäre nicht wichtig", murmelte Anakin. „Wir wussten doch schon, dass es diese Mitteilungen gibt und Ihr wolltet zurück zum Schiff."

Obi-Wan starrte seinen Padawan fassungslos an. Er hätte niemals in Betracht gezogen, eine solche Informationen vor Qui-Gon geheim zu halten. Für ein Jedi-Team war es essenziell, sich jede neue Information mitzuteilen. Sie mussten einander vertrauen. Vollkommen.

Obi-Wan war schockiert, als ihm klar wurde, dass sein Padawan ihm nicht völlig vertraute. Weshalb sonst hätte er so etwas vor ihm geheim halten sollen?

Während Obi-Wan seinen Padawan ansah, beschlich ihn ein furchtbarer Gedanke: Er war sich auch nicht sicher, ob er Anakin vollkommen vertraute.

„Du hättest es mir sofort sagen müssen", befand Obi-Wan streng. „Bitte versprich mir, dass du es das nächste Mal tust."

Anakin sah zu seinen Fußspitzen hinunter. „Ja, Meister."

Obi-Wan drehte sich ohne ein weiteres Wort um und ging weiter die Straße entlang.

Die Jedi betraten schweigend das Schiff. Dr. Lundi lag dort schlafend in seinem Käfig. Sein lautes Schnarchen erfüllte den Schiffsrumpf. Als die Jedi hereinkamen, wachte er plötzlich auf.

„Kann ein Gefangener denn nicht einmal ruhig schlafen?", fragte er und wischte sich mit einer Hand Speichel vom Kinn, während er sich mit einer anderen das Auge rieb.

„Nicht wenn er zugestimmt hat, Informationen zu liefern",

sagte Obi-Wan geradeheraus. „Ich möchte, dass Ihr mir ein paar Fragen zu Eurer letzten Reise auf den kodaianischen Meeresboden beantwortet. Es ist an der Zeit, dass Ihr uns sagt, was Ihr wisst."

Der Professor sah Obi-Wan ein paar Sekunden mit stechendem Blick an. Es stimmte, dass er zugesagt hatte, Fragen zu beantworten, wenn er im Gegenzug noch einmal einen Blick auf den Holocron werfen durfte. „In Ordnung", sagte er schließlich.

„Ihr seid vor zehn Jahren nach Kodai gekommen, um den Holocron zu bergen", sagte Obi-Wan. „Und einer Eurer Studenten war bei Euch."

„Norval", sagte Lundi und nickte. „Er war mein bester Student. Er hatte einen solchen Wissensdurst."

„Dunkles Wissen", sagte Obi-Wan und sah Dr. Lundi dabei an.

Lundi zuckte mit den Schultern. „Es liegt nicht in meiner Verantwortung, wie der Junge mit dem Gelernten umgegangen ist. Ich war nur der Lehrer. Ich habe die Informationen nur weitergegeben."

Lundis unbeteiligte Antwort machte Obi-Wan wütend. Der Professor nahm seine damalige Machtposition als Lehrer offensichtlich sehr leicht. War er sich des Einflusses, den er auf Leute hatte, nicht bewusst? Wusste er nicht, dass er für die Zerstörung von mindestens einem Leben verantwortlich war?

„Aber Norval war stark – noch stärker, als ich gedacht hatte", fuhr Lundi fort. „Er erreichte den Holocron zuerst. Er fand ihn, als er noch in seinem Versteck war. Wir haben darum gekämpft und der Holocron fiel in die Spalte."

Obi-Wan schloss die Augen, als ihn Enttäuschung zu übermannen drohte. Obwohl er gewusst hatte, dass der Holocron tiefer in den unterhöhlten Meeresgrund hätte fallen können, hatte er immer gehofft, dass es nicht so gewesen war. Das könnte bedeuten, dass der Holocron *sehr* tief unten lag. Und er lag in der Nähe eines heißen Geysirs, der selbst bei Ebbe extrem heimtückisch war.

Der Holocron könnte so tief liegen, dass niemand ihn bergen konnte. Aber was wäre, wenn es nicht so wäre?

Obi-Wan hatte zu keiner Zeit auf dieser Mission ein gutes Gefühl. Und doch hatte er keine andere Wahl, als weiterzumachen – bevor es jemand anderes tat.

Kapitel 20

Anakin blinzelte in die Dunkelheit, als der beladene Gravschlitten über den nackten Meeresboden glitt. Das Wasser zog sich bereits zurück, doch sie würden bald wieder darin schwimmen.

„Diese Richtung", sagte Obi-Wan und zeigte nach links. Es waren die ersten Worte, die er seit ihrer Auseinandersetzung sprach. Anakin hatte ein schlechtes Gewissen, weil er seinem Meister nicht früher von der Hologramm-Nachricht erzählt hatte. Aber andererseits verstand er nicht, weshalb Obi-Wan ein solches Aufheben darum machte. Er hatte es ihm dann doch gesagt, oder etwa nicht?

Anakin lenkte das Fahrzeug in die angegebene Richtung. Neben ihm starrte Dr. Lundi durch die Gitterstangen seines transportablen Käfigs. Sein Auge war geweitet und er konnte nicht still sitzen. Er kam Anakin wie ein aufgeregtes Kind vor.

Er kann es nicht erwarten, den Holocron zu sehen, dachte Anakin. Dem altertümlichen Artefakt eilte ein gewaltiger Ruf voraus und der junge Jedi hoffte im Stillen, dass es diesen Erwartungen entsprechen würde.

Der Gravschlitten zischte über die Wasseroberfläche und bewegte sich jetzt geradewegs auf den Krater zu. Anakin glaubte, etwas aus dem flachen Wasser ragen zu sehen. Es sah wie eine Tauchplattform aus.

„Genau vor uns", sagte Obi-Wan. Anakin hörte die Enttäuschung in der Stimme seines Meisters. Er fuhr mit dem Gravschlitten neben die Plattform, die voller Ausrüstungsteile war, und stellte den Motor ab.

Obi-Wan starrte den Taucheranzug und die Druckluftflasche auf der Plattform an. „Es war schon jemand hier", sagte er. „Ich hoffe nur, dass er den Holocron nicht gefunden hat."

Anakin suchte die Meeresoberfläche ab. Er spürte, dass sie von einer mächtigen, dunklen Energie umgeben waren. Er war sich nur nicht sicher, ob sie daher rührte, dass der Holocron noch immer dort unten war – oder daher, dass er lange Jahre dort gewesen war.

„Der Holocron ist weg", gackerte Lundi. Er hob seine Arme und schlug damit mehrere Male gegen die Oberseite des Käfigs. „Er ist zurückgekommen. Norval hat ihn."

Obi-Wan zog sein Atemgerät an und gab Anakin ein Zeichen, dasselbe zu tun. Trotz Lundis Worten konnten die Jedi dieses Mal nicht weggehen, ohne sicher zu sein, dass der Holocron nicht noch immer dort unten war. Sie prüften noch einmal, ob Lundis Käfig fest auf dem Gravschlitten verankert war, und sprangen ins Wasser.

Obi-Wan schwamm auf dem Weg zu dem Krater auf dem Meeresgrund voraus. Es war ein langer Weg nach unten und

Anakin wurde immer aufgeregter, je tiefer sie kamen. *Das* war eine Mission.

Als sie den Abgrund gefunden hatten, war es ein Leichtes, den Geysir zu lokalisieren. Alle paar Minuten sprudelte eine gewaltige Masse heißen Wassers daraus hervor. Das ließ ihnen nicht viel Zeit, um festzustellen, was sich dort unten befand.

Anakin folgte seinem Meister in den Krater, wobei er so schnell wie möglich paddelte. Vor ihnen lag nichts als die tintenschwarze See. Er konnte kaum die paddelnden Beine seines Meisters vor sich sehen, obwohl sie nur ein oder zwei Meter entfernt waren. Irgendwann schaltete Obi-Wan einen Leuchtstab an.

Sie tauchten tiefer und tiefer und tiefer. Anakins Trommelfelle ploppten ein paar Mal unter dem Druck und das Wasser wurde immer wärmer.

Nach ein paar Minuten konnte Anakin ein bedrohliches rotes Leuchten wahrnehmen, das ein paar Meter vor ihnen vom Meeresboden erstrahlte. Er hielt instinktiv die Luft an und verlangsamte seinen Abstieg. Das Wasser schien hier voller Energie zu pulsieren und er musste sich konzentrieren, um sich an einem Ort halten zu können. Dasselbe schien für seinen Meister zuzutreffen.

Obi-Wan gab Anakin ein Zeichen, dort zu bleiben, wo er war, und schwamm selbst auf eine rot leuchtende Kammer im Fels zu. Anakin sah, wie die Beine seines Meister sich hin und her bewegten und schließlich inne hielten. Obi-Wan schob vorsichtig seinen Leuchtstab in die Kammer. Sie war leer. Eine Sekunde später drehte sich Obi-Wan herum und deutete zur Oberfläche. Er wollte, dass Anakin auftauchte.

Anakin fragte sich, wie lange sie wohl hier unten gewesen waren. Fünf Minuten? Sechs? Sie hatten nicht viel Zeit, bevor der Geysir wieder ausbrechen würde.

Anakin drehte sich so schnell wie möglich um und schoss zurück zur Oberfläche. Doch es war alles andere als einfach, nach oben zu kommen. Er hatte beinahe das Gefühl, als hielte ihn irgendjemand unten, als wollte ihn irgendetwas in dem Geysir halten. Mit kraftvollen Paddelschlägen kam er langsam höher.

Anakin taten bereits die Beine weh, als er spürte, wie ein Strom warmen Wassers an ihm vorüber floss. Mit wilden Paddelschlägen drängte er vorwärts. Er wollte nicht in der Nähe sein, wenn der Geysir ausbrach.

Irgendwann verschwanden die Wände des Geysirs und die Jedi befanden sich wieder im offenen Wasser. Sie schwammen schnell und hatten gerade genug Abstand gewonnen, als ein gewaltiger Strahl heißen Wassers hinter ihnen emporschoss.

Die beiden Jedi verloren keine Zeit, wieder zum Gravschlitten zurückzukommen. Jetzt, da sie wussten, dass der Holocron nicht mehr da war, mussten sie so schnell wie möglich zur Zivilisation zurückkehren.

Anakin nahm an der Oberfläche seine Atemmaske ab, zog

sich auf den Gravschlitten und warf den Antrieb an. Die Maschine bewegte sich schon, als Obi-Wan auftauchte.

„Er war weg“, sagte Lundi, als er die leeren Hände der Jedi sah. „Schlau. Der Junge ist schlau – viel schlauer, als ich dachte. Ich hätte es mir denken können. Ja, denken können. Er hatte ihn beim letzten Mal schon beinahe. Bis ihm Omal in die Quere kam. Glück für mich. Schlecht für ihn. Omal gab mir eine Gelegenheit anzugreifen, den Holocron für mich zu holen. Aber Norval war ein unglaublich starker Gegner. Ich musste ihn ihm geben ...“

Lundis Stimme wurde immer leiser, als er sich in den zehn Jahre alten Erinnerungen verlor.

„Wo würde Norval den Holocron hinbringen?“, fragte Obi-Wan.

Professor Lundi verschränkte mehrere Arme über der Brust. „Ein Handel“, sagte er aufmüpfig. „Ein Handel. Wir hatten einen Handel. Ich habe euch ein paar Geheimnisse verraten, dafür dass ich den Holocron in den Händen halten darf. Aber ich habe ihn nicht gesehen, oder etwa doch? Das Spiel ist vorbei, vorbei, vorbei. Und ihr habt verloren. Der Junge hat den Holocron. Ha!“

In Anakin kochte Zorn hoch. Er wartete darauf, dass sein Meister etwas unternahm, dass er dem alten Verrückten etwas Verstand einprügeln würde. Aber Obi-Wan sah den Professor nur schweigend an.

Der Professor zeigte ein düsteres Grinsen und sah von Anakin zu Obi-Wan und zurück. „Wobei ich allerdings bezweifle, dass der Junge etwas mit dem Holocron anzufangen weiß", sagte er fast unhörbar. „Aber wenigstens ist er nicht so feige wie ihr und der Rest eurer Freunde in Roben."

Das reicht. Anakin schaltete den Gravschlitten ab und sprang zu dem Professor. Er konnte den fauligen Atem des alten Mannes riechen, als er sich dicht vor dessen Gesicht beugte.

„Das ist nicht komisch, Wurmhirn", sagte er aufgebracht. „Euer Junge mag vielleicht nicht wissen, was er mit dem Holocron anstellen soll, die Sith werden es aber sehr wohl wissen!"

Das Lächeln verschwand vom Gesicht des Professors, als er Anakins Blick erwiderte. Er ließ seine vielen Arme sinken.

„Ich gehe davon aus, dass Ihr ein wenig Geschichtskenntnisse habt, Professor", rief Anakin und drückte den langen Hals des Quermianers weiter und weiter zurück. „Dann wisst Ihr auch, dass nicht nur die Jedi sterben werden, wenn die Sith wieder an die Macht kommen!"

Kapitel 21

Obi-Wan sah zwischen Anakin und Dr. Lundi hin und her. Er wusste, dass der Ausbruch seines Padawans nicht angemessen war. Es war nicht die Art der Jedi und Anakin schien sich nur allzu leicht von Zorn übermannen zu lassen. Obi-Wan sah noch immer ein wütendes Flackern in den Augen des Jungen. Es war seine Pflicht als Anakins Meister, ihn zurechtzuweisen; ihn vor der Gefahr zu warnen, die negative Emotionen in sich bargen.

Doch genau jener Ausbruch schien auf Lundi zu wirken. Zum ersten Mal seit ihrem Aufbruch von Coruscant schien der Professor verschreckt zu sein. Der junge Jedi hatte es offensichtlich geschafft, Professor Lundi einzuschüchtern. Dafür war Obi-Wan ihm dankbar.

Er sah, wie sein Padawan den Professor losließ und den Antrieb des Gravschlittens anwarf.

Er ist so anders als ich, dachte er. *Unsere Beziehung ist so anders als die, die ich zu Qui-Gon hatte.*

Natürlich war Obi-Wan jetzt nicht mehr ein Padawan. Er war Anakins Meister und seine Aufgabe bestand darin, ihn zu unterrichten, ihn zu führen. Er ertappte sich oft bei der Frage, ob er schon reif für diese unglaubliche Verantwortung war. Es war alles so schnell gegangen – an einem Tag war er noch selbst Padawan-Schüler gewesen, am anderen schon Anakins Meister. Er konnte sich des Gedankens nicht erwehren, dass das eigentlich Qui-Gons Rolle sein sollte.

Anakin hatte wie Qui-Gon einen Hang dazu, die Regeln zu übertreten. Er beschloss oft, seinem Instinkt anstatt dem Jedi-Kodex zu folgen. Aber seine Entscheidungen führten fast immer zu einem Ergebnis, so überhastet sie zum Teil auch waren. Sie brachten die Missionen oftmals voran und versetzten Obi-Wan immer wieder in Staunen.

Jetzt ist nicht der richtige Zeitpunkt, ihn zurechtzuweisen, dachte Obi-Wan, als sie wieder unterwegs zum Ufer waren. Sie mussten zum Hangar kommen, bevor Norval sein Transportschiff bereit hatte und den Planeten verlassen konnte.

Der Gravschlitten erreichte schon nach wenigen Minuten den Hangar. Doch ihr gemietetes Schiff und sein Pilot waren nirgendwo zu sehen.

„Er ist geflohen", sagte Obi-Wan, als er sich grimmig in dem Hangar umsah.

„Dieser Feigling", sagte Anakin voller Abscheu. „Ich hätte nie sein Schiff reparieren dürfen. Das nächste Mal, wenn ich ihn sehe …"

„Wir haben jetzt keine Zeit, uns damit aufzuhalten", unterbrach Obi-Wan ihn. „Wir müssen herausfinden, wer in den letzten Stunden den Planeten verlassen hat, damit wir ihn verfolgen können."

Nachdem sie den Käfig mit dem noch immer schweigenden Lundi an der Wand des Hangars befestigt hatten, trennten sich Obi-Wan und Anakin, um die Halle zu durchsuchen. Obi-Wan hatte Norval zehn Jahre zuvor gesehen und gab seinem Padawan eine schnelle Beschreibung. Aber abgesehen von einem jungen Mann mittlerer Körpergröße mit dunklen Haaren hatten sie nicht viel, worauf sie zurückgreifen konnten.

Im Hangar war nicht viel los und keiner der Piloten, mit denen Obi-Wan sprach, hatte Norval gesehen. Zumindest behaupteten sie das, wenn sie *überhaupt* etwas sagten. Enttäuscht wie er war, beschloss Obi-Wan, die Aufzeichnungen des Hangar zu prüfen.

Nur ein einziges Schiff war in den letzten Stunden gestartet. Es war zum Ploo-Sektor aufgebrochen. Es wurde jedoch kein Planet angegeben.

„Habt Ihr etwas herausgefunden?", fragte Anakin, als er wieder zu seinem Meister kam. „Mit mir wollte niemand reden."

„Nur das hier", sagte Obi-Wan und zeigte Anakin einen Ausdruck der Aufzeichnungen. Es sah ganz so aus, als würde ihm der Holocron ein zweites Mal entwischen. Ein unbekanntes Schiff in einem riesigen Sektor zu suchen, war eine gewaltige Aufgabe und doch hatten sie keine andere Wahl.

„Weshalb sollte er in den Ploo-Sektor fliegen?", fragte Anakin.

Ein paar Meter entfernt steckte Lundi seinen schmalen Kopf durch die Gitterstäbe des Käfigs. „Norval war ein guter Student. Ein großartiger. Eigentlich war das Einzige, was seinen Wissensdurst noch übertraf, seine Habgier." Dr. Lundi richtete sich so weit auf, wie es in seinem Käfig möglich war. „Unbekannte Gruppen boten mir riesige Reichtümer für den Sith-Holocron, sollte ich ihn je in die Hände bekommen", fuhr er fort. „Eine dieser Gruppen wollte sich mit mir auf meinem Heimatplaneten Ploo II treffen."

Die Jedi tauschten Blicke aus. Sollten sie ihm glauben? Lundi hatte mehrere gute Gründe, sie aufhalten zu wollen. Er empfand vielleicht Vergnügen bei dem Gedanken, dass Norval den Holocron hatte und ihn für seine eigenen üblen Zwecke einsetzte. Er wäre stolz darauf. Immerhin war Norval sein Student gewesen.

Doch hatte Obi-Wan nun zum ersten Mal das Gefühl, dass er Lundis Gedankengänge verstand. Es war, als wäre eine Mauer gefallen. Obi-Wan spürte, dass der Professor die Wahrheit sagte. Der Quermianer wollte dem Holocron selbst folgen. Er wollte seine Chance bekommen, ihn noch einmal zu sehen, seiner Macht nahe zu sein.

„Wir brauchen ein Schiff, das uns nach Ploo II bringt", sagte Obi-Wan. „Schnell."

Kapitel 22

Den Aufzeichnungen zufolge war das Schiff, das zum Ploo-Sektor aufgebrochen war, sehr groß und nicht sonderlich schnell. Anakin wusste, dass sie ein schnelles Schiff mit einem starken Hyperantrieb brauchten, wenn sie es einholen wollten.

Es gab nur ein Schiff im Hangar. Der Pilot sah die Jedi misstrauisch an, als sie näher kamen.

„Ploo II?“, fragte er voller Ablehnung. „Nein danke. Ich bin gerade erst hier angekommen und werde nichts anderes machen, als mich ausgiebig zu erholen.“

„Ich kann fliegen“, sagte Anakin. „Ihr könnt hier bleiben und Euch ausruhen. Wir bringen Euch das Schiff zurück, wenn wir fertig sind.“

Der Pilot sah Anakin an, als wäre der verrückt. Anakin konnte es ihm nicht verübeln. Wenn es sein Schiff wäre, würde er auch nicht zulassen, dass damit ein Fremder vom Planeten wegflog. Auch nicht ein Jedi.

Aber sie brauchten das Schiff. Dringend.

Obi-Wan hob eine Hand vor das Gesicht des Piloten. „Ihr könnt uns Euer Schiff anvertrauen“, sagte er langsam.

„Ich glaube, ich kann Euch mein Schiff anvertrauen", sagte der Pilot.

„Wir bringen es zurück, wenn wir fertig sind", fügte Obi-Wan hinzu.

„Bringt es einfach zurück, wenn Ihr fertig seid", wiederholte der Pilot.

Anakin grinste. Die Jedi-Gedankentricks waren zwar kein Lichtschwert, sie konnten aber manchmal sehr nützlich sein.

„Ich hole Lundi", sagte Obi-Wan.

Anakin nickte und ging an Bord des Schiffes. Er setzte sich in den Pilotensitz und tippte die Koordinaten von Ploo II ein. Ein paar Minuten später, als Obi-Wan und Lundi an Bord waren, flog das Schiff in Richtung äußere Atmosphäre.

Anakin hatte gehofft, dass er auf dem Flug eine Gelegenheit haben würde, mit Obi-Wan zu sprechen. Doch der Jedi-Ritter verließ schweigend das Cockpit, nachdem sie abgehoben hatten. Anakin nahm an, dass er noch immer wütend war.

Er versuchte, nicht daran zu denken, und sah sich die Hyperraumroute an, die der Computer anhand der Koordinaten geplant hatte. Falls es einen schnelleren Weg gab, um dorthin zu kommen, wollte er es wissen. Sie mussten den Dieb des Holocron fangen.

Es schien nur eine direkte Route zu geben und genau diese hatte der Computer ausgesucht. Anakin aktivierte den Hyperantrieb und die umliegenden Sterne verwischten zu blendenden Streifen.

Als sich das Schiff sicher im Hyperraum befand, konnte Anakin die Kontrollkonsole verlassen und sich ein wenig entspannen. Als er nach hinten in den Rumpf ging, sah er, dass der Professor tief schlief. Er hatte in letzter Zeit viel geschlafen, und als Anakin ihn genauer betrachtete, fiel ihm auf, dass er älter und schwächer aussah als noch zu Beginn der Reise. Er zitterte bei jedem Atemzug. Es schien, als würde seine Lebenskraft schwinden.

In seinem Käfig schlafend, wirkte der Professor eher hilfsbedürftig als bedrohlich. Anakin hatte beinahe Mitleid mit ihm. Andererseits jedoch hatte der Professor diese Mission nicht gerade leicht gemacht. Er war von Anfang an schwierig gewesen und die Art, wie er seinen Meister behandelte, hatte Anakin wütend gemacht.

Und jetzt verfolgten sie auf Grund seiner Anweisung ein Schiff auf dem Weg nach Ploo II. War es der richtige Planet oder war es nur eine sinnlose Verfolgung? Für Lundi war es ein Leichtes, sie in die Irre zu führen. Nachdem er zehn Jahre lang von den Jedi eingesperrt worden war, war es durchaus möglich, dass er auf Rache sann. Anakin konnte ihm nicht verübeln, dass er sich für seine Gefangenschaft rächen wollte.

Anakin betrachtete den schlafenden Lundi eine Zeit lang und versuchte zu meditieren. Er hatte noch viele Fragen über Dr. Lundi und den Holocron. Er glaubte allerdings nicht, dass der Professor sie angelogen hatte, was Norvals Verfolgung betraf. Anakin spürte, dass sie sich etwas Bösem, Mächtigen näherten ... und er glaubte, dass es der Holocron war.

Anakin stand auf und ging zum Pilotensitz. Es war beinahe an der Zeit, den Hyperraum zu verlassen. Als er sich an die Steuerelemente setzte, spürte er plötzlich eine Erschütterung in der Macht. Er holte das Schiff schnell aus der Lichtgeschwindigkeit. Vor der Sichtscheibe tauchte das vertraute Bild von Sternen vor dem endlosen Schwarz des Alls auf.

Aber das war nicht das Einzige, was Anakin sah.

Obi-Wan stand eine Sekunde später neben ihm. „Ich habe eine Welle in der Macht gespürt", sagte er.

Anakin zeigte auf ein schlankes graues Schiff vor der Sichtscheibe.

„Es hat uns gerade überholt", sagte er.

„Wem gehört das Schiff?", fragte Anakin mit großen Augen.

Obi-Wan seufzte. „Ich weiß es nicht", sagte er. „Aber ich habe das Gefühl, dass wir unbedingt vor ihnen Norvals Schiff erreichen müssen."

Das Raumschiff erbebte. Anakin hatte es stark gefordert, seitdem sie das schlanke graue Schiff gesichtet hatten und er wusste nicht, ob es noch lange durchhalten würde. Es war sicher nicht an die Geschwindigkeit gewöhnt, mit der sie im Augenblick flogen. Nach der Landung würde es wahrscheinlich repariert werden müssen.

Das mysteriöse graue Schiff lag jetzt genau vor ihnen und drosselte die Geschwindigkeit.

Anakins Meister stand mit geschlossenen Augen neben ihm. „Ich spüre etwas Mächtiges, doch es könnte von dem Schiff kommen und nicht unbedingt vom Holocron. Wir müssen Norval schnell aufspüren. Ich habe das Gefühl, dass, wer auch immer an Bord dieses Schiffes ist, ebenfalls hinter dem Holocron her ist."

„Ich werde die Augen offen halten", versicherte Anakin seinem Meister. „Bereitet doch eine Fähre vor. Wenn ich Norvals Schiff gefunden habe, könnt Ihr dann sofort dorthin überwechseln."

Obi-Wan nickte Anakin dankbar zu. „Beobachte alle Schiff-zu-Schiff-Kommunikation und lass mich wissen, wenn du etwas Ungewöhnliches hörst."

Während Obi-Wan die Fähre vorbereitete, flog Anakin vorsichtig in einem weiten Bogen um das graue Schiff herum.

Anakin hatte es gerade umrundet, als ein zweites, größeres Schiff in dieselbe Flugbahn flog. Anakin war sich sofort sicher, dass es Norvals Schiff war. Er spürte ein seltsames Flattern in der Magengegend, so als wäre ihm übel.

Anakin schaltete seinen Comlink an. „Ich sehe ein zweites Schiff", berichtete er. „Und ich verspüre Übelkeit. Ich würde wetten, dass der Holocron an Bord ist."

„Gut. Ich schließe jetzt die Luke der Fähre", gab Obi-Wan zurück. „Öffne sofort die Türen der Landebucht."

Anakin drückte einen Knopf auf seinem Kontrollfeld und eine Sekunde spater schoss Obi-Wans Fähre aus dem Schiff. Es sah winzig aus, als es auf Norvals gewaltiges Raumfahrzeug zuflog. Anakin hoffte, dass Obi-Wan sicher landen konnte, ohne von dem grauen Schiff entdeckt zu werden.

Als Anakin beobachtete, wie sich Obi-Wans Fähre dem Schiff näherte, hörte er hinter sich eine Stimme. Lundi.

„Zu spät“, murmelte er. „Zu spät.“

Anakin drehte sich um und sah, dass Lundi die Augen geschlossen hatte. Schlief er oder war er wach?

Zu spät wofür?, fragte sich Anakin.

Er konnte nicht lange darüber nachdenken, denn genau in diesem Augenblick wurde sein Schiff von einem gewaltigen Donnerschlag erschüttert.

Kapitel 23

Aus dem kleinen Fenster der Fähre sah Obi-Wan, wie an Anakins Schiff ein rot glühender Laserstrahl explodierte. Das graue Schiff hatte sie schließlich entdeckt und war keineswegs erfreut darüber.

Der Anblick des roten Lasers rief Obi-Wan etwas in Erinnerung und ein Gefühl der Hilflosigkeit überkam ihn. Aber er hatte keine Möglichkeit, zum Schiff zurückzukehren und seinem Padawan zu helfen. Und dann war da noch der Holocron. Er musste am Ball bleiben, so lange er noch eine Chance hatte. Er würde das Artefakt nicht noch einmal zurücklassen.

Obi-Wan schickte seinem Padawan schnell eine mentale Botschaft. *Du schaffst es, Anakin,* ließ er ihn wissen. *Denk nur gut nach …*

Ein paar Minuten später landete die Fähre in der Landebucht von Norvals Schiff. Obi-Wan stellte den Antrieb ab und schlich leise in das große Schiff.

Als Obi-Wan die gleißend weißen Korridore entlang ging, drang das Geräusch von noch mehr Blasterfeuer an seine Ohren. Anakins Schiff stand offensichtlich unter schwerem Beschuss. Obi-Wan wünschte sich plötzlich, er hätte die Diskussion mit seinem Padawan auf Kodai zu Ende geführt.

Du kannst jetzt nichts daran ändern, sagte er sich. Er musste sich konzentrieren und klar denken, wenn er auf diesem riesigen Schiff den Holocron finden wollte.

Obi-Wan lief mehrere steril wirkende Korridore entlang. Als er das Ende von einem dieser Korridore erreicht hatte, spürte er plötzlich konzentriertes Böses um sich. Er wusste jetzt genau, wie sich sein Padawan noch vor ein paar Minuten gefühlt hatte. Der Holocron war in der Nähe.

Obi-Wan bog um eine Ecke und sah hinter einem Durchgang einen großen Raum. Dort stand eine humanoide Gestalt mit dem Rücken zur Tür und wartete auf etwas. Und dort, auf einem Stahlglas-Tisch, stand der rot leuchtende Holocron.

Obi-Wan ging vorsichtig näher an den Raum heran. Doch noch bevor er durch die Tür war, drehte sich die Gestalt zu ihm um.

„Ich habe auf Euch gewartet", sagte Norval.

Obi-Wan konzentrierte sich auf den dunkelhaarigen Mann vor ihm, als ihn plötzlich ein starkes Gefühl der Übelkeit zu übermannen drohte. Er fühlte jetzt, dass er *nicht* die Person war, auf die Norval gewartet hatte. Er hatte irgendjemanden anderen erwartet. Vielleicht Lundi? Oder wer auch immer das schlanke graue Schiff lenkte.

„Mächtig, nicht?", sagte Norval. „An die Übelkeit gewöhnt

man sich nur schwer. Wenn Ihr mit dieser dunklen Macht vertraut seid, verschwindet es."

Obi-Wan machte einen Satz auf den Holocron zu, doch Norval stellte sich ihm in den Weg.

„Diese Informationen wären in den Händen der Jedi verschwendet", stieß er hervor. „Ihr würdet gar nicht wissen, was Ihr mit diesen Kräften anfangen solltet."

Obi-Wan war jetzt klar, dass Norval nicht ohne Kampf aufgeben wollte. Er griff an seinen Gürtel, löste sein Lichtschwert und aktivierte es.

Ich muss diese Sache schnell zu Ende bringen, dachte Obi-Wan. Er hoffte, dass Norval beim Anblick des Lichtschwerts zurückweichen und ihm den Holocron übergeben würde. *Ich muss zurückkehren und Anakin helfen, bevor es zu spät ist.*

Doch Norval wich nicht zurück. Er griff an seinen Gürtel und zündete sein eigenes Lichtschwert.

Kapitel 24

Anakin feuerte noch eine Runde Blasterschüsse ab. Er umkreiste das schlanke graue Schiff und schoss auf seinen Rumpf. Jeder Schuss traf sein Ziel, jedoch schien keiner davon eine Wirkung zu haben.

Ich hätte mir ein Schiff aussuchen sollen, das nicht nur schnell ist, sondern auch vernünftige Feuerkraft besitzt, dachte Anakin grimmig. *Ich hätte wissen müssen, dass ich auf einen Kampf hätte vorbereitet sein sollen.*

Anakin hatte sich ein paar Treffer eingefangen, ohne viel Schaden davongetragen zu haben. Nur der erste Schuss hatte ihm Probleme bereitet, aber der Verlust des Hyperantriebs war ein eher geringes Problem in Anbetracht dessen, was sonst alles hätte beschädigt werden können.

Sein Schiff könnte jeden Augenblick wieder getroffen werden – und mit den übelsten Folgen. Er musste hier verschwinden. Aber wohin? Das große graue Schiff besaß eindeutig mehr Feuerkraft. Es würde ein paar Minuten dauern, bis er außer Reichweite und in Sicherheit wäre …

Anakin dachte kurz nach, wendete das Schiff und flog geradewegs auf Norvals gewaltigen Raumer zu. Wenn er das gigantische Raumfahrzeug zwischen sich und dem rätselhaften fremden Schiff halten könnte, durfte er davon ausgehen, nicht beschossen zu werden. Der unbekannte Pilot würde den Holocron sicher nicht gefährden wollen – zumindest hoffte Anakin das.

Er seufzte erleichtert, als er sah, dass ihm das graue Schiff nicht folgte. Doch noch bevor er wieder einatmen konnte, richtete es sein Feuer auf Norvals Raumschiff. Der Pilot schien zu wissen, dass die Jedi kurz vor dem Ziel waren.

Kapitel 25

Obi-Wan starrte das Lichtschwert in Norvals Händen ein paar Sekunden fassungslos an. Eine solche Waffe war extrem schwer zu konstruieren und erforderte Geduld und Geschick. Das waren Eigenschaften, die er Norval nicht unbedingt zutraute.

Norval kam mit erhobener Klinge nach vorn. Er freute sich offensichtlich über Obi-Wans Überraschung.

„Ihr Jedi denkt, dass Ihr die Einzigen seid, die Lichtschwerter bauen können“, sagte er mit einem bedrohlichen Tonfall. „Dr. Lundis Vorlesungen haben mich auch nicht weiter gebracht. Doch der Quermianer hat mir geholfen, die Werkzeuge zu bekommen, die ich dazu brauchte. Es ist eigentlich ganz einfach, wenn man nur das Wissen besitzt – und die Macht …“

Obi-Wan hört kaum noch zu. Er ging um Norval herum und sah sich aufmerksam dessen Lichtschwert an. Es war plump und er nahm an, dass die Kristalle darin schwach und schlecht eingestellt waren. Zumindest hoffte er, dass es so war.

Norval hob seine Waffe und ließ sie wieder herabsausen. Das Lichtschwert verfehlte Obi-Wan nur um wenige Zentimeter und fuhr in den Tisch, auf dem der Holocron stand. Das leuchtende Artefakt fiel zu Boden. Sowohl Obi-Wan als auch Norval sahen zu, doch keiner von beiden unternahm etwas.

Sein Lichtschwert mag einfach sein, es ist aber auf jeden Fall gefährlich, dachte Obi-Wan. Er wusste aus Erfahrung, dass eine mächtige Waffe oft noch gefährlicher war, wenn sie in den Händen eines Unerfahrenen lag. Er musste mit Vorsicht agieren.

Norvals Augen leuchteten. „Haben meine Nachrichten den Jedi gefallen?“, fragte er und kam langsam näher. „Ich dachte, dass sie angemessen wären. Stellt Euch nur vor, ich bringe die törichten Jedi zu Fall und werde auch noch reich dabei!“

Norval schlug mit seinem Lichtschwert durch die Luft. Er wurde immer aufgeregter. Obi-Wan war klar, dass der junge Mann stark war, aber mit seinem Lichtschwert nicht sonderlich gut umgehen konnte.

Obi-Wan machte einen Satz nach vorn und schlug mit seiner blauen Klinge zu. Norval wich wieder zurück. Der Jedi wollte den Sith-Jünger nicht töten – er wollte ihn lediglich entwaffnen und den Holocron an sich bringen. Dieser Kampf kostete ihn nur wertvolle Zeit.

Obi-Wan rückte vor. Doch bevor er Norval das Lichtschwert aus der Hand schlagen konnte, wurde das Schiff von einer weiteren Explosion erschüttert. Obi-Wan fiel hintenüber, verlor sein Lichtschwert und schlug mit dem Kopf hart auf den Boden.

Es dauerte ein paar Sekunden, bis er wieder klar sehen konnte. Jetzt stand Norval vor ihm. Obi-Wan spürte die Hitze der glühenden Klinge des Lichtschwerts, die vor seiner Kehle schwebte.

„Ihr hättet nicht gedacht, dass ich tatsächlich den Holocron bekommen könnte, stimmt's?", brüstete Norval sich. „Niemand dachte es. Wenn mir Omal damals nicht in die Quere gekommen wäre, wäre ich jetzt viel mächtiger. Und Ihr und Dr. Lundi wärt schon lange tot."

Obi-Wan gab vor, auf das Gerede zu hören. Je länger Norval sprach, desto mehr Zeit hatte er, sich einen Plan auszudenken. Wenn Norval zuschlagen würde, wäre Obi-Wan außer Gefecht – vielleicht für immer.

Aus dem Augenwinkel sah Obi-Wan, wie sein Lichtschwert auf dem Boden davonrollte. Dahinter lag der leuchtende Holocron auf dem Boden.

Norval hob sein Lichtschwert. Doch in dem Augenblick als er zuschlagen wollte, wurde das Schiff von einem erneuten Treffer erschüttert. Es dauerte einen Augenblick, bevor Norval wieder sicher stand.

Obi-Wan brauchte nur diesen kurzen Augenblick. Er streckte beide Hände aus und nahm die Macht zur Hilfe, um sein Lichtschwert und den Holocron an sich zu bringen. Er fing beide Gegenstände mit je einer Hand und sprang wieder auf die Füße. Dann zündete er sofort sein Lichtschwert und schlug Norval die Waffe aus der Hand, die am anderen Ende des Raumes landete. Der einfache Griff zerbrach und die Kristalle fielen auf den Boden.

Norval stand überrascht auf. „Euer junger Padawan wäre ein großartiger Sith geworden“, knurrte er mit wutverzerrtem Gesicht. „Wie schade, dass er mit seinem Schiff gerade von ein paar meiner Freunde vernichtet wird.“ Er grinste. „Sie werden aufhören, auf mich zu schießen, wenn sie erfahren, dass Ihr erledigt seid.“

Obi-Wan fragte sich einen Sekundenbruchteil, woher Norval über Anakin Bescheid wusste. Er konnte nur annehmen, dass der böse junge Mann sich für vieles interessierte. Doch noch bevor er den Gedanken weiter verfolgen konnte, machte Norval einen Satz zum Comm-Unit des Schiffes. „Der Jedi hat den Holocron!“, schrie er. „Ihr müsst mich hier herausholen!“

Obi-Wan drehte sich um und lief aus dem Raum, während Norval um Hilfe bat. Der Jedi-Meister würde keinen Unbewaffneten niederstrecken. Er würde seinen Padawan nicht allein gegen das geheimnisvolle Schiff kämpfen lassen. Und er würde dieses Mal nicht ohne den Holocron gehen.

Kapitel 26

Um ihn herum begannen sich Türen zu schließen. Obi-Wan lief noch schneller. Er schaffte es gerade noch, durch eine halb geschlossene Tür die Brücke zu verlassen, indem er sich seitlich drehte. Jetzt befand er sich wieder in dem Korridor, durch den er gekommen war. Das Letzte, was er sah, war Norval, der ihn auslachte. Die untere Hälfte seines Gesichts war zu einer Grimasse verzerrt.

„Ihr habt nicht die geringste Vorstellung, was Euch erwartet", brüllte er.

Obi-Wan lief die weißen Korridore des Schiffes entlang zu seiner Fähre. Der rot leuchtende Holocron tauchte die Wände in ein beklemmendes Licht. Obi-Wan ignorierte sein Übelkeitsgefühl und die Müdigkeit in seinen Beinen. Er musste es zu Anakin schaffen.

Eine Minute später schoss Obi-Wan in dem kleinen Raumfahrzeug aus der Landebucht von Norvals Schiff. Er drückte seine Nase gegen die Stahlglas-Scheibe und suchte den Raum nach Anakins Schiff ab. Das Laserfeuer hatte aufgehört.

Obi-Wan lehnte sich entmutigt zurück. Er war sich ziemlich

sicher, dass er wissen würde, wenn Anakin getötet worden wäre; er hätte es gefühlt. Aber wo war sein Padawan?

Obi-Wan programmierte die Fähre so, dass sie näher an Norvals Schiff heranging. Er musste so lange wie möglich in Deckung bleiben.

Die Fähre glitt auf die andere Seite von Norvals Schiff, doch auch dort sah Obi-Wan nichts. Er wollte gerade aufgeben und davonfliegen, als er ihr geliehenes Schiff im Schatten von Norvals Raumfahrzeug schweben sah. Obi-Wan war erleichtert. Der Junge war schlau.

Kaum war die Fähre wieder an das Schiff gedockt, öffnete Obi-Wan die Tür und lief zum Frachtraum. Er musste den Holocron sichern, bevor er irgendetwas anderes unternahm. Er wollte das Artefakt an einem sicheren Ort und so weit wie möglich von Lundi entfernt wissen.

Obi-Wan stellte den leuchtenden Holocron in ein Lagerfach und war froh, ihn nicht mehr in den Händen halten zu müssen. Er wusste allerdings, dass er sich nicht wohl fühlen würde, bevor der Holocron nicht sicher im Jedi-Archiv auf Coruscant weggeschlossen war – und vielleicht nicht einmal dann.

Obi-Wan lief auf die Brücke. Er konnte es kaum erwarten, seinen Padawan zu sehen. Doch als er an der Tür ankam, war er derart überrascht, dass er sofort stehen blieb.

Der Käfig des Professors war leer und die Tür stand offen, Anakin saß auf dem Boden und wiegte den Professor im Schoß.

„Jetzt verstehe ich alles", sagte Lundi mit einem heiseren Flüstern. „Manche Dinge sollte man besser auf dem Grund des Meeres ruhen lassen."

Lundi schnappte nach Luft. Obi-Wan wurde plötzlich klar, dass der Quermianer im Sterben lag. Er ging zu dem alten Mann und sah in sein gesundes Auge. Dort fand er endlich, was er gehofft hatte, eines Tages zu sehen – Reue und Angst.

„Ich … ich hoffe nur, dass es nicht zu spät ist", schloss Lundi. Sein schwacher Körper erschauerte kurz und wurde schlaff. Anakin ließ ihn sanft auf den Boden gleiten. Dr. Murk Lundi war tot.

In Obi-Wan trafen die unterschiedlichsten Gefühle aufeinander. Verwirrung, Frustration, Erleichterung …

Anakin sah ihn an. „Ich wusste, dass er sterben würde", sagte er. „Und ich fand, dass er sein Leben nicht in einem Käfig beenden sollte. Deshalb ließ ich ihn heraus. Ich fand, dass es das Richtige war." Er sah sehr besorgt aus und Obi-Wan wurde plötzlich klar, dass er ihn mit seiner Reaktion auf Kodai verunsichert hatte.

„Es ist alles in Ordnung, Padawan", sagte Obi-Wan und legte Anakin eine Hand auf die Schulter. Er erkannte jetzt, dass auch er als Jedi-Meister noch viel lernen musste. Es hatte bei Qui-Gon und ihm auch Jahre gedauert, bis sie richtig zusammengearbeitet und ihre starke Vertrauensbindung entwickelt hatten. Diese Bindung würde sich im Laufe der Zeit auch zwischen Anakin und ihm entwickeln. Was Lundi betraf, so gab es jetzt nichts mehr zu sagen. Der Quermianer und das Böse in ihm existierten nicht mehr.

Obi-Wan sah, wie Erleichterung über Anakins junges Gesicht kam. „Das mit der Hologramm-Mitteilung tut mir Leid“, sagte er. „Ich wollte sie nicht vor Euch geheim halten, ich habe nur ...“

Obi-Wan nickte. „Ich weiß“, sagte er. „Ich hätte nicht so streng reagieren sollen. Das nächste Mal wird es zwischen uns besser laufen.“

„Ich hoffe, dass ...“ Anakin wurde von einem blendenden Blitz unterbrochen, dem ein ohrenbetäubendes Donnern folgte. Das Schiff machte einen Satz rückwärts und ein Regen von Trümmerstücken prasselte gegen die Außenhülle.

„Stell die Energieversorgung ab“, bellte Obi-Wan.

Anakin lief zu den Kontrollen und legte den Hauptschalter um. Eine Sekunde später waren sie von vollkommener Dunkelheit umgeben. Wenn sie Glück hätten, würden sie mit den brennenden Trümmern davonschweben können, ohne von dem mysteriösen grauen Schiff gesehen zu werden.

Obi-Wan hielt den Atem an. Er griff nach der Macht und spürte sofort, dass Norval tot war. Der schlaue, arme Student hatte sich getäuscht. Wer auch immer an Bord des grauen Schiffes war, war nicht Norvals Freund gewesen. Der Schuss war für die Jedi gedacht gewesen. Wer auch immer geschossen und damit die furchtbare Explosion ausgelöst hatte – er war gewillt gewesen, einen Verbündeten zu töten, um den Sith-Holocron vor den Händen der Jedi zu bewahren.

Kapitel 27

Das Schiff landete in einem Hangar der Jedi auf Coruscant. Obi-Wan und Anakin hatten stundenlang im All geschwebt, bevor sie den Hyperantrieb wieder zusammengeflickt hatten. Doch trotz Anakins außergewöhnlichen Fähigkeiten hatten sie das Schiff nur langsam nach Hause gebracht.

„Ich sorge dafür, dass das Schiff wieder nach Kodai zurückkommt", bot Anakin an.

Obi-Wan nickte. Er hatte den Holocron aus dem Frachtraum geholt und konnte es nicht erwarten, ihn zu seinem dauerhaften Lagerplatz im Jedi-Tempel zu bringen. Er hatte gelernt, die Übelkeit zu ignorieren, würde sich aber niemals in der Nähe dieser dunklen Energie wohlfühlen.

„Komm zum Ratssaal, wenn du fertig bist", sagte Obi-Wan. „Ich bin sicher, dass der Rat so bald wie möglich unseren Bericht hören will."

Anakin nickte. „Und Lundi?", fragte er.

„Ich werde dafür sorgen, dass sein Leichnam vom Schiff und in den Tempel gebracht wird. Der Rat wird entscheiden, was mit ihm geschieht."

Obi-Wan sah, wie Anakin durch den Hangar ging und eilte dann zum Jedi-Tempel. Jocasta Nu erwartete ihn und der Safe für den Holocron stand ebenfalls schon bereit. Sie legten das Artefakt hinein, versiegelten den Behälter und senkten ihn in das Gewölbe des Jedi-Archivs.

Als der Holocron außer Blickweite war, seufzte Obi-Wan erleichtert auf. Er hoffte, dass er dieses üble Objekt niemals wieder sehen oder berühren musste.

Als Obi-Wan schließlich vor den Türen des Ratssaals ankam, wartete Anakin schon auf ihn. Der Junge grinste breit, als sich die Türen zur Seite schoben.

„Gratulation", sagte Depa Billaba, als sie hereinkamen. „Gute Arbeit."

„In der Tat", stimmte Saesee Tiin ihr zu.

Anakins Augen waren voller Aufregung. „Es war eine großartige Mission", sagte er. „Bislang die aufregendste."

Obi-Wan fiel auf, dass Yodas Blick Besorgnis widerspiegelte, als er den Jungen musterte. Die anderen Ratsmitglieder hingegen schienen nur erleichtert und froh zu sein, dass der Sith-Holocron im Archiv des Tempels lag.

„Großartig machen Aufregungen eine Mission nicht", sagte Yoda ernst. Der weise Jedi-Meister sah Obi-Wan an, den dabei ein Schuldgefühl überkam. Glaubte Yoda etwa, dass er als Anakins Meister versagte? War Yoda besorgt, dass er nicht die Fähigkeiten besaß, den Jungen zu führen?

Das waren natürlich seine eigenen Ängste. Qui-Gon war ein

so wunderbarer Lehrer gewesen. Er war mutig, stark und weise gewesen. Ein starker Anführer.

Würde Qui-Gon denken, dass ich Anakin nicht gerecht werde? Dass der Junge einen älteren und weiseren Meister braucht?

Qui-Gon war jetzt seit beinahe vier Jahren tot und doch spürte Obi-Wan plötzlich seine Gegenwart. Er war dankbar dafür und es tröstete ihn. Doch manchmal spürte er den Verlust so stark, dass es ihn in der Brust schmerzte.

„Wir werden dafür Sorge tragen, dass man sich angemessen um die sterblichen Überreste von Professor Lundi kümmert", sagte Mace Windu.

Die Erwähnung von Lundis Namen holte Obi-Wan in die Gegenwart zurück.

„Gut gemacht, Jedi", sagte Ki-Adi Mundi mit einem Lächeln. „Ihr dürft jetzt gehen." Die anderen Meister nickten zustimmend.

Als Obi-Wan seinem Padawan aus dem Ratssaal folgte, tauchten in seinen Gedanken verschiedene Bilder auf. Dr. Lundis vom Wahnsinn verzerrtes Gesicht; die einfache Zeichnung des Sith-Holocrons; das seltsame graue Schiff und seine Passagiere; der Holocron selbst; und einen Augenblick lang der Zorn, den er in Anakins Augen gesehen hatte. Das waren nur einige von vielen Zeichen, die er auf dieser Mission gesehen hatte. Zeichen, die ihn nicht einfach ruhen ließen ...

Glossar

Adi Gallia

Eine ➢Jedi-Meisterin, die für ihr imposantes Auftreten bekannt ist. Adi Gallia strahlt nicht nur aufgrund ihrer Körpergröße Autorität aus. Sie kann mit nur einem einzigen Blick eine ganze Klasse unruhiger Jedi-Schüler zur Räson bringen.

Anakin Skywalker

Ein ehemaliger Sklavenjunge, der bis zu seinem neunten Lebensjahr bei einem Schrotthändler auf ➢Tatooine arbeiten musste. Dann wurde er vom ➢Jedi-Ritter ➢Qui-Gon Jinn entdeckt und von ihm dem ➢Rat der Jedi für eine Ausbildung zum Jedi empfohlen. Der Rat war darüber von Anfang an geteilter Meinung, da Anakin gemäß des Jedi-Kodex' eigentlich schon zu alt war, um noch mit der Ausbildung zu beginnen und andererseits auch eine Menge Aggressivität in ihm zu stecken schien, was die Gefahr einer Verführung zur Dunklen Seite der ➢Macht in sich barg.
Da Qui-Gon Jinn kurz nach Anakins Entdeckung getötet wurde, übernahm dessen ehemaliger ➢Padawan ➢Obi-Wan Kenobi schließlich mit Zustimmung des Rates die Ausbildung Anakins. Anakin ist jetzt der Padawan von Obi-Wan und zwölf Jahre alt.

Seine Mutter ist ➢Shmi Skywalker.

Andra
Sie war einst die Anführerin einer kleinen Widerstandsbewegung, die die Ausbeutung ihres Heimatplaneten ➢Telos durch die ➢Offworld Mining Corporation verhindern wollte. Mit Hilfe von ➢Qui-Gon, ➢Obi-Wan und dem damaligen Gauner ➢Den gelang dies schließlich.

Astromech-Droide
➢Droiden.

Bacta
Eine dicke, gelatineartige, durchsichtige Flüssigkeit, die zur Wundheilung benutzt wird. Bacta kann selbst die schlimmsten Verletzungen ohne zurückbleibende Narben heilen.

Bant Eerin
Bant ist eine ➢Mon Calamari und war die beste Freundin von ➢Obi-Wan während deren Ausbildung im ➢Jedi-Tempel.

Bicon Ransa
Ein Mitglied des ➢Galaktischen Senats.

Bimin Drei
Ein Planetensystem, das den ➢Jedi wohlgesonnen ist. Bimin Drei ist eine Monarchie.

BioCruiser
Ein Raumschiff unter der Führung des geheimnisvollen ➢Uni, der vor vielen Jahren damit begann, Wesen von zerstörten und ausgebeuteten Planeten auf seinem Schiff aufzunehmen, um ihnen eine neue Heimat zu geben. Die *BioCruiser* wurde im Lauf3 der Jahre durch das Andocken und Anbauen von anderen Raum-

schiffen immer größer und dürfte mittlerweile eines der größten Raumschiffe überhaupt sein. Die *BioCruiser* geht nur in den Orbit um einen Planeten, wenn sie Versorgungsgüter oder Treibstoff braucht. Fremde Schiffe dürfen ohne Genehmigung nicht an die *BioCruiser* andocken.

Blaster
Die meistgebrauchte Waffe in der ➢Galaxis. Es existieren viele Varianten von Pistolen und Gewehren. Blaster emittieren Strahlen aus Laserenergie.

Bruck Chun
Bruck Chun war ein Jedi-Schüler, der wie viele andere erhofft hatte, als ➢Padawan erwählt zu werden. Bruck Chun ließ sich von ➢Xanatos zur Dunklen Seite der ➢Macht verführen. Er kam bei einem Sturz von einer Felsklippe während eines Kampfes mit ➢Obi-Wan ums Leben.

Centax 2
Ein Mond von ➢Coruscant, der hauptsächlich als Waren- und Passagierumschlagplatz für seinen Mutterplaneten dient. Die ➢Jedi hatten dort einst ein Programm zur Ausbildung eigener Piloten unter der ➢Jedi-Ritterin ➢Clee Rhara begonnen.

Chrono
Ein tragbares Zeitmessgerät, ähnlich einer Armbanduhr.

Clee Rhara
Eine ➢Jedi-Ritterin, die gemeinsam mit ➢Tahl und ➢Qui-Gon im ➢Jedi-Tempel ausgebildet wurde.

Collection-Center
So nennt sich der große Bereich auf der ➢*BioCruiser*, in dem

allerhand Lebewesen, Pflanzen und andere Artefakte aus all den Welten gehalten und aufbewahrt werden, deren Bewohner sich an Bord des Schiffes befinden.

Comlink
Ein Kommunikationsgerät, mit dem man Gespräche, Bilder und wissenschaftliche Daten übertragen kann.

Comm Unit
Allgemeiner Begriff für eine schiffsgestützte Kommunikationseinheit.

Coruscant
Planet und offizieller Sitz des ➢Galaktischen Senats sowie des ➢Jedi-Tempels. Coruscant ist eine einzige riesige Stadt deren Zentrum Galactic City heißt; jeder Quadratmeter des Planeten ist bebaut. Coruscant liegt im ➢Galaktischen Kern und markiert die Koordinaten Null-Null-Null im Navigations-Koordinatensystem.

Credits
Galaktisches Zahlungsmittel, das in allen Systemen, die der ➢Galaktischen Republik angehören, akzeptiert wird. Auch auf anderen Welten werden Credits teilweise angenommen, da sie für ihre Stabilität bekannt sind. Die Credits werden meist bargeldlos übermittelt, es gibt aber auch fälschungssichere Kunststoffkarten.

Datapad
Mobiler Datenspeicher in handlicher Form. Das Datapad ist eine Art Personalcomputer und verfügt über enorme Speicherkapazitäten. Es ist mit einem Monitor und einer Tastatur ausgestattet und kann überall mit hin genommen werden. Datapads werden u. a. als elektronische Notizbücher,

Terminplaner, Datensammlungen etc. verwendet.

Dedra
Eine Studentin von ➢Murk Lundi, die auch seine Assistentin ist.

Deleta
Eine ehemalige Bewohnerin von ➢Telos.

Den
Den heißt eigentlich Denetrus und war einst ein notorischer Spieler und Gauner, der auf ➢Telos im Untergrund lebte. Er unterstützte damals ➢Andra in ihrem Kampf um den Erhalt des Planeten und war auch ➢Qui-Gon und ➢Obi-Wan eine große Hilfe während deren Mission auf Telos.

Depa Billaba
Eine ➢Jedi-Meisterin und Mitglied des ➢Rates der Jedi. Ihre Familie wurde einst von Piraten getötet; sie wurde von ➢Mace Windu gerettet und zur Ausbildung nach ➢Coruscant gebracht.

Dinko
Eine giftige, ungefähr handtellergroße Kreatur, die für ihre Bösartigkeit bekannt ist. Der Dinko scheidet eine stinkende Flüssigkeit zur Markierung seines Reviers aus und ist mit seinen Fängen und spitzen Zähnen ein sehr angriffslustiges Wesen.

Doli
Ein Planet, von dem man annimmt, dass er der Lagerort eines ➢Holocrons der ➢Sith ist.

Drale
Ein in der ➢Galaxis beliebtes Getränk.

Droiden
Roboter, die für nahezu jede

nur vorstellbare Aufgabe in der ➢Galaxis eingesetzt werden. Form und Funktion der Droiden variieren stark. So gibt es zum Beispiel Protokoll-Droiden, die hauptsächlich für das Übersetzen von Sprachen zuständig sind und Astromech-Droiden, die im Raumverkehr als Mechaniker eingesetzt werden.

Durabeton
Ein sehr hartes, aber relativ leichtes Baumaterial, das meistens im Häuserbau eingesetzt wird.

Durafolie
Eine papierähnliche Folie, die mit einem Impulsgeber beschriftet wird. Es gibt Versionen, auf denen die Schrift nach einiger Zeit verblasst und solche, die unlöschbar sind.

Durastahl
Ein sehr hartes und ultraleichtes Metall, das höchsten mechanischen Beanspruchungen und Temperaturschwankungen standhält. Es wird sehr oft im Raumschiff- und Häuserbau eingesetzt.

Elda
Eine humanoide, etwas raubeinige Pilotin, die ihr Schiff gegen Geld für Transportflüge zur Verfügung stellt.

Elektro-Fernglas
Tragbares Sichtgerät, mit dem man unter fast allen Lichtverhältnissen weit entfernte Objekte beobachten kann. Ein eingespiegeltes Display zeigt Entfernung zum Objekt, Höhe über Normalnull, Azimut usw. an. Die Elektro-Ferngläser sind auf Grund ihrer computergestützten Optik sehr flexible Instrumente.

Elektro-Jabber
Ein handliches Gerät, mit dem sich Elektroschocks verschie-

dener Intensität austeilen lassen. Der Elektro-Jabber wirkt nur bei Berührung und wird gern von Wachen und Folterknechten benutzt. Er ist auch als Elektro-Schocker oder Elektro-Pike bekannt.

Expansionsregion
Eine noch relativ unerforschte Region in der ➢Galaxis, die von der ➢Galaktischen Republik erst jüngst zur Besiedlung freigegeben wurde.

Fusionsschneider
Ein Schneidegerät, das mittels eines ultraheißen, auf Kernfusion basierenden Plasmastrahls beinahe jede denkbare Materie zerteilen kann.

Galaktische Republik
Die Galaktische Republik setzt sich aus den durch die Gouverneure im ➢Galaktischen Senat repräsentierten Mitgliedsplaneten zusammen.

Galaktischer Kern
Der Galaktische Kern bildet die Region der dicht bevölkerten Welten um den Galaktischen Tiefkern, in dem sich wiederum eine große Menge Antimaterie und ein schwarzes Loch befinden. ➢Coruscant liegt im Galaktischen Kern.

Galaktischer Senat
Der Galaktische Senat tagt in einem riesigen, amphitheaterähnlichen Gebäude auf ➢Coruscant, wo tausende von Senatoren aus allen Welten der ➢Galaktischen Republik den Sitzungen beiwohnen.

Galaxis
Eine Ballung von Milliarden von Sternen. Galaxien sind in Galaxienhaufen, diese wiederum in so genannten Superhaufen organisiert. Die Entfernungen zwischen den einzelnen Galaxien sind jedoch derart groß, dass sie bislang

nicht überwunden werden konnten.

Garen Muln

Er genoss seine Ausbildung im ➢Jedi-Tempel zusammen mit ➢Obi-Wan Kenobi und ist dessen bester Freund.

Gleiter

Ein ➢Repulsor-getriebenes Fahrzeug zur Fortbewegung über Land. Es gibt allerlei Ausführungen und Größen, die sich im Allgemeinen ca. 0,5 – 1 m über dem Boden schwebend und recht schnell bewegen können. Kleine Landgleiter werden meist auch Schweber genannt.

Gravschlitten

Eine ➢Repulsor-getriebene, einfache Schwebeplattform für bis zu drei Personen, die recht spartanisch ausgestattet ist. Es findet sich außer den Steuerinstrumenten kaum mehr als ein Windschutz für die Fahrgäste.

Haly Dura

Ein ➢Twi'lek, der für die ➢Jedi in deren Raumpiloten-Programm auf ➢Centax 2 arbeitete.

Heulläufer

Ein gefährliches Raubtier, das sich sehr schnell fortbewegen kann und für sein markerschütterndes Heulen bekannt ist.

Hilo

Ein Planet, um den die ➢*BioCruiser* in Orbit geht, um Versorgungsgüter und Treibstoff aufzunehmen.

Holocron

Ein etwas handtellergroßes Kristallartefakt, in dem riesige Mengen von Daten über lange Zeiträume gespeichert werden können. Holocrone werden nicht nur von den ➢Jedi benutzt, sondern auch von den ➢Sith; deren Holocrone sind an ihrer Pyramidenform zu erkennen.

Holodatei
Eine auf holografischer Basis abgespeicherte Datei, die sowohl zweidimensionale Daten wie Zahlen als auch dreidimensionale Bilder enthalten kann. Die holografische Speicherweise erzielt sehr hohe Speicherdichten.

Hologramm
Ein bewegtes dreidimensionales Bild, das an einen anderen Ort zum Zweck der interaktiven audiovisuellen Kommunikation übertragen werden kann. Am Empfangsort erscheint das Hologramm als geisterhafte Projektion im Raum. Je nach Ausführung des Holo-Projektors kann das Hologramm in der Größe variieren. Es gibt auch Bildschirme für Hologramme (Holoschirme) und holografische Festbilder (Holobilder).

Hovercam
Eine schwebende, selbstgesteuerte ➢Droiden-Kamera, die zur Übertragung von Fernsehbildern jeder Art zum Einsatz kommt.

Hydrospanner
Ein größeres Werkzeug, das oft für die Reparatur von Raumschiffen verwendet wird.

Hyperantrieb
Der Hyperantrieb beschleunigt ein Raumschiff auf Überlichtgeschwindigkeit und damit in den ➢Hyperraum.

Hyperraum
Der Hyperraum ist das physikalische Medium, in dem sich ein Raumschiff während eines überlichtschnellen Fluges aufhält.

Illuminationsbank
Eine Zusammenballung künstlicher Leuchtkörper. Illuminationsbänke werden überall dort eingesetzt, wo größere Flächen

intensiv beleuchtet werden müssen. Es gibt riesige Illuminiationsbänke, die ganze Sonnen imitieren können.

Ithorianer
Eine Rasse, die in der ➢Galaxis auch Hammerheads genannt wird, was an ihrem auffälligen Äußeren liegt: Sie haben einen gebogenen Hals und einen hammerförmigen Kopf. Diese großen, sanften Wesen sind Pflanzenfresser und kommen vom Planeten Ithor.

Jedi-Meister
Sie sind die ➢Jedi-Ritter, die den höchsten Ausbildungsstand erreicht haben und selbst junge ➢Jedi-Padawane ausbilden.

Jedi-Padawan
Ein junger Jedi-Anwärter, der von einem ➢Jedi-Meister als dessen persönlicher Schüler angenommen wurde. Ein Jedi-Schüler, der bis zu seinem dreizehnten Geburtstag von keinem Jedi-Meister als Padawan angenommen wurde, kann nicht mehr zum ➢Jedi-Ritter ausgebildet werden.

Jedi-Ritter
Die Hüter von Frieden und Gerechtigkeit in der ➢Galaxis. Jedi-Ritter zeichnen sich durch eine besonders gute Beherrschung der ➢Macht aus und haben sich vor Jahrtausenden zu einem Orden zusammengeschlossen.

Jedi-Tempel
Der riesige Jedi-Tempel ist Sitz des ➢Rates der Jedi auf ➢Coruscant. Hier werden auch die jungen Jedi-Schüler ausgebildet.

Jocasta Nu
Eine ➢Jedi-Ritterin, die mittlerweile nur noch Dienst als Archivarin im ➢Jedi-Tempel

verrichtet. Jocasta Nu mag Fremden wie eine alte Bibliothekarin erscheinen, sie ist aber auch eine hervorragende Kämpferin.

Kad Chun

Der Bruder von ➢Bruck Chun und Sohn von ➢Vox Chun.

Kern

Ein Besatzungsmitglied der ➢*BioCruiser.* Kern arbeitet an den Kontrollanzeigen des Schiffes und ist für die Meldung von technischen Störungen zuständig.

Ki-Adi Mundi

Ein Mitglied des ➢Rates der Jedi. Seine Schädeldecke ist weit nach oben gewölbt und enthält zwei Gehirne, die binär funktionieren. Daher kann er eine Vielzahl an Informationen sehr schnell einordnen.

Kit Fisto

Ein ➢Jedi-Meister, der erst jüngst ➢Bant Eerin als ➢Padawan angenommen hat. Kit Fisto gehört einer Rasse an, die grünliche Kopftentakel und Augen besitzt, die nicht blinzeln.

Kitster

Ein Freund von ➢Anakin Skywalker aus der Zeit, als dieser noch auf ➢Tatooine als Sklave arbeiten musste.

Kodai

Es wird angenommen, dass auf diesem Planeten ein ➢Holocron der ➢Sith verborgen ist. Kodai hat eine tragische Geschichte: Das Meer des Planeten hob sich vor hunderten von Jahren und überschwemmte bis auf eine kleine Fläche das gesamte Festland. Durch die Flutwelle starben die meisten Einwohner.

Kondensatoreinheit
Eine Thermospule oder Heizplatte, die bei geringem Energieverbrauch sehr hohe Hitze erzeugt. Solche Einheiten gehören zur Standardausrüstung von ➢Survival-Packs.

Korriban
Legenden und Überlieferungen zufolge soll dies der Herkunftsplanet der ➢Sith sein.

Landgleiter
➢Gleiter

Lichtschwert
Die Waffe eines ➢Jedi-Ritters. Die Klinge besteht aus purer Energie. Jedi-Ritter lernen im Laufe ihrer Ausbildung, diese Schwerter in den Höhlen des Planeten Ilum mit Hilfe von nur dort vorkommenden Kristallen eigenhändig herzustellen. Es gibt verschiedene Lichtschwert-Versionen mit feststehender Amplitude und Klingenlänge sowie schwache Trainings-Lichtschwerter und solche, bei denen sich diese Parameter mittels eines Drehschalters verändern lassen. Lichtschwerter werden bisweilen auch als Laserschwerter bezeichnet.

Lisal
Es wird angenommen, dass auf diesem Planeten ein ➢Holocron der ➢Sith verborgen ist.

Mace Windu
Mace Windu ist eines der obersten Mitglieder im ➢Rat der Jedi. Er ist für seine strenge, aber weise Art bekannt.

Macht
Die Macht ist ein gleichermaßen mystisches wie natürliches Phänomen: ein Energiefeld, das die ➢Galaxis durchdringt und alles miteinander verbindet. Die Macht wird von allen Lebewesen

erzeugt, weswegen man in diesem Zusammenhang auch von der ‚Lebendigen Macht' spricht. Wie alle Energieformen kann die Macht manipuliert werden. Vor allem die ➢Jedi-Ritter beherrschen diese Kunst. Ein Jedi-Ritter, der die Macht beherrscht, hat besondere Fähigkeiten: Er kann beispielsweise entfernte Orte sehen oder Gegenstände und die Gedanken anderer bis zu einem gewissen Maß kontrollieren. Die Macht hat zwei Seiten: Die Lebendige Seite der Macht schenkt Frieden und innere Ruhe; die Dunkle Seite der Macht erfüllt mit Furcht, Zorn und Aggression. Wer sich als Jedi diesen negativen Gefühlen allzu leicht hingibt, steht in Gefahr, der Dunklen Seite der Macht zu verfallen.

Med Center
Kurzform für Medizinisches Center: Krankenhaus.

Medpack
Ein kompaktes Set mit Utensilien zur medizinischen Behandlung, das unter anderem auch eine Dosis ➢Bacta enthält.

Melida/Daan
Ein Planet, auf dem ein jahrtausendelanger Zwist zwischen den beiden Völkern Melida und Daan herrschte. Da sogar über den Namen der Welt Uneinigkeit herrschte, wurden die Völkernamen, geteilt durch einen Schrägstrich, als Kompromiss verwendet. ➢Obi-Wan Kenobi hatte einmal vorübergehend den Weg der ➢Jedi verlassen, um einer Gruppe von Jugendlichen auf Melida/Daan zu helfen, den Frieden auf den Planeten zurückzubringen.

Mid Rim
Der Mid Rim ist eine der Randzonen der ➢Galaxis. Nur der

➢Outer Rim liegt noch weiter außen.

Mon Calamari
Amphibische Spezies vom gleichnamigen Planeten mit großen, fischähnlichen Augen, die an Land auf feuchtes Klima angewiesen ist.

Murk Lundi, Dr.
Ein ➢quermianischer Professor, der sich dem Studium der ➢Sith widmet und dadurch zweifelhafte Berühmtheit erlangt hat. Die Vorlesungen des Professors sind stets bis auf den letzten Platz gefüllt.

Naboo
Ein grüner Planet, der vor Jahren von einer Blockade der so genannten Handelsföderation bedroht war. ➢Obi-Wan Kenobi und sein Meister ➢Qui-Gon Jinn wurden einst auf eine Mission zur Klärung der Situation dorthin geschickt. Auch der damals neunjährige ➢Anakin Skywalker war bei dieser Mission dabei und leistete unfreiwillig einen wichtigen Beitrag zur Lösung des Konflikts, indem er ein Droiden-Kontrollschiff der ➢Handelsföderation abschoss.

Nachtkriecher
Ein in der ➢Galaxis bekanntes nachtaktives Tier, das sich kriechend fortbewegt.

No-Name
Bezeichnung für einen bestimmten Typ von Geheimagent, den der ➢Galaktische Senat einsetzt. No-Names haben falsche, vom Senat gedeckte Identitäten.

Nolar
Ein Planet, der für seine qualitativ hochwertigen Werkzeuge bekannt ist, vor allem den Nolarian 6000, eine Bohrplattform für Unterwasser-Arbeiten.

Nolari
Hauptstadt des Planeten ➢Nolar.

Nort Fandi
Ein Frachterpilot, der auf der ➢*BioCruiser* lebt.

Norval
Einer der Lieblingsstudenten von ➢Murk Lundi.

Nubia
Ein friedlicher Planet, der für seine Raumschiffwerften bekannt ist. Die Nubians sind sehr beliebte und schnelle Raumjäger.

Obi-Wan Kenobi
Obi-Wan ist ein einundzwanzigjähriger ➢Jedi, der im Alter von dreizehn Jahren von ➢Qui-Gon Jinn nach langem Zögern als ➢Jedi-Padawan angenommen wurde. Im Laufe der Zeit beschloss er, seine Jedi-Ausbildung aufzugeben und stattdessen auf dem zerstrittenen Planeten ➢Melida/Daan für den Frieden zu kämpfen. Am Ende dieses Kampfes bereute er seine Entscheidung und wollte wieder von Qui-Gon als Padawan aufgenommen werden. Nach einer Probezeit, um die er den ➢Rat der Jedi gebeten hatte, nahm ihn Qui-Gon wieder auf und schloss seine Ausbildung ab. Obi-Wan stellte sich nach Qui-Gons Tod vor drei Jahren erfolgreich der ➢Prüfung und wurde damit selbst ein vollwertiger Jedi-Ritter. Er nahm auf Wunsch seines alten Meisters ➢Anakin Skywalker als Padawan an.

Offworld Mining Corporation
Eine gleichermaßen mächtige wie skrupellose Minen-Firma, die die natürlichen Ressourcen von Planeten rücksichtslos ausbeutet und dabei mit allen zur Verfügung stehenden Mitteln

die Konkurrenz ausschaltet. Viele der Minenarbeiter bei Offworld sind Sklaven. Inhaber von Offworld war einst ➢Xanatos.

Omal
Einer der Lieblingsstudenten von ➢Murk Lundi.

Outer Rim
Der Outer Rim, auch „Äußerer Rand“ genannt, ist die Randzone der ➢Galaxis. Der Outer Rim gilt im Allgemeinen als uninteressante und verschlafene Region.

Padawan
➢Jedi-Padawan.

Palpatine
Der oberste Kanzler der ➢Galaktischen Republik. Palpatine kam an die Macht, als seinem Vorgänger im Rahmen der Ereignisse um den Planeten ➢Naboo das Misstrauen des ➢Galaktischen Senats ausgesprochen wurde.

Pho Ph'eahianer
Eine Spezies vom Planeten Pho Ph'eah, der seinen Stern in großem Abstand umkreist und kaum Sonnenlicht erhält. Pho Ph'eahianer haben vier Arme und ein blaues Fell und sind technisch sehr versiert.

Pi T'Egal
Ein Mitglied des ➢Galaktischen Senats.

Ploo
Im Ploo-System liegt die Wahlheimat von ➢Murk Lundi: der Planet Ploo II.

Podrenner
Ein schwebendes Rennfahrzeug, das aus einer Fahrerkabine – dem so genannten Pod – und meistens zwei, manchmal auch vier oder mehr Antriebskapseln besteht. Pod-

rennen sind auf ➢Tatooine ein beliebter Volkssport. Für die Teilnehmer ist es allerdings sehr gefährlich, da Pod-Rennstrecken durch verwundene Schluchten und zwischen allerlei Hindernissen hindurch führen, wobei extrem hohe Geschwindigkeiten erreicht werden. Im Allgemeinen gilt, dass ein menschliches Wesen bei den gnadenlosen Rennen nur wenig Chancen hat. ➢Anakin Skywalker war eine Ausnahme: Schon im Alter von neun Jahren gewann er ein Podrennen und erreichte damit seine Befreiung aus dem Sklavendasein.

Protokoll-Droide
➢Droiden.

Protonen-Torpedo
Ein Geschoss, das von Raumschiffen oder auch Personen aus speziellen Werfern abgefeuert werden kann. Der Protonen-Torpedo erhält seine Zerstörungskraft aus dem Protonen streuenden Sprengkopf und kann durch Partikelschilde abgelenkt werden.

Prüfung
So nennt man den Prozedur, in deren Verlauf ein ➢Jedi-Padawan zum vollwertigen ➢Jedi-Ritter wird. Die Prüfung, die vom ➢Rat der Jedi abgehalten wird, enthält umfangreiche Tests der mentalen und körperlichen Fähigkeiten des zukünftigen Jedi sowie seiner Beherrschung der ➢Macht.

Quermianer
Eine Spezies mit langen Hälsen, kleinen Köpfen und vier Armen. Abgesehen davon haben Quermianer noch eine weitere Besonderheit: Sie besitzen neben ihrem normalen Gehirn im Kopf noch eines im Brustkorb.

Qui-Gon Jinn
Qui-Gon war ein erfahrener ➢Jedi-Meister, der seine Fähigkeiten auf vielen Missionen unter Beweis gestellt hat. Nach langem Zögern hatte er ➢Obi-Wan Kenobi als ➢Jedi-Padawan angenommen. Qui-Gon, der seinen Padawan mit viel Geduld und Weisheit ausbildete, wurde schließlich in einem Zweikampf mit dem ➢Lichtschwert von einem Anhänger der Dunklen Seite der ➢Macht getötet.

Rat der Jedi
Gremium aus zwölf ➢Jedi-Meistern, die sich um die Angelegenheiten der ➢Galaxis kümmern und als Hüter von Frieden und Gerechtigkeit auftreten.

Repulsor
Antriebssystem für Boden- und Raumfahrzeuge, das ein Kraftfeld erzeugt. Der hierbei entstehende Antischwerkraftschub ermöglicht die Fortbewegung von Boden-, Luftgleitern und Düsenschlitten. Sternjäger und Raumschiffe nutzen Repulsoren als zusätzliches Schubkraftsystem, etwa beim Andocken oder beim Flug in der Atmosphäre.

Reeft
Ein ➢Jedi-Ritter und einer der besten Freunde von ➢Obi-Wan Kenobi aus deren Zeit der Ausbildung im ➢Jedi-Tempel.

Reis
Ein Bewohner des Planeten ➢Kodai, der offensichtlich eine Menge zu wissen scheint.

Rena
Name der einzigen verbliebenen Landmasse auf dem Planeten ➢Kodai.

Retina-Scan
Ein Vorgang, bei dem die Iris

(Retina) des Auges optisch abgetastet und so die Identität eines Menschen festgestellt wird. Eine Retina hat noch genauere Einzelmerkmale als ein Fingerabdruck und gilt als unfälschbar.

Rhe Pabs
Ein ➢Pho Ph'eahianer, der auf der ➢*BioCruiser* lebt und dort als Techniker arbeitet.

Saal der Tausend Quellen
Ein riesiger Raum im ➢Jedi-Tempel, der voller Brunnen und Quellen ist und in den man sich zurückziehen kann, um Ruhe zu finden.

Saesee Tiin
Ein ➢Jedi-Meister und Mitglied des ➢Rates der Jedi. Saesee Tiin ist humanoid, besitzt jedoch zwei nach unten gerichtete Hörner rechts und links seines Gesichts.

Sano Sauro
Ein eiskalter Anwalt, der einst von ➢Vox Chun angeheuert wurde, um den Tod seines Sohnes ➢Bruck Chun vor dem ➢Galaktischen Senat anzuklagen.

Seilkatapult
Ein kleines Gerät, in dem sich ein äußerst stabiles, aufgewickeltes Seil befindet, das sich über weite Entfernungen schießen lässt und so zur Überbrückung dienen kann.

Shmi Skywalker
Die Mutter von ➢Anakin Skywalker. Shmi Skywalker musste auf dem Planeten ➢Tatooine als Sklavin arbeiten und blieb dort zurück, nachdem ihr Sohn von ➢Qui-Gon Jinn zu den ➢Jedi mitgenommen wurde.

Sith
Ein altes Volk, um das sich viele Legenden ranken.

Überlieferungen zufolge haben sie sich der Dunklen Seite der ➢Macht verschrieben und waren in ihrer über hunderttausendjährigen Geschichte mehr als einmal dicht davor, die ➢Jedi der hellen Seite zu verdrängen. Zum letzten Mal war das vor beinahe viertau-.send Jahren der Fall. Es wird angenommen, dass die Sith noch immer eine ungebrochene Linie von Anführern haben, die als dunkle Lords der Sith bekannt sind. Sie stammen vermutlich vom Planeten ➢Korriban. Über den Wahrheitsgehalt der Geschichten über die Sith herrscht in der ➢Galaxis geteilte Meinung.

Stahlglas
Transparenter Stahl, der überall verwendet wird, wo stabile Sichtfenster benötigt werden – sowohl innerhalb einer Atmosphäre als auch im freien Raum. Seine Eigenschaften in Bezug auf Stabilität und Temperaturverhalten sind hervorragend.

Survival-Pack
Eine Tasche mit allen zum Überleben in der freien Wildbahn notwendigen Gegenständen in komprimierter Form wie Nahrungsmitteln, Schutzkleidung, einer ➢Kondensatoreinheit, einem Zelt und den nötigsten Medikamenten.

Tahl
Eine ➢Jedi-Ritterin und sehr gute Freundin von ➢Qui-Gon Jinn, die für ihre diplomatischen Fähigkeiten bekannt war und bei Kämpfen vor Jahren so schwer verwundet wurde, dass sie ihr Augenlicht verlor.

Tarrence Chenati
Ein Techniker, der für die ➢Jedi in deren Raumpiloten-Programm auf ➢Centax 2 arbeitete.

Tatooine
Ein öder Wüstenplanet im Zwillingssonnensystem Tatoo. Tatooine ist nicht Mitglied der ➢Galaktischen Republik und liegt weit entfernt von jeder galaktischen Zivilisation am ➢Outer Rim, dafür aber am Kreuzungspunkt einiger wichtiger ➢Hyperraum-Routen. Tatooine hat sich daher als idealer Stützpunkt für allerhand Schmuggler und andere Kriminelle entwickelt. Der Planet wird auch von Kriminellen regiert: den Hutts, einer schwerfälligen, echsenhaften Spezies, die sich durch besondere Ruchlosigkeit auszeichnet. Tatooine ist die Heimat von ➢Anakin und ➢Shmi Skywalker.

Tech-Kuppel
Allgemeiner Begriff für Bauwerke, in denen technische Einrichtungen untergebracht sind. Die meisten Tech-Kuppeln gehören zu anderen Gebäuden und beherbergen deren Klima-Anlagen usw.

Telos
Der Heimatplanet von ➢Xanatos und ➢Bruck Chun. Telos wurde einst vom korrupten Schatzmeister ➢Vox Chun, dem Vater von Bruck, in die Hände der Firma ➢Offworld übertragen, deren Inhaber Xanatos war und die Telos gnadenlos ausbeuten wollte. ➢Qui-Gon Jinn und ➢Obi-Wan Kenobi waren damals zu einer Mission nach Telos geschickt worden, um die Sache aufzuklären, was ihnen auch gelang.

Tentrix-System
Ein Planetensystem irgendwo in der ➢Galaxis. Tentrix besitzt einen im Orbit befindlichen Raumhafen.

Tnani Ikon
Ein ➢Jedi-Ritter, der im

➢Jedi-Tempel für Recherchen und das Archiv zuständig ist.

Twi'lek
Eine Spezies, die bis auf eine Abweichung vollkommen humanoid ist: Twi'leks besitzen zwei dicke Kopftentakel namens Lekku, weshalb sie oft geringschätzig als Wurmköpfe bezeichnet werden. Die Lekku werden von den Twi'lek auch zur Kommunikation mit Artgenossen eingesetzt.

Tynna
Ein Planet in der ➢Expansionsregion, auf dem eine Sammlung von ➢Sith-Artefakten gefunden wurde.

Umgul
Ein Planet im ➢Mid Rim, auf dem eine Sammlung von Waffen und Gerätschaften gefunden wurde, die nach ➢Sith-Vorbildern gebaut wurden.

Uni
Der geheimnisvolle Anführer der ➢*BioCruiser.*

UniFy
Ein Deckname, den die Firma ➢Offworld einst benutzte.

Vertex
Eine äußerst wertvolle kristalline Substanz, die nach ihrem Abbau in verschiedene Formen geschliffen und von vielen Völkern in der ➢Galaxis als Zahlungsmittel verwendet wird.

Vi Callen
Ein Mitglied des ➢Galaktischen Senats.

Vivendi Allum
Ein Mitglied des ➢Galaktischen Senats.

Vox Chun
Der ehemalige Schatzmeister von ➢Telos und Vater von

➢Bruck und ➢Kad Chun. Vox Chun saß nach seinen dunklen Machenschaften mit ➢Xanatos und der Firma ➢Offworld jahrelang in Haft.

Xanatos
Ehemaliger ➢Jedi-Padawan von ➢Qui-Gon Jinn, der sich der Dunklen Seite der ➢Macht anschloss. Er gab den Jedi und vor allem seinem alten Meister die Schuld dafür, dass er seiner Familie entrissen worden war. Xanatos nahm sich nach jahrelangem Kampf gegen Qui-Gon und die Jedi schließlich während eines Kampfes mit seinem früheren Meister auf ➢Telos das Leben.

Yarael Poof
Ein ➢quermianischer ➢Jedi-Meister und Mitglied des ➢Rates der Jedi. Yarael Poofs Beherrschung der ➢Macht gilt als besonders ausgeprägt, wobei vor allem seine exzellenten telepathischen Fähigkeiten hervorstechen.

Yoda
Ein über 800 Jahre altes Mitglied im ➢Rat der Jedi. Yoda kommt vom Dschungelplaneten Dagobah, ist nur 70 cm groß und hat Schlitzohren. Yoda gilt nicht nur als der weiseste Jedi, sondern trotz seiner geringen Körpergröße auch als der mächtigste; seine Beherrschung der ➢Macht und des ➢Lichtschwerts suchen ihresgleichen.

2JTJ/ZwoJot
Ein weiblicher Service-Droide. ➢Yoda hatte den ➢Droiden einst der blinden ➢Tahl geschenkt, damit sie sich mit dessen Hilfe besser zurechtfinden kann. ZwoJot hat die Eigenschaft, immer zur falschen Zeit am falschen Ort aufzutauchen.

Die frühen Abenteuer von Obi-Wan Kenobi und Qui-Gon Jinn

STAR WARS™
JEDI-PADAWAN

Bei Panini bereits erschienen:

Sammelband 1 — ISBN 978-3-8332-1147-8
- # 1 „Die geheimnisvolle Macht"
- # 2 „Der dunkle Rivale"
- # 3 „Die gestohlene Vergangenheit"

Sammelband 2 — ISBN 978-3-8332-1367-0
- # 4 „Das Zeichen der Krone"
- # 5 „Die Rächer der Toten"
- # 6 „Der ungewisse Weg"

Sammelband 3 — ISBN 978-3-8332-1449-3
- # 7 „Der bedrohte Tempel"
- # 8 „Der Tag der Abrechnung"
- # 9 „Die Suche nach der Wahrheit"

Sammelband 4 — ISBN 978-3-8332-1556-8
- # 10 „Der gefährdete Frieden"
- # 11 „Die tödliche Jagd"
- # 12 „Das teuflische Experiment"

Sammelband 5 — ISBN 978-3-8332-1654-1
- # 13 „Die riskante Rettung"
- # 14 „Die Kraft der Verbundenheit"
- # 15 „Das Ende der Hoffnung"

Sammelband 6 — ISBN 978-3-8332-1714-2
- # 16 „Schrei nach Vergeltung"
- # 17 „Die einzige Zeugin"
- # 18 „Die innere Bedrohung"

Sammelband 7 — ISBN 978-3-8332-1790-6
- # 19 „Die schicksalhafte Täuschung"
- # 20 „Die dunkle Gefolgschaft"

LUCAS BOOKS

PANINI BOOKS

Das Imperium beherrscht die Galaxis.
Der Jedi-Rat ist zerschlagen und die Jedi vernichtet.

STAR WARS™
DER LETZTE JEDI

Die spannende Romanreihe um die Geschehnisse
direkt im Anschluss an den Kinohit Star Wars EPISODE III

Band 9:
Der Meister der Täuschung
ISBN 978-3-8332-1733-3

Band 8:
Gegen das Imperium
ISBN 978-3-8332-1514-8

Band 7:
Die Geheimwaffe
ISBN 978-3-8332-1513-1

Band 6:
Die Rückkehr der Dunklen Seite
ISBN 978-3-8332-1515-5

Band 5:
Im Netz des Bösen
ISBN 978-3-8332-1365-6

Band 4:
Tod auf Naboo
ISBN 978-3-8332-1358-8

Band 3:
Unterwelt
ISBN 978-3-8332-1357-1

Band 2:
Düstere Vorboten
ISBN 978-3-8332-1275-8

Band 1:
Auf verlorenem Posten
ISBN 978-3-8332-1274-1

LUCAS BOOKS

PANINI BOOKS
www.paninicomics.de